Komödianteneinfälle – wie ein Zwischenruf steht dieses Wort in der Folge dieser Erzählungen Arthur Schnitzlers aus den Jahren kurz vor der Jahrhundertwende. »Wir spielen immer, wer es weiß, ist klug«, schreibt er in dieser Zeit in einem Stück, und er meint hier damit auch die Lust zu verführen, »um des Ineinandergleitens von Stimmungen keuscher Jugendliebe und reifen Schwelgens willen«; oder das Spiel mit der Möglichkeit, die man doch nicht nutzt; die Burleske mit dem Ziel eines leichten Abschieds; das Spiel der Verstellung um seiner selbst willen, auch wenn es tragisch ausgehen mag; das Spiel mit der Erinnerung nach dem Tod eines geliebten Menschen, schauerlich und komisch zugleich, denn »es gibt nur Grimassen der Lust und der Trauer: wir lachen und weinen und laden unsere Seele dazu ein«.

Unsere Adresse im Internet: www.fischerverlage.de

Arthur Schnitzler wurde am 15. Mai 1862 in Wien geboren. Noch bevor er auf das Akademische Gymnasium kam, als Neunjähriger, versuchte er, seine ersten Dramen zu schreiben. Nach dem Abitur studierte er Medizin, wurde 1885 Aspirant und Sekundararzt; 1888 bis 1893 war er Assistent seines Vaters in der Allgemeinen Poliklinik in Wien; nach dessen Tod eröffnete er eine Privatpraxis. 1886 die ersten Veröffentlichungen in Zeitschriften, 1888 das erste Bühnenmanuskript, 1893 die erste Uraufführung, 1895 das erste Buch, die Erzählung ›Sterben‹ bei S. Fischer in Berlin. Beginn lebenslanger Freundschaften mit Hugo von Hofmannsthal, Felix Salten, Richard Beer-Hofmann und Hermann Bahr. Das dramatische und das erzählerische Werk entstehen parallel. Stets bildet der einzelne Mensch, die individuelle Gestalt »in ihrem Egoismus oder ihrer Hingabe, ihrer Bindungslosigkeit oder Opferbereitschaft, in ihrer Wahrhaftigkeit oder Verlogenheit« (Reinhard Urbach), den Mittelpunkt seiner durchweg im Wien der Jahrhundertwende angesiedelten Stoffe. Arthur Schnitzler hat, von Reisen abgesehen, seine Geburtsstadt nie verlassen; am 21. Oktober 1931 ist er dort gestorben.

Arthur Schnitzler
Komödiantinnen

Erzählungen
1893–1898

Fischer
Taschenbuch
Verlag

5. Auflage: Juli 2007

Ungekürzte, nach den ersten Buchausgaben durchgesehene Ausgabe
Veröffentlicht im Fischer Taschenbuch Verlag,
einem Unternehmen der S. Fischer Verlag GmbH,
Frankfurt am Main, Oktober 1990

Lizenzausgabe mit Genehmigung
der S. Fischer Verlag GmbH, Frankfurt am Main

Gesamtherstellung: Clausen & Bosse, Leck
Printed in Germany
ISBN 978-3-596-29402-2

Inhalt

Die kleine Komödie

Alfred von Wilmers an Theodor Dieling in Neapel

Mein lieber Theodor!
Besten Dank für Deinen Brief! Mensch, wie beneide ich Dich! Wie hat mir das entgegengesprüht und -geglüht aus Deinen Zeilen, was für ein Leben lebst Du! Du verstehst Dich eben aufs Alleinsein, und wenn Du eine Stunde ins Blaue hineinschaust, hast Du mehr hinter Dir, als wenn unsereiner ein Jahr lang herumabenteuert.

Ich bitte Dich recht schön, nenne meinen Zustand nicht Weltschmerz – es ist ein ganz gemeiner Ichschmerz, aber nein, nicht einmal das, Langeweile ist's – nichts weiter. Ich kann es mir nicht verhehlen, daß mir die Welt und ihre Leiden vollkommen egal sind. – Neulich bin ich durch den Fritz im Schreiben unterbrochen worden. Herr im Himmel, war das wieder ein Abend! Und ich wollte damals lustig sein. Es sollte einen letzten Versuch bedeuten. Ich trank, und ich bekam Kopfweh statt einen Rausch. Seine Geliebte kokettierte mit mir, es machte mich zornig, statt mich zu amüsieren. Eine Leere, eine Leere, sag' ich Dir!

Es steht fest: um mich aufzurütteln, muß etwas ganz Besonderes kommen. Ob ich aber dieses ganz Besondere überhaupt noch auffassen kann, wenn es schon die Güte haben sollte, zu erscheinen! Und dann wird mich jedenfalls der Zweifel plagen. Ist dieses Besondere nicht das Gewöhnliche in irgendeiner Verkleidung, die zu durchschauen ich schon zu stupid bin? – Siehst Du, jetzt kommt der Moment, wo ich es bedauere, kein Talent, aber auch zu gar nichts ein Talent zu haben! Ich erinnere mich jetzt mit einer Art Beschämung an die Zeit, wo ich zuweilen über Dich lächelte, weil Du Talent hattest. Das kam mir so gar nicht chic vor – und ich hatte eine souveräne Verachtung für alle

Leute, die etwas leisten wollten. Und jetzt, ich sage Dir, wenn ich nur Porträte malen könnte, wäre ich schon glücklich. Das Photographieren habe ich nämlich ganz aufgegeben, nicht einmal darin hab' ich's zu was gebracht. Meine letzten zwei Kunstwerke waren: der Kahlenberg vom Leopoldiberg gesehen und der Leopoldiberg vom Kahlenberg aus gesehen. Und schau, jetzt ist mir mein einziges, bescheidenes Talent verlorengegangen: mich zu unterhalten. Ja, ich vermeide ängstlich jede Gelegenheit, wo es noch möglich wäre – weil mich die letzten Enttäuschungen verstimmt haben. Kopfweh statt Rausch – das ist so die Signatur meiner ganzen Existenz. Also nur natürlich, daß ich mich vor dem Wein hüte. Heute ist Sonntag; und jetzt, während ich auf meinem Diwan lümmle und diese Zeilen mit Bleistift kritzle, sind sie alle beim Rennen unten. Um zwei hat der Fritz heraufgeschickt – ob ich nicht vielleicht doch mit hinunter möchte; ich bin zum Fenster gegangen und habe ihm abgewunken. Und dann ist er mit dem Fiaker davongesaust, und der Stangelberger, sein Kutscher, wie er mich im Morgenanzug beim Fenster lehnen sieht, kneift ein Auge zu und denkt sich: Aha, ein nächtliches Abenteuer, das sich bis zum nächsten Mittag ausdehnt! – Oh, wo sind die Zeiten, daß der Stangelberger recht gehabt hätt'!! Jetzt ist fünf. Noch ziemlich heiß, und meine Rouleaux sind heruntergelassen. Und ganz still, ganz still. Nach Tisch hab' ich eine Stunde geschlafen, und jetzt werde ich mich anziehn und als gemeiner Fußgänger hinunter in den Prater und die Rückfahrt vom Derby anschaun.

Erinnerst Du Dich noch an den schönen ersten Mai mit den zwei süßen Geschöpferln da unten – das sind jetzt zehn Jahre her. Damals sind wir den zwei Mupipusserln volle anderthalb Stunden nachgestiegen, bis die Mama verlorengegangen ist. – Und dann haben wir ihnen den Weg gezeigt! – Erinnerst Du Dich? ––Allerdings haben sie den Weg schon gekannt! – Heut sollt' mir einer vorschlagen, einem weiblichen Wesen anderthalb Stunden nachzulaufen! – Wo ist die, für die ich solch eines Opfers fähig wäre?

Auf dem Konstantinhügel habe ich Rendezvous mit Fritz,

Weidenthaler und so weiter. Natürlich die Weiber dabei! – Ich geh' nicht hin. Soll die Mizi den Fritz mit wem anderen betrügen; es kommt ihr doch sicher viel mehr aufs Betrügen an als auf mich! – Nein, nicht auf den Konstantinhügel, in den Wurstlprater geh' ich heut, mich so recht encanaillieren. – Erstens mich vor'n Wurstl hinstellen, zuschauen, und wenn sie den Juden totschlagen, werd' ich eine Freud' haben wie ein Schneidergesell! Und dann geh' ich in den Velozipedzirkus, wo die käuflichen Damen mit den siebenfarbigen Strümpfen herumradeln – und dann gehe ich zum Wahrsager und zum Präuscher samt Extrakabinett. Und zum Calafatti.

Servus, mein Lieber, schreib mir was, und ich laß die schönen Neapolitanerinnen grüßen.

Dein Alfred

Josefine Weninger an Helene Beier in Paris

Meine liebe gute Helene!
Also eine große Neuigkeit. – Du ahnst es schon, mit dem Emil ist es nämlich aus. Nun ja, es macht doch immer ein bißchen traurig, denn der Abschied ist nun einmal doch ein Abschied; und das Adieusagen, Adieu auf immerdar, wie ich schon oben gesagt, ist eine große Melancholie. Aber wenn ich grad nicht dran denke, befinde ich mich eigentlich viel wohler als in der ganzen letzten Zeit. Es waren nämlich sehr unangenehme Tage, diese letzten, bevor es zum Bruche kam. Ich habe es schon lange bemerkt, wie ich Dir ja neulich schrieb, meine gute Helene. Wenn er abends zu mir kommen sollte, Absagen, zwei in einer Woche, und dann hat er mich öfters allein in' Prater fahren lassen und mich sogar ins Theater geschickt, ohne daß er drin war! – Na, das kennt man, das ist dann schon nicht mehr die wahre Liebe! Ich nehme es ihm nicht übel; denn ich hab' in der letzten Zeit wirklich schon gar nicht mehr für ihn geschwärmt. Aber ich muß Dir doch das Ganze erzählen, wie es schließlich gekommen ist.

Letzten Dienstag, also heut vor acht Tagen, kommt wieder so ein Brieferl von ihm, abends um halb acht, er kann nicht erscheinen. Morgen zu Mittag wird er so frei sein zu fragen, wie ich geruht. Du weißt, er hat immer solche Höflichkeitsformeln gehabt, was mir sehr gut gefallen hat, nie was Rohes, nie – immer, als wenn er mir höchstens die Hand küssen dürfte. – Ein schöner Abend war's auch, ich eine fürchterliche Langweil vor mir – da denk' ich mir, nimmst dir einen Wagen und fahrst spazieren. Es war schon halb dunkel, also ich nehm' mir einfach den Mantel um und lauf' hinunter. Wie ich dann um den Ring fahre, wird mir riesig wohl, die Luft war so angenehm, so mild, und ich denk' mir, es ist ganz gut, daß die ganze Geschichte endlich aus wird. In dem Moment waren mir alle Männer ganz gleichgültig – aber vollkommen; nicht nur er, was ich ja schon gewöhnt war.

Ich laß den Kutscher langsam fahren, steig' beim Stadtpark aus, laß ihn nachfahren, steig' beim Museum wieder ein und dann um den ganzen Quai und Ring herum; und wie ich nach Hause komme, ist richtig neun vorbei. Ich gemütlich hinauf; da sagt mir die Lina: »Fräulein, der gnädige Herr ist schon seit einer Stund' drin.« Was? denk' ich mir und geh' in den Salon, da ist's aber dunkel, und dann ins rote Zimmer. – Da sitzt er richtig auf dem Diwan, mit dem Überzieher, und klopft mit dem Spazierstock auf dem Boden herum. Er schaut auf, wie ich hineinkomme, und fragt: »Woher denn, mein Fräulein?« – Ganz ruhig. – Ich erwidere darauf, der Wahrheit gemäß, denn zum Lügen war ja kein Grund: »Nachdem du mir geschrieben hast, daß du nicht kommst, hab' ich mir einen Wagen genommen und bin rund um den Ring gefahren, weil's so schön war.« – »So«, sagt er, steht auf, und immer noch mit dem Überzieher, spaziert er im Zimmer hin und her, ohne mich anzuschauen. – »Was hast denn?« frage ich. – Keine Antwort. Ich laß ihn stehn und geh' in den Salon und hör' ihn noch alleweil drin auf und ab laufen. Ich geb' der Lina meinen Mantel und schick' sie um Zigaretten, weil mir meine ausgegangen sind, und gehe wieder zum Emil hinein, weil's mir schließlich zu dumm war. »Lieber Emil«, sage ich, »das vertrag' ich nicht. Wenn's dir nicht recht ist, daß ich spazierenfahr', so sag's grad heraus, liegt mir sowieso nichts daran. Im übrigen, wenn du mir schreibst, daß du nicht kommst, so hab' ich ja nicht die Verpflichtung, mich ins Zimmer einzusperren und Trübsal zu blasen. Da schauet' ich gut aus, jetzt, wo ich das dreimal in der Woche erleben kann«, und so weiter. – Jetzt fängt er plötzlich zu reden an, bleibt mitten im Zimmer stehen und kreuzt die Hände hinterm Überzieher, so daß das Spazierstaberl über seinem Kopf in die Luft schaut. »Du hast recht«, sagt er, »es kann nicht so weitergehen, und ich kann es wirklich nicht über mich nehmen, von dir zu verlangen, daß du drei Tage in jeder Woche allein zu Hause bleibst; ich sehe das ein!«

Aha, denk' ich mir und frag': »Also, was willst du, und warum schneid'st du ein Gesicht, und warum kommst du, wenn du mir abschreibst, und warum schreibst du mir ab, wenn du dann doch kommst?« Darauf sagt er: »Es war eine Zeit, Pepi, wo du sehr glücklich warst, wenn ich unerwartet gekommen bin – das ist nun freilich vorbei.« – Ich mach' drauf einen Schnabel. – Er setzt fort: »Das ist der Lauf der Welt, ich merke es schon lange, und wenn ich nicht wüßte, daß es dich sehr wenig kränkt, würde ich dir wahrscheinlich seltener absagen. Aber ich vermute, daß du mich nicht allzuschwer entbehrst.« – So ungefähr war's, und ich weiß nur, daß ich darauf gesagt hab': »Nachlaufen werd' ich dir nicht.« – »Das verlange ich auch nicht«, meinte er, »im Gegenteil.« – Nun war's eigentlich beinah heraus, und ich sage: »Im Gegenteil? Das heißt wohl, es ist dir recht angenehm, daß ich dir nicht nachlaufe?« – Jetzt macht er eine ungeduldige Bewegung und stellt sich zum Fenster hin, mit dem Rücken zu mir. Dann murmelt er: »Verdreh mir doch nicht die Wörter im Mund.« Auf das hin stell' ich mich ruhig zu ihm und sage: »Ach, sag's lieber grad heraus, was du mir mitzuteilen hast – es hat ja sicher seinen Grund, daß du mir zuerst abschreibst, dann doch heraufkommst und jetzt so zuwider bist!« Wie ich so neben ihm steh', nimmt er plötzlich meinen Kopf zwischen die Hände und küßt mich auf die Stirn; alles beim Fenster, aber die Rouletten waren zu. Er küßt mich einmal und noch einmal und wieder und schließlich sehr, sehr lang. Ich rühr' mich nicht, laß es ruhig geschehen und sag' nur leise, während er mich noch immer küßt: »Du kommst heute, mir adieu sagen?« Da läßt er mich los. »Was ist das für eine Idee«, fragt er mit einem gezwungenen Lächeln. Ich nehme seine beiden Hände und sage: »So sei doch froh, daß ich dir's so leicht mache. Du hättest es nicht bald so gut treffen können!« – »Ja, freilich«, platzt er heraus, »weil du selber froh darüber bist, und weil du mich selber los sein möchtest.« Und jetzt fängt er an, mir Vorwürfe zu machen, wie er schon lang merkt, daß ich ihn eigentlich nicht lieb hab', und meine Zärtlichkeit ist eine Komödie, und was weiß ich noch! Und es hätte nicht so kommen müssen, durchaus nicht, aber ein Mann merkt das schon, und es ist schließlich kein Wunder, wenn man dann noch von anderer Seite gedrängt wird, daß man sich nach einer wahren Liebe sehnt, und so fort. – Ich war in einer Tour die Ruhige. »Du hast ja ganz recht«, sag' ich, »aber ich glaube nicht, daß ich die Schuld trage, und wahrscheinlich hast du sie auch nicht, sondern es hat ja schließlich so kommen müssen, und das liegt in den Verhältnissen. Ich kann dir nur sagen, daß ich dich immer sehr lieb gehabt hab' und dir wünsche, daß du ein Wesen findest, das dich so lieb hat, wie ich dich gehabt hab', und das dich glücklich macht« – und so weiter, was man in solchen Fällen sagt, aber ich hab' in dem Moment gespürt, daß ich ihn wirklich sehr gern gehabt hab' und daß so ein Abschied immer was Rührendes hat, auch wenn man sich schon lange darauf freut. Dann haben wir uns auf den Diwan gesetzt, und er zieht endlich den Überzieher aus, und wir kommen so recht ins Plaudern. Und ich erzähle ihm, wie ich ihm treu gewesen bin die ganzen zwei Jahr', und wie schön es überhaupt war, und er sagt, er wird mir sein Leben lang dankbar sein für alle Güte und Zärtlichkeit, die ich ihm entgegengebracht habe, und es ist eigentlich gar nicht wahr, daß man jemals aufhört, jemanden zu lieben, und es sind eben wirklich nur die Verhältnisse, und er wird für alle Fälle mein Freund bleiben, und eben als wahrer Freund ist er aufrichtig und muß mir adieu sagen. Und zieht mich an sich und streichelt mir die Haare und fängt wieder an mich zu küssen, aber nicht nur die Stirn. Ich muß Dir gestehen, ich hab' sogar ein bißchen geweint, meine gute Helene, Du wirst es begreifen, nicht wahr?

Und so ist es schließlich zwölf Uhr geworden vor lauter Abschiednehmen, und rührend war's, wie er später noch vor dem Diwan gekniet ist und mir die Hand geküßt hat. Das ist meine letzte Erinnerung an ihn, denn während dem Handküssen bin ich eingeschlafen, und wie ich mitten in der Nacht aufwache, ist die Lampe heruntergedreht, und er ist weg – auf und davon.

Na, und seither hab' ich ihn nicht gesehen und hab' nichts gehört, und die Geschicht' ist aus. – Was sagst Du?? Und wenn Du mich fragst, was ich mach' oder machen will, ich weiß selber nicht. – Vorläufig bin ich ganz zufrieden. Ich ruhe mich aus, hab' einen famosen Schlaf, rauch' meine zwanzig Zigaretten im Tag und denk' mir: Wenn's nur immer so bliebe! Es ist eben alles nur Gewohnheit. Zwar sind es erst acht Tage, aber wenn's nach mir geht, leb' ich den ganzen Sommer so. Ich lese jetzt den ganzen Tag Romane, neulich einen, den empfehle ich Dir wirklich an. Da steht etwas, was ich mir schon lange denk', nämlich, daß eigentlich wir die anständigen Frauen sind. Ja, wir sind gar nicht weniger wie die andern, steht in dem Roman, wir sind mehr, weil wir natürlich sind, und er beweist's auch in dem Roman. Du mußt ihn lesen, wart, ich laß ihn Dir von der Lina einpacken und schick' ihn Dir.

Jetzt bin ich neugierig, ob Du mir einen so langen Brief schreiben wirst! Wie verbringt Ihr denn eigentlich Eure Zeit? Fleißig im Theater? Bist Du schön brav und kokettierst nicht viel mit den Herren Parisern?

Was, meine gute Helene, wer uns das prophezeit hätte! Gott, wenn ich so denk', die erste Zeit auf der Wieden, wie ich in allem Ernst zum Theater gegangen bin, weil ich mir gedacht hab', die fünfzig Gulden monatlich kann ich gut brauchen! Und wie mich der Anton alle Abend abgeholt hat, und wir sind in ein Wirtshaus gegangen und haben einen Rostbraten mit gestürzten Erdäpfeln gegessen! Meiner Mutter, wonach Du dich erkundigst, geht es übrigens sehr gut, sie hat mich auch unter den letzten acht Tagen einmal besucht, und sie läßt Dich grüßen. Aber jetzt ist's wirklich genug, glaub' ich, und ich bitte freundlichst um eine ebensolche Antwort. Grüß den Deinigen!

Seid Ihr schon mit Eueren Sommerplänen im reinen? Und sei so gut und mach' nur keine Unvorsichtigkeiten. Ich habe so eine Ahnung: Du bist auf einem guten Wege, das heißt, Du könntest eine Frau Gemahlin werden. Also, spar Dir eventuelle schöne Pariser auf später auf. Oder auch gar nicht.

Eingebildet brauchst Du aber nicht zu werden, wenn er Dich heiratet, wirst in dem Roman schon lesen, daß Du dann eigentlich viel weniger bist als früher.

Also nochmals Gruß und Kuß. Deine alte

Josefine

Alfred von Wilmers an Theodor Dieling in Neapel

Lieber Freund und Dichter!
Ich hab' mir's ja gedacht! Nicht ohne Grund bleibt man noch im Sommer in Neapel! Du drückst Dich zwar so diskret aus, daß ich keine Ahnung habe, ob es sich um eine Prinzessin oder um eine Orangenverkäuferin handelt und ob der durch Olivenzweige glänzende Mond oder das Licht einer blauen Kristallampel »Zeuge Deiner Seligkeiten« ist, aber das ist ja auch nebensächlich. Und diese Liebschaften in der Fremde haben einen so besonderen Reiz! Das Ende kommt so ungezwungen –, eines Morgens reist man ab, nachdem man am Abend vorher – keinen Abschied genommen. Nachreisen tun sie einem ja doch nicht: erstens ist es zu kostspielig, und zweitens ist es der Verräter nicht wert, und drittens gibt es ja noch andere Männer in der Nähe. Was mich anbelangt, mein verehrter Dichter, kann ich Dir kaum was Neues mitteilen. Es sei denn, daß ich noch einsamer geworden bin seit dem Derbytage, an welchem ich Dir das letzte Mal schrieb. Du, damals bin ich richtig in den Wurstlprater gegangen, aber – es war ekelhaft. Bevor Dampfbäder und Parfüms ins niedere Volk gedrungen sind, werde ich mich kaum mit demselben befreunden können. Das ist wahrscheinlich eine Gemeinheit

von mir; aber ich kann mir nicht helfen. Ich möcht' ja so gern, daß es allen Menschen gut ging', aber ich frag' nur: Wenn die Glücklichen auch in einem fort unglücklich darüber wären, daß es Unglückliche gibt, wo wären denn dann überhaupt die glücklichen Leut'!

Glücklich – das ist so gesagt. Ich gehöre zu der Sorte, die man dafür hält; in Wirklichkeit geht's manchen, welche sich für vier Kreuzer Rum und damit Lebenslust kaufen können, viel besser. – Nämlich nach dem Wurstlprater bin ich doch noch auf den Konstantinhügel. – Ach ja! Ich dachte anfangs, der Kontrast müsse wirken! Ich machte mir das selbst möglichst deutlich. Siehst Du, jetzt warst Du unter lauter Menschen, mit zerfransten Hosen, fettigen Hüten, rauhen Stimmen – die »Kurze« rauchen, die sich die ganze Woche gerackert haben und den muffigen Geruch ihrer Vorstadtwohnungen in den Haaren tragen –, unter Weibern, die sich in der Küche geplagt haben und mit den Kindern und mit allem möglichen »Häuslichen« –, unter Dirnen, die sich heute abend in den Prateraucn werden liebkosen lassen; –– und jetzt kommst Du zu den wohlsoignierten Herren in eleganten Sommerkostümen – die leise sprechen, heute früh ihr Bad genommen haben, ägyptische Zigaretten oder Pfosten à 2.50 rauchen und zwölf Glas Cognac trinken, ohne um eine Nuance röter im Gesichte zu werden –, zu den Damen mit gepflegten, rosigen Nägeln – welche schwarze Seidenstrümpfe tragen, zum Teil auch schwarze Seidenhemden (Fritz behauptet es, und Weidenthaler lächelt dazu in sich hinein) – die nach Violette de Parme duften und alle Gemeinheit nur in der Seele haben! – Wie hübsch, wie taktvoll das ist! Da ich mich um ihre Seele nicht kümmere, sind sie einfach entzückend. – Also wie gesagt, ich freue mich schon, und komme hinauf, und da, in einem der Zelte, sitzen sie richtig alle beisammen, Fritz und die Seine, Malkowsky und die Seine, Weidenthaler alleine – und außerdem haben sie sich noch den Fellner mitgebracht, Du kennst ihn ja, der den Girardi kopiert und krakauerische Couplets singt und überhaupt viel lustiger ist, als seine Nebenmenschen begreifen, welchen er je nach Rang und Alter zwischen fünf und zweihundert Gulden schuldig ist.

Also da bin ich plötzlich unter ihnen und mach' mir den Kontrast recht deutlich. Ich sauge den Duft ein, der von den knisternden Kleidern der Damen und ihren Haaren ausgeht, ich berühre mit meinem Fuße die reizend chaussierten Füßerln, alles sozusagen aus wissenschaftlichem Interesse. Ich höre dem Fellner zu Couplets singen und lach' mit und erkläre mir: Der ist doch wirklich ein lieber Kerl. Ich trinke mit der Kleinen vom Fritz Bruderschaft, während er mir immerfort zuredet: Na, gebt's euch nur ein Pussel – lächerlich, unter Kameraden! und ich laß mir ein Pussel geben und spüre ihre Zahnderln an meinen Lippen, was ja eigentlich sogar unter Kameraden nicht mehr egal ist – ich trink' vier Glas Cognac, Prunier mit sechs Sternen, und rauch' einen Pfosten à 2.50 – und immerfort hab' ich das vertrackte Gefühl: Ja, amüsant ist das alles durchaus nicht! Und es wird später, und unten warten die Fiaker, und in einen setzt sich der Weidenthaler und der Malkowsky mit Seiner, und der Fellner auf den Bock hinauf, als wenn's ein Witz wär', indessen hätte er sonst zu Fuß in die Stadt müssen, und in den zweiten ziehn mich Fritz und seine Donna, sie sitzt zwischen uns. Also jetzt, weil's gar so fidel war und ein gar so schöner Abend, noch einmal zum Lusthaus hinuntergerast, durch die dunkeln Alleen, so dunkel, daß man seine eigene Geliebte nicht sehen kann, was sich Mizi natürlich sehr zu Nutzen macht, und dann wieder zurück, und der Fellner auf dem Bock singt: »'s Herz von an echten Weana« – und die Kleine vom Malkowsky will tauschen, das heißt nämlich, der Weidenthaler soll in den andern Wagen und ich zu ihnen, und die Fritzische will mich nicht hergeben. Kurz, es war ungeheuer fidel! Und jetzt zum Prater hinaus. Wohin? Noch zum Sacher, heißt es, ins Séparée, ein bissel Klavierspielen und tanzen. Gut also, zum Sacher. Der Fellner springt vom Bock, spielt den Lakai, öffnet die Wagenschläge, die Weiber hüpfen heraus, wir finden den kleinen Salon frei, den mit dem Klavier, es wird Champagner und Cognac gebracht; der Weidenthaler setzt sich zum Klavier, spielt einen Walzer, Fritz wünscht dringend, ich möchte mit Mizi tanzen, Bruderschaft tanzen, Bruderschaft tanzen, es wird also gewalzt, Malkowskys edle Dame empfindet Übelkeiten, liegt auf dem Kanapee, Weidenthaler knöpfelt die Taille auf, und allgemein wird ihr rosa Mieder bewundert. – Plötzlich sagt sie: Mir ist schon wieder gut, Kinder, und weiter wird gewalzt, und der Fellner macht großartige Pirouetten, erfindet einen Solotanz, über den man sich kugelt. Er kopiert die Cereale, die Rathner und schließlich den Girardi. Fritz lümmelt in einer Ecke, schlägt nur noch zeitweise die Augen auf, Weidenthaler haut blödsinnig auf die Tasten los; ein besorgter Kellner erscheint an der Türe. – Es wird still, in malerischen Gruppen sitzt man um den Tisch herum, Malkowsky, riesig elegant, entfernt sich und begleicht vor der Tür die Rechnung. Champagner hat man getrunken, Cognac auch, jetzt also noch Champagner mit Cognac, und das schöne Fest hat ein Ende. – Und nun treten wir alle hinaus. Die zwei Paare winken uns gnädigst aus den Fiakern Lebewohl zu, und Weidenthaler, Fellner und ich stehen da.

Wir wollen noch ins Scheidl, da stehen aber schon die Sesseln auf den Tischen, die Kellner kehren aus, und die Lichter sind zum Teil abgedreht. Bleibt also nur noch ein Nachtcafé. Weidenthaler und Fellner können nicht anders; ich drücke ihnen freundlich die Hand und verlasse sie. – Hierauf folgt ein langer einsamer Spaziergang um den ganzen Ring. Der Morgen brach an, es war eine herrliche Luft, und ich fühlte – das muß anders werden. Das geht nicht mehr so weiter, diese Gesellschaft, dieser Ton, diese Hohlheit, diese Verblödung, nein, nein, nein! – Die Weiber und die Männer sind mir gleich zuwider. Die Parfüms und die Seidenstrümpfe sind doch nicht alles, wenn sie alles sind! – Ich ging den Stadtpark entlang, der erste Dämmerschein des Tages lag schon drüber. Da sind nun die Erinnerungen gekommen. – An das, was ich Jugendliebe nenne. Ich meine nicht die platonische, wo man Fensterpromenaden macht und sie einem dann weggeheiratet wird, weil man erst siebzehn Jahre alt ist. Nein, die andere, die nicht genug gewürdigte, die erste vernünftige Liebe, die zu irgendeinem kleinen Mäderl aus der Vorstadt, die bei Tag im Geschäft ist, die man abends an der Straßenecke erwartet und die man dann nach Mariahilf oder

Fünfhaus begleitet – und die nichts anderes will als einen Ausflug am Sonntag oder einen Abend beim Volkssänger oder einen Sitz auf die dritte Galerie zu der neuen Operette oder ein Brasselett um einen Gulden und sehr, sehr, sehr viel Liebe. Nein, wie das damals schön war! Fahrten im Omnibus von Hietzing herein. – Spaziergänge in Weidlingau im Wald, tief im Wald. – Ja, das ist, was mir not tut. Es ist unglaublich, wie mein Geschmack verdorben ist, seit ich so ungeheuer elegant bin und den Ehrgeiz habe, die bestangezogene Geliebte in Wien zu besitzen. Wer weiß, an wie viel köstlichen Wesen ich achtlos vorbeigegangen bin. Und wer weiß, ob ich noch was für sie bedeuten würde, für sie, die viel, viel, sehr viel Liebe brauchen und die mit dem feinen Instinkt natürlicher Weiblichkeit meinen Augen und meiner Stirn die Müdigkeit und die Überreiztheit ansehen könnten. So ein frischer, junger Mensch sollte man wieder einmal sein, heiter, verliebt, mit der Sehnsucht nach Holunderduft, Frühling und Zärtlichkeit. Oh, das sehen sie einem an, die süßen Mädeln, die den Frühling und die Liebe wollen, und plötzlich hängt einem so ein herziges Ding am Arm, und man hat eine Geliebte statt einer Maitresse. – Diese Sehnsucht lehrt mich, daß ich jünger bin, als ich dachte, und darum befinde ich mich eigentlich wohler als in der letzten Zeit. Wer weiß, ob Du mit Deiner Neapolitaner Liebe nicht mitschuldig bist an dieser Erkenntnis? – Es ist spät geworden, mein Lieber, ich hab' Dir drei Stunden lang geschrieben. Nun gehe ich auf die Straße hinunter bummeln. Wer weiß? – Es liegen Abenteuer in der Luft! Durch mein offenes Fenster weht ein Abendduft herein, der mich um zehn Jahre jünger und dümmer macht! Und jetzt – jetzt, in Fünfhaus oder in der Alservorstadt, steckt vielleicht eben vor einem einfachen Holzrahmen-Spiegel ein sechzehnjähriges Jungfräulein eine Blume an die Brust, ohne zu ahnen, daß sie für mich bestimmt ist!

Wenn ich nur wüßte, ob in der Alservorstadt oder in Fünfhaus? So gar kein festes Ziel zu haben! Lebe wohl!

Dein treuer

Alfred

Josefine Weninger an Helene Beier in Paris

Meine liebe Helene!
Du fragst mich, was es Neues gibt? Nun, seit ich den letzten Brief an Dich geschrieben, bin ich überhaupt kaum vor die Tür gekommen. Ich bin ein paarmal spazierengefahren, und auch im Theater war ich, sogar gestern erst. Weißt wo? Balkon, erste Reihe, wo man doch eigentlich weniger geniert ist als unten. Und die Komödie hat so eine große Zugkraft, und obwohl sie's schon sechs Wochen geben, war's noch ausverkauft. Ja, sogar nobles Publikum. Viele Bekannte, unten in der ersten Reihe einige nette Leute, und bei der Gelegenheit hab' ich mich geprüft, wie's eigentlich mit mir steht. Weißt, ich hab' sie so Revue passieren lassen, die ganze erste Reih'. Und das war ganz merkwürdig. In der letzten Zeit vom Emil hat mir doch ab und zu der oder jener gut gefallen; einmal sogar, wie ich Dir heut im Vertrauen sagen kann, einer Deiner Einstigen, der Karl Zabelberger, der wirklich ein nettes Gesicht hat, wenn auch sonst nicht viel an ihm ist. Und unter anderem war im Parkett auch der Zabelberger Karl, welcher mich aber kalt ließ, wie ich Dir gar nicht schildern kann. Neben ihm ist ein Freund von ihm gesessen, den ich auch gekannt hab', weiß aber seinen Namen nicht, sehr chic, chicer als der Karl eigentlich, dann ein Dragonerfreiwilliger, nicht übel, dann der Baron Zenger, lang, fad, hat geschlafen während dem Stück; dann zwei Fremde, offenbar Rumänen oder Italiener, schwarz mit sehr weißen Zähnen und sehr elegant. Dann auch noch ein älterer Herr, den ich vom Sehen kenne und der mir auch sonst ganz gut gefallen hat. Aber was soll ich Dir viel erzählen! Ich hab' mir die Frage vorgelegt: Wer von den allen hätt' jetzt eine Chance bei dir? Und die Antwort, zu meiner eigenen Verwunderung, war: keiner.

Und mit dem Logenpublikum ist es mir auch nicht besser ergangen.

Ich sag' Dir, ich hab' mich so gefreut auf mein Nachtmahl, zu Haus, allein, das ich mir bestellt gehabt hab', mit dem einen Gedeck und dem ruhigen Einschlafen darauf.

Der Girardi war großartig, mir ist übrigens vorgekommen, er hat mich heraufgegrüßt. – Sonst bin ich ziemlich unbemerkt geblieben. Also wie's aus war, geh' ich hinunter, wie alle, und es war ein schöner, warmer Abend! Und da hab' ich mich wieder so deutlich erinnern müssen, wie ich aus dem Bühnentor hinten herausgekrochen bin vor so – na vor etlichen Jahren und wie der Anton mich abgeholt hat. Es ist überhaupt unglaublich, was einem alles einfällt an diesen Abenden, wenn man so in die frische Luft kommt, heraus aus dem Theatergeruch. So gut kann ich mir so ein Abenteuer aus der damaligen Zeit denken, wo ich sogar vor Glück hab' weinen können. Ich bin bei Gott nicht zu alt dazu. An mir kann's nicht liegen. Es muß halt was Neues kommen; das ist klar, so ein Jugenderlebnis, dann werd' ich schon wieder jung und nehm's mit allen Flitscherln von sechzehn und siebzehn auf. Ein interessanter Mensch müßt's sein. Einen hat der Emil vor ein paar Monaten mitgebracht, das heißt einen sogenannten interessanten Künstler, aber der war fad! – Hat genau so ausgeschaut wie die andern, nur daß er weniger geredet und immer gesagt hat, er hat Kopfweh. So einen Künstler mein' ich auch nicht, sondern ich denk' mir einen wirklichen, ohne Kopfweh, ungeheuer lebendig, meinetwegen mit sehr langen Haaren und ohne Geld. Kurzum ein Künstler, wie in den früheren Romanen, ja, so einer hätte gestern abend Chancen gehabt, aber frag die Künstler, wo sie gestern abend waren! Und wer weiß, ob sich einer an mich herangetraut hätt', einer von denen, wie ich sie meine, wenn er mich gesehen hätt', mit meinem ganzen Putz, und die blauen Steiner in die Ohren. Und gepudert war ich auch und sogar ein bissel geschminkt. Und wie ich mich so anschau', im Spiegel, jetzt, wo ich im Negligé bin, so muß ich mir selbst zugestehen, daß ich gar nicht so ohne bin, auch ohne Schmink' und Puder. – Wär' ein hübscher Versuch, einmal so auf Eroberungen auszugehen, wie? Es ist mir auch im Ernst weniger ums Bravsein. In Wirklichkeit sehne ich mich nach irgendeiner großartigen Abwechslung. Weißt, daß ich schon daran gedacht hab', nach Paris zu kommen? Aber allein! – wie schauet das aus! Und den Nächstbesten, nein, nein! Und wahrhaftig, auf die Leut', die nach Paris reisen können, grad auf die hab' ich jetzt gar keine Schneid.

Hast Du den Roman gelesen, den Dir die Lina eingepackt hat? Schreibe dies und noch viel anderes

Deiner treuen

Pepi

Alfred von Wilmers an Theodor Dieling in Neapel

Guten Morgen, mein Lieber!

Heute gibt's was zu erzählen! Ich bin wieder jung! Ich hab' meine Sach' auf nichts gestellt, juchhe. – Nun, ich nehme es Dir nicht übel, daß Du mich nicht verstehst! Es war am Sonntag. Das ist wenigstens ein Anfang. Also Sonntag, zwei, drei Uhr nachmittag. Sehr warm, und über der Stadt lag die Sonne. Und die Leute aus den Vorstädten zogen über die Linie hinaus, hatten alle eine riesige Lust ins Grüne, ins Freie, und waren fidel. Zu der Zeit, wo unsere kleine Geschichte spielt (was sagst Du zu meinem Stil?), war es in den Straßen nicht mehr sehr lebendig. Unter den Fußgängern, welche gemütlich schlendernd ihren Weg gegen die Grenze der Stadt zu nahmen, befand sich... nein, ich kann nicht, ich kann keine Novellen schreiben. Ich werde mich auf das Tatsächliche beschränken. Kurz und gut, ich hatte eine tolle Idee. Ich hatte Lust mich zu verkleiden. Ich wollte einmal ein anderer sein, weil ich mich mit mir selbst langweilte. So zog ich mir einen Samtrock an, nahm einen liegenden Kragen, eine fliegende Krawatte, setzte einen weichen Hut auf, ließ meine Handschuhe zu Hause und spazierte so davon! Du hast keine Ahnung, wie verkleidet ich mir vorkam. Ich sah aus wie ein Anstreicher. Es war freilich nicht die Lust der Maskerade allein. Ich verband einen bestimmten Zweck damit. Ich wollte die Gewißheit haben, daß ich eine eventuelle Eroberung nicht etwa dem Glauben an meine Zahlungsfähigkeit und an meinen Schneider verdankte. Ich änderte auch meinen Gang. Ich »schlenderte«, ich legte etwas Naives, Unbesorgtes, Leichtsinniges hinein. Ich war bei Gott nicht zu erkennen. Stell Dir nur vor, einen weichen Hut, ganz eingetäpscht, und eine lose Halsbinde! Um drei Uhr kam ich zur Linie, und da lehne ich mich ein paar Augenblicke an einen Laternenpfahl, zünd' mir eine Zigarette an und schau' mir die braven Bürgersleut' und die Liebespaare an, die vorbeispazieren. Auch einige Mädeln zu zweit oder dritt laß ich vorbei, ganz hübsch, ganz lieb. Da kamen eben wieder zwei, die winken zu einem Fenster hinauf, wo eine ältere dicke Frau vergnügt herunterschaut. Und ich seh', wie an so vielen Fenstern Leute herunterschauen, hemdärmelige Männer und schlamperte Weiber. Da, wo ich stehe, ist Sonne, und auf den Wällen spielen ein paar Kinder. Plötzlich wird's mir wieder etwas trübselig zumute. Ich weiß kaum warum. Diese Sonntagsbürgerlichkeit strömte plötzlich ihre ganze widerwärtige Öde über mich. Die zwei Mädeln, die schon lange an mir vorbei waren, stelle ich mir in ihrem Heim vor, sehr beschäftigt in der Küche und mit der Wäsche und zur Unterhaltung das Weltblatt lesend. Und den Herrn Vattern, wie er über die Steuern schimpft, und alles mögliche. Diesen Unterschied, den sie da alle fühlen, daß heute Sonntag ist und sechs andere Tage nicht – kurz, sehr zuwider! –

Da seh' ich plötzlich was ganz Entzückendes. Ein Mäderl, nicht mehr ganz jung, das heißt zwei- oder dreiundzwanzig. Wundervoll – und ganz allein. Einfaches geblümtes Kleid, famos gemacht, hübscher breiter Strohhut, wunderbare Augen, schlanke, schmiegsame, nicht große Gestalt, Sonnenschirm aufgespannt. Wie sie an mir vorübergeht, sieht sie mich groß an und lächelt. Dann wendet sie sich um, geht sogar zurück, an mir vorbei, ohne mich anzuschauen. Nur zwanzig Schritte, und dann wendet sie sich wieder um. – Ah, ein Rendezvous. Ich habe Zeit und warte mit. Das Unglaubliche geschieht – und dieses Wesen wartet vergeblich! – Ich schau' sie mir näher an; wirklich reizend! so lieb! Über die allererste Jugend und gottlob auch die allererste Unschuld hinaus. Kleine verräterische Falten um die Augen und einen Zug um den Mund, der erst kommt, wenn man viel geküßt und gebissen hat. Die Gestalt schmiegsam und an das Anschmiegen gewöhnt. – Aber was Naives in dieser bewußten Erfüllung ihres Frauenloses. So lieb! – Und er, er kam nicht! Ich schau' ihr zu, spazierengehen, sie kümmert sich kaum um mich, wobei wohl etwas Koketterie war, und endlich, nach etwa zehn Minuten, verzieht sie halb ärgerlich, halb verächtlich den Mund und nimmt einen eiligen Schritt, aber nicht in die Stadt zurück, sondern hinaus gegen die Währinger Hauptstraße. Da geh' ich ihr nach, und ohne eine Sekunde zu verlieren, versuch' ich mein Glück. Ich sag' ein paar belanglose Worte, sie darauf, sich nach mir umwendend, beinahe finster: »Was wollen denn Sie?« Ich ließ mich nicht abschrecken, und ein Gespräch war bald im Gange. Sie hatte die Absicht, »just« aufs Land hinauszugehen, weil es überhaupt mehr auf die gute Luft ankäme als auf ihn, und von ihr aus könnt' ich schon neben ihr weiterspazieren, wenn's mir Vergnügen machte.

Es war merkwürdig, wie rasch wir in das gemütliche Plaudern kamen. Ich muß mir schon das Kompliment machen, daß ich meine Rolle gut gespielt habe. Wie sie mich fragte: »Was sind S' denn eigentlich?« antwortete ich: »Raten Sie.« »Na, was sollen S' denn sein?« meint sie – »ein Künstler!« »Und was für einer?« frage ich. Ich war wahrhaftig neugierig. »Dichter«, sagt sie plötzlich ganz bestimmt. Ich schau' sie mit einem Blick an, der hieß: Du bist nicht nur ein sehr hübsches, sondern auch ein sehr gescheites Mädel. »Na, hab' ich's erraten?« sagt sie lächelnd. Und dann fragt sie weiter, ob ich schon lang dichte, ob ich sehr schön dichte und ob's mir Freud' macht, und so fort. – Ah, jetzt fing ein vergnügtes Lügen an! Es ist unglaublich, was ich ihr alles erzählt habe, es muß aber nicht nur interessant, sondern auch glaubwürdig gewesen sein. Denn sie lauschte geradezu andächtig. Nun ja, die Kämpfe meiner Jugend, bis ich mich mühselig durchgerungen, und das Mütterlein, fern in einem Städtchen, und dann die Frauen, und die großen Schmerzen, und die begrabene Liebe – es war wirklich rührend, und es tut mir nur leid, daß ich mir nicht genau gemerkt, was ich alles erlebt habe. Und mit einem Mal waren wir im Grünen. Wirklich draußen in der schönen Natur, und wir spazierten durch den Wald, und es wurde einsam und stiller. Wir setzten uns auf eine Bank. Ab und zu kamen Leute vorbei, und durch das Gesträuch konnte man auf eine Wiese sehen, drüben wieder Wald, und dort, weit, im Schatten unter aufgespannten Schirmen, lagen die braven Sonntagsausflügler. Zuweilen hörten wir von dort her lauteres Rufen und Lachen. Dann wieder wurde es ganz still – schwüler, stummer Nachmittag. Nun fing sie auch an von sich selber zu erzählen – die alte Geschichte; aber sie stand ihr gut zu Gesicht. Sie ist Kunststickerin, hat keine Eltern mehr; bis vor kurzem hat sie mit ihrer Tante gewohnt; aber das war nicht für die Dauer. Sie deutete an, daß irgendeine Liebesgeschichte – gewiß nicht ihre erste – mitgespielt habe. Die aber scheint auch zu Ende zu gehen. »Haben Sie ihn sehr lieb?« fragte ich. Sie schaute zu Boden. »O ja«, sagte sie; »freilich, es ist auch viel Gewohnheit dabei«, setzte sie hinzu. Und dann, plötzlich: »Nun, Sie haben ja gewiß auch einen Schatz?« Ich wollte den Schatz nicht ganz ableugnen; das hätte mir entschieden geschadet – aber auch bei mir war die Sache in langsamem Hinsterben begriffen. Mehr wollte ich nicht sagen – sie fragte auch nicht viel. Jedenfalls fanden wir bald, daß man das eigentlich nicht so schlechthin einen Zufall nennen dürfe, was uns zusammengeführt. Die Ähnlichkeit unseres Schicksals, der eigentümliche Augenblick unserer Begegnung, beide gerade so müde von einer sterbenden Liebe, ja, wenn das nicht Bestimmung sei! – Und so plauderten wir im grünen Wald, und es war so schwül, so schwül! Endlich nach dem langen Plaudern kam das Schweigen. Sie saß, ganz nah an mich gerückt – und es war wirklich ganz wunderbar, was dieser süße Mädchenleib für einen wohligen Duft ausströmte. Das ist so nett von diesen kleinen Vorstädtlerinnen, daß sie immer so soigniert sind. Die Kleine hat sich zum Namenstag jedenfalls einen sehr guten Parfüm schenken lassen. Aber aus ihren lockigen Haaren kam noch ein ganz eigener Duft. Ich zog sie an mich. »Schläfrig?« fragte ich. – Sie nickte und lehnte den Kopf an meine Brust und schloß wahrhaftig die Augen. Nun mußte ich doch diese herzigen, geschlossenen Augen küssen, sie ließ es geschehen, dann küßte ich ihre Wangen, ihren Mund. Sie sagte

»Aber!« und küßte mich wieder. Es kamen Leute vorbei, und wir standen auf. – Nun war es vollkommen entschieden, daß uns ein geheimnisvolles Walten des Schicksals zusammengeführt, welches, wie das Schicksal schon ist, durchaus unser Glück wollte. Für alle Fälle sagten wir uns »Du«... Es ist nicht zu schildern, wie gut aufgelegt wir waren. Sie behauptete, daß ihre geheime Sehnsucht stets ein Dichter gewesen sei. Und meine? Ich war großartig und behauptete, meine Sehnsucht war überhaupt nur sie, gerade sie, gerade diese kleine, süße Pepi, die Sonntag, den soundsovielten Juni, über die Währingerlinie spaziert kam mit einem Sonnenschirm und einem Strohhut. Und wie die Zeit verging! Es begann schon zu dämmern. Also was nun? Zusammen nachtmahlen natürlich! – Aber vor zehn wollte sie jedenfalls zu Hause sein. Also jetzt ging's in ein Gasthaus, das gleich am Ausgang des Waldwegs lag. Eins dieser kleinbürgerlichen Wirtshäuser, welche ich sonst zu fliehen pflege. Aber wie hübsch war das alles heut. Wir spazierten in den Garten hinein, wo unter den großen Bäumen die Tische mit den Gartenlampen darauf und in gemessener Entfernung große Laternen standen. Sehr voll war es nicht; an einzelnen Tischen saßen ganze Familien, fürchterlich müd und durstig; an anderen zärtliche Paare, die einander bei der Hand hielten, da und dort kleine Spießergesellschaften. Und wie ich mich näher umsah, gab es auch nobleres Publikum; Sommerparteien an Stammtischen. Wir setzten uns an ein kleineres Tischchen ziemlich seitab, ich bestellte ein, haha, ein frugales Nachtmahl – wir hatten beide famosen Appetit und waren enorm glücklich.

Es war nun ganz dunkel, und wir saßen im tiefen Schatten. Eine Art von Zärtlichkeit überkam mich! Eine Art von Mitleid, könnt' ich sogar sagen, das ja eigentlich immer in der Zärtlichkeit steckt. Sie erzählte mir von ihrem Heim. Stell dir vor, ein kleines Zimmer im dritten Stock, Aussicht über die Höfe, ein sehr einfaches Zimmer natürlich; nur eines darf nie fehlen: Blumen. Früher hat er ihr immer die Blumen geschickt; in der letzten Zeit ist er damit nachlässiger geworden. Da hat sie sich selbst manchmal Veigerl oder Flieder gekauft und hat sie in die kleine

Vase gesteckt, die bei ihr auf dem Fensterbrett steht. – Endlich gingen wir, sie hing sich in meinen Arm. »Wie spät ist's denn?« fragte sie. Es war halb zehn. Vor dem Gartentor standen Einspänner; wir stiegen ein. Sie wollte sich durchaus nur bis an die Währingerlinie fahren lassen, in deren Nähe sie wohnt, will durchaus nicht mit dem Wagen in die kleine Gasse vorfahren, wegen der Nachbarn und wegen des Hausmeisters – na, und wohl auch wegen des Emil, meinte ich. Sie lag mehr im Wagen, als sie saß, hielt den Strohhut auf dem Schoß, und ihr Kopf mit den duftenden Haaren lag auf meiner Schulter. »Mit dem Emil ist's aus«, sagte sie. »Es ist eigentlich schon wochenlang aus. Er will ja nichts mehr von mir wissen. Und es ist auch ganz gescheit. Und wenn du mich überhaupt wieder sehen willst, so red vom Emil nichts mehr. Ich frag' dich auch nicht.« Und nun schwieg sie, und so fuhren wir weiter, und ich streichelte ihre Wangen. In einer Viertelstunde waren wir bei der Linie. Da stiegen wir aus. Ich wollte sie bis zum Haustor begleiten. – »Was fällt dir ein!« rief sie. »Jedes Kind kennt mich ja da!« Und sie gibt mir einen Kuß und läßt mich stehen und lauft davon.

Sehr wohlgelaunt spazier' ich nach Hause. Zuerst aber setz' ich mich in ein Kaffeehaus draußen, um meinen Schwarzen zu trinken – denn in meinem Aufzug konnt' ich unmöglich ins Kremser oder Imperial. Also da saß ich und hatte das behagliche Gefühl, wie man es vor einer neuen Liebe hat, und freute mich auf die Küsse von morgen und auf alles andere, was morgen oder, wenn's schlimm ist, übermorgen kommen wird. Dieses Morgen ist heute, und da es nun hohe Zeit geworden, meine Maske umzutun, geliebter Freund und Dichter, beschließe ich diesen langen Brief und freue mich, bald wieder von Dir zu hören.

Alfred
jugendlicher Liebhaber

Meine liebe Helene!
Ich habe die Rouleaux heruntergelassen, sitze im Negligé da, um Dir ganz in Ruh' eine große Neuigkeit schreiben zu können.

Hast Du meinen Brief bekommen? Na, dann weißt Du auch, was mir so die letzte Zeit durch den Kopf gefahren ist und wie ich plötzlich gar keine Freud' mehr an den Drahereien gehabt habe. Nein, hab' ich mir gedacht, schön soll er sein, der Nächste, aber nur um Gottes willen nicht nobel. Und ich möcht' wieder einmal so ein liebes, kleines Abenteuer haben, wie früher einmal. Also denk Dir, da komm' ich so nach und nach auf die Idee, ich zieh' die alte Pepi wieder einmal an und nehme mir aus meinem Kasten ein Kattunkleid, was ich vor ein paar Jahren einmal in einer Stubenmädlroll' getragen hab', setz' mir einen einfachen Strohhut auf, kurz, richt' mich so à la Mädel aus der Vorstadt her. Die Lina hat ein über das andere Mal ausgerufen. Nein, so schön, aber so schön! – Und ich selbst, wie ich in den Spiegel geschaut hab', war ganz zufrieden. Im übrigen laß ich mich in dem ganzen Kostüm photographieren und schick' Dir ein Bild; ich zieh' mir's sowieso noch ein paar Mal an, wie Du gleich hören wirst. Gestern, Sonntag, hab' ich's das erstemal angehabt. Und mein fester Vorsatz war: Heute zwick' ich mir einen auf, aber einen fürs Gemüt! Ich geh' durch die Währingerstraße – rein zufällig, es hätt' ebenso gut die Alserstraße sein können –, und unter meinem Sonnenschirm schau' ich mir die Leut' an. Na, ich muß Dir sagen, im Anfang hab' ich fast die Lust an der ganzen Geschicht' verloren. – Endlich komm' ich zur Linie, schon sehr schlecht aufgelegt eigentlich. Da steht ein junger Mann bei einer Laterne angelehnt, der schaut mich an, so mit einem gewissen naiven bewundernden Blick. Mein erster Eindruck war, der wartet auf wen. Mein zweiter, der ist ein hübscher Kerl. Künstler, das war ganz klar. Brauner samtener Rock, fliegende Krawatte, absolut nicht elegant, aber einen hübschen, wohlgepflegten Teint, kleinen Schnurrbart, sehr nette Haltung. – Das wär's, was ich brauchte! – Na, denke ich mir, einen Versuch ist er wert! Ich tu' also auch, als wenn ich auf wen warten möchte, spazier' auf und ab, endlich geh' ich weiter. Er mir nach und spricht mich an. Ich muß Dir sagen, es war mir sehr angenehm. Ich war nur ein ganz kleines bißchen grob, dann hab' ich ihn neben mir gehen lassen, und die Geschicht' hat sich gemacht. Natürlich hab' ich mit meiner Vermutung recht gehabt, und er war riesig erstaunt, wie ich ihm aufs Gesicht zugesagt habe, daß er ein Dichter ist. Er hat eine wunderbar angenehme Art zu reden, so weich, so einschmeichelnd, dabei immerfort mit einer gewissen Hochachtung. Er hat sicher schon viel erlebt, und in der letzten Zeit muß ihn eine schaudervoll zum Narren gehalten haben – oder ich verstehe mich gar nicht mehr auf die Männer. – Reichtum – Reichtum hab' ich bei dem nicht zu fürchten, und die Soupers beim Sacher sowie brillantene Geschenke sind ausgeschlossen. Na, und über das, was ich ihm erzählt hab', war er ganz gerührt! Du hättest es aber auch nur hören müssen! Eine Räubergeschicht' von einem Liebhaber, der mich nicht mehr gern hat, von einer alten Tant', mit der ich mich überworfen hab', und von einem kleinen Zimmer, und was ich für eine brave arme Person bin, und alles mögliche. Denk Dir, zu Fuß sind wir hinaus nach Pötzleinsdorf, und im Wald sind wir stundenlang gesessen, und ich habe mich keine Minute gelangweilt, und wie er mich auf der Bank im Arm gehalten und geküßt hat, da hab' ich eine so angenehme Empfindung gehabt wie schon lang, lang nicht. Ich weiß nicht, was ich alles im Stand gewesen wäre, wenn's nicht hellichter Nachmittag gewesen und jeden Moment Leut' vorbeigegangen wären. Eigentlich hab' ich auch so eine Art Rührung gehabt. Es ist mir eingefallen, was so ein armer Schriftsteller alles durchzumachen hat, der noch dazu sein halbes Einkommen für seine Mutter aufbraucht und natürlich von den Konkurrenten verfolgt wird und angefeindet.

Am Abend waren wir in einem kleinen Gasthausgarten, und da war er von einer Zärtlichkeit! – Und die Augen! – Sein Blick allein hat mich um Jahre jünger gemacht. Und dabei diese Bescheidenheit. Ich war ganz froh, daß er so bescheiden und still geblieben ist den ganzen Abend, es war eigentlich schön. Ich glaub', er hätte seine Braut nicht anders behandeln können wie mich. Wunderschön ist's auch gewesen, wie wir im Comfortable nach Haus gefahren sind. Ob Du mir's glaubst oder nicht – es wär' mir schrecklich gewesen, wenn er jetzt zudringlich geworden wäre. Aber kein Wort davon. Nur um ein Rendezvous hat er mich gebeten für den nächsten Tag, das war alles. Bei der Linie bin ich aus dem Wagen gesprungen. Nämlich für ihn wohne ich da in irgendeiner Seitengasse im vierten Stock. – Mindestens eine Viertelstund' hab' ich zu Fuß rennen müssen, bis ich einen Fiaker gefunden hab'! In meiner Wohnung war mir ganz merkwürdig zu Mut. Wie umgewechselt. Und dann, das besondere Glück, daß er nicht nur ein armer Teufel ist, sondern auch ein Dichter! Ein Künstler! Siehst Du, das wird einmal eine Komödienspielerei sein, von der ich was hab'! Ich muß aufhören zu schreiben, denn in einer Stunde tret' ich wieder auf.

Es küßt Dich Deine treue
Josefine

Alfred Wilmers an Theodor Dieling in Neapel

Mein lieber Theodor!
Wie lange hab' ich Dir nicht geschrieben? Einen Tag oder acht? Oder einen Monat? Oder eine halbe Jugend lang? Und warum setze ich jetzt die Feder an? Warum lieg' ich nicht lieber, wie ich jetzt so oft und ganze Stunden tue, auf meinem Diwan, die schönen Augenblicke weiterträumen, deren Erinnerung ich mit mir nach Hause bringe. Wer es mir vor einer Woche prophezeit hätte! Ach, nun bin ich doch wenigstens wieder in der Zeitrechnung drin. Heute ist wieder Sonntag. Ja, ja, es ist nicht länger als acht Tage, daß es begann. Nun ja, mein lieber Theodor, ich lebe ein zärtliches Idyll, in dessen Verlauf ein Tag ist wie der andere, das kein Ende zu haben scheint, von dem man sich kaum einen Anfang vorstellen kann. Ja, ich lebe es, denn ich fühle nicht mehr, daß ich es spiele. Wenn ich Abends den breiten weichen Hut und den Samtrock nehme, so ist mir, als könnt' es gar nicht

mehr anders sein, und wenn ich mit dem süßen Geschöpf ins Freie hinausspaziere und Arm in Arm mit ihr weit draußen an der Grenze der Stadt oder im Wald herumflaniere, dann weiß ich kaum mehr, daß es lauter Lügen sind, die ich ihr von mir erzähle, denn die Hauptsache ist ja doch wahr: daß ich mich nämlich seit einer unsäglich langen Zeit nicht so wohl befunden wie jetzt.

Ja, es ist wieder einmal die Jugendliebe, die erste Liebe, wenn du willst, die man ab und zu wieder erlebt, wenn man ein Sonntagskind ist oder wenn das Schicksal einen für einen guten Einfall belohnen will. – Weißt Du, daß ich zuweilen glaube, ich bin die letzten Jahre verkleidet durch die Welt gegangen und habe jetzt die Maske abgelegt? Ich begreife selbst nicht, was mir für Worte über die Lippen kommen, wenn ich mit ihr bin, und was für Stimmungen mich einhüllen. Was das für Stunden sind abends auf dem Lande! Und neulich einmal, am Morgen, als wir irgendwo, nicht weit von Wien, aber in einem jener Orte, wo nie ein Wiener hinkommt, in einem kleinen Gasthof erwachten und durchs Fenster herein ein himmelblauer Tag lachte! Wie wir uns den Tisch in den kleinen Obstgarten rücken ließen und unsern Kaffee tranken, während der Morgenwind leise durch die Bäume rauschte. – Wenn wir getrennt sind und sie zu ihrer Arbeit zurückkehrt, so wie ich angeblich zu der meinigen – da habe ich ein kindisches Bedürfnis, vor ihrem Fenster auf und ab zu gehen, um nur in ihrer Nähe zu sein. Und dabei ist das Komische, ich weiß erst seit gestern, wo ihr Fenster ist. Die Gasse, wo sie wohnt, kannte ich. Aber das Fenster, hinter dem sie arbeitet – das war auch so eine der zärtlichen Ideen, die sich in ihrem Kindskopf tummeln –, das sollt' ich selbst heraussuchen, und ich mußte es finden, wenn ich sie wirklich lieb hätte. Und da bin ich denn vor den sechsundsiebzig Fenstern im dritten Stockwerk, die sich in jener Gasse befinden, auf und abgegangen und habe das ihre, nun magst Du lachen, wenn Du willst, richtig aus den sechsundsiebzig (ich habe sie gezählt) herausgefunden. Sie war selig, wie ich ihr's sagte. An den Blumen hatte ich es erkannt. Und nun muß ich Dir sogar gestehen, daß ich heute nacht in dieser Gasse auf und ab gegangen und im Mondenschein vor dem Fenster gestanden bin wie ein dummer Bub! – Das ist, was die Sache so sonderbar und neu für mich macht: Dieses Ineinandergleiten von Stimmungen keuscher Jugendliebe und reifen Schwelgens. Und denke nur: vollkommen um meiner selbst willen werd' ich geliebt. Die Veilchen, die ich ihr bringe, küßt sie tausend Mal'. Und unsere Abende in den kleinen Wirtsgärten der Vorstadt! Und wie ich ihr dann, wenn wir so zusammensitzen vor dem Glas »Gespritzten«, von meiner früheren Existenz erzähle! Du bist gewiß nicht böse, wenn ich Dir gestehe, daß ich teilweise Deine Biographie und ganz speziell Deine Lehr-, Studien- und Liebesjahre in München mit jenen Veränderungen, welche mein schwaches Gedächtnis notwendig macht, benütze und mir auch gestatte, Deine Fußwanderungen durch Thüringen und die Schweiz und insbesondere Dein Genfer Abenteuer mit der englischen Malerin für meinen Gebrauch zu bearbeiten. Ach, wie sie da an meinen Lippen hängt! Wie man ihr die Rührung ansieht! – Und dann laß ich mir wieder von ihr erzählen; da kommen mir wirklich manchmal die Tränen! An wieviel Traurigkeit und Süßigkeit wir doch vorübergehen, um Lustiges und Schales dagegen einzutauschen. Denn meine Verliebtheit macht mich durchaus nicht blind, und ich bin überzeugt, daß es noch hundert solcher Geschöpfe wie meine kleine Josefine gibt. Aber mir ist manchmal, als würde es jetzt erst der Kleinen klar, was bisher mit ihr geschah, und ich fühle, wie dankbar sie mir für die Art und Weise ist, in der ich sie behandle! Und mit eigentümlicher Wehmut erfüllt es mich, wenn ich an ihre Zukunft denke, denn, siehst Du, daß ich sie verlassen werde, das weiß ich ja doch! Und es wird vielleicht nicht einmal besonders traurig sein. – Aber gerade das tut mir weh – ist das nicht sonderbar?

Manchmal denk' ich mir, wie ihr geschähe, wenn ich plötzlich in meiner wahren Gestalt vor sie hinträte. Ob da nicht der ganze Zauber vorbei wäre? Ob sie nicht eben meine Maske liebt? Sie würde es schmerzlich empfinden, wenn sie entdeckte, wie fern wir uns eigentlich im Leben stehen, denn sie hat manche Erlebnisse meiner Vergangenheit liebgewonnen. Es gibt Dinge, die sie sich gern wieder erzählen läßt. So hab' ich ihr schon drei- oder viermal eine ganz unglaubliche Geschichte von ein paar verzweifelten Tagen erzählt, in denen ich dem Selbstmord nahe war, weil ich fast verhungert wäre. Denn unsere Armut bringt uns einander nahe. Nun, ich glaube, sie verdient sich genug und hat augenblicklich keinen Mangel zu leiden. Aber Du hast gar keine Ahnung, wie rasend mich zuweilen die Lust erfaßt, das Leben dieses süßen, armen Geschöpfes reich und sorgenlos zu gestalten, und wie ich es doch nicht wagen würde, auch nur eine Andeutung in diesem Sinne zu machen. Ja, dann wär' alles vorbei. Blumen läßt sie sich schenken. Nächstens will ich's einmal mit einer Kleinigkeit versuchen, zum Beispiel ein winziges Herzchen aus Gold, das sie sich um den Hals hängen kann. Aber nun ist's genug, denn ich kann Dir ja doch das Rechte nicht sagen. Jugendliebe, ich finde kein anderes Wort! Ich beneide Dich selbst um Dein Neapel nicht mehr und um Deine Neapolitanerin. – Heute abend wollen wir wieder aufs Land. Da weiß ich nun wirklich nicht, was dann entzückender ist: die zärtlichen Stunden im Wald oder die Heimfahrt. Jetzt sind wir ein paar Mal mit dem Omnibus vom Land zurückgekommen – natürlich – weil's billiger ist –, und ich sollte nicht so viel Geld ausgeben, sagte sie neulich, als ich wieder einen Einspänner nehmen wollte. Nach dem, was sie vor mir erlebt, frag' ich sie wenig. Mir genügt die Empfindung, daß ich eine Art Erlösung für sie bedeute. Ich wollte gar nicht, daß sie gar nichts zu vergessen hätte! Da wäre sie ja nicht die, welche ich eigentlich suchte. Nein, ich wollte nicht das Mädchen, das ich verführe und das mir nachweint, nein, eines ihrer reifen Erlebnisse will ich bedeuten, aber das beste, das sie weder sich noch mir einmal vorzuwerfen hat. Ich werde eines Tages aus ihrer Existenz verschwinden, wie ich gekommen bin. Wie ich fühle, daß das Ende kommt, reise ich ab und schreibe ihr dann von da oder dort, aber ohne ihr zu sagen, daß ich eigentlich eine Komödie gespielt. Ich werde ein schöner Traum für sie gewesen sein. – Aber genug, genug. Du hörst bald wieder von mir, vielleicht nicht von Wien aus. Denn wir haben die Absicht, uns auf ein paar Tage aufs Land zurückzuziehen, ganz in die Einsamkeit –

unter Bäumen, süß zu träumen, wie der Dichter der Gräfin Melanie sagt.

Lebe wohl für heute und schreibe mir doch auch bald wieder.

Dein

Alfred

Josefine Weninger an Helene Beier in Paris

Liebste Helene!

Nein, was hab' ich über Deinen Brief lachen müssen! Ja, wenn Du eine solche Angst um mich hast, da trau' ich mich ja kaum mehr, Dir was zu schreiben! – Aber ich riskier's. Ich bin verliebt, ja, ja, sogar riesig. Er ist ein so süßer Kerl. – Hast Du schon einmal ein Verhältnis mit einem Dichter gehabt? Ich meine, mit einem wirklichen, nicht mit einem von dem die Stück' oder die Operetten aufgeführt werden, sondern mit so einem, der nichts ist und nichts hat und wahrscheinlich nichts wird, so mit einem echten Dichter, der Gedichte macht und einen anschwärmt! Ah, das ist doch eine eigene Rasse. Von der Liebe will ich ja gar nicht reden, aber die Hochachtung! Wenn wir zusammen am Abend spazierengehen, da ist's rein als wie eine Braut mit ihrem Bräutigam. Neulich haben wir einmal eine Nacht auf dem Land verbracht, und da hat's uns so gut gefallen, daß wir beschlossen haben, auf eine Woche oder zwei uns ganz in die Einsamkeit zurückzuziehen. Hoffentlich wird was daraus, ich hab' nur eine Angst, daß er sich das Geld dazu irgendwo ausleihen muß. Denn wie der Mensch kein Geld hat, das ist geradezu komisch. Ich merk's ihm an, wie wohl es ihm tut, wenn ich ihn von großen Ausgaben zurückhalte, wie zum Beispiel – jetzt wirst Du lachen – von einem Comfortable! Na, ich kann ihm natürlich nichts antragen, das wäre gefehlt! Ich, die arme Kunststickerin. Oh, Du wärst erstaunt, wenn Du meine Lebensbiographie kennen möchtest. Na, ich war doch schon früher verliebt und hab' oft gelogen – aber so viel gelogen und so verliebt doch noch nie! Freilich, so rührende Sachen, wie er mir, kann ich ihm nicht erzählen – das läßt sich eben nicht erfinden! – Ich bin zu faul zum vielen Schreiben, aber wenn wir wieder einmal beisammen sind, muß ich Dir die Geschichte erzählen, wie es ihm in Berlin ergangen ist. Ich bin wirklich so froh, daß ich ihn ein bißchen glücklich machen kann, nachdem ihm die Menschen und besonders die Weiber so schändlich mitgespielt haben. Und er ist mir dankbar und sagt mir, wie er merkt, daß ich eine ganz andere bin. Es hätt' aus mancher was ganz anderes werden können... Na, Helentscherl, hab' keine Angst, der ist auch viel zu gewissenhaft, als daß er mein Los an sein »ungewisses« ketten möchte. Denn er redet oft von seinem ungewissen Los und wird ganz traurig. Und ewig hab' ich ja doch noch nie geliebt, und Deine Angst, liebe Helene, hat keinen Sinn. Schön wär's freilich, aber sein ganzes Leben kann man doch nicht im Omnibus vom Land hereinfahren? – Also leb wohl für heute und grüß mir den Lixl. Aber sag ihm nichts von der Geschicht'! Es ist wegen später.

Deine

Josefine

Alfred von Wilmers an Theodor Dieling in Neapel

Mein lieber Theodor!

Schau Dir den Poststempel nur genau an – Du weißt doch nicht, woher der Brief kommt. Erstens ist hier keine Post. Den Brief holt der Bote ab. Wir sind kaum zwei Stunden von Wien und doch so versteckt, als wären wir hundert Meilen weit. Ein gemütliches Gasthaus, seitab von der Landstraße, im Wald; eigentlich zu einer Mühle gehörend. Einsam, Leute vom Wald kehren zuweilen ein; gewöhnlich aber sind wir ganz allein und am Mittag setzt sich höchstens der Wirt an unsern Tisch. Wir stehen in aller Gottesfrühe auf (hier kann man »Gottesfrühe« sagen!), und da kommt vom Wald, der gleich hinter dem Hause anfängt, der ganze herrliche Morgenduft herein. – Den halben oder ganzen Vormittag sind wir dann im Wald oben, liegen zusammen auf einem grauen Plaid, schauen in die Luft und atmen den süßen

Frieden ein. Ja, wir haben uns sehr lieb, denn, wie Du zugeben wirst, man muß sich sehr lieb haben, um es in einer solchen Einsamkeit auszuhalten. Aber es ist wirklich schön, und ich kann mich auch über die Verpflegung nicht beklagen. – Am Nachmittag sind wir gewöhnlich lang auf unserm Zimmer, und da schläft sie. So ein Moment ist jetzt zum Beispiel. Und ich hab' mich an's Fensterbrett gesetzt und lasse den Duft vom Wald her auf mich niederwehen, was eigentlich auch die einzige Unterhaltung ist, die man hier haben kann. Aber das Schönste ist, man empfindet gar nicht das Bedürfnis nach was anderem. Wenn sie aufwachen wird, machen wir wieder einen Spaziergang, in den Wald, natürlich, denn es gibt hier keine anderen Spaziergänge. Da führt ein netter schattiger Weg ins nächste Dorf, das recht ärmlich ist, mit lauter halbstockhohen Häuschen – ohne Sommerparteien. Aber das ist ja grad das Schöne. Weit und breit keine Menschenseele, nichts als Bauern, Kaufleute und so fort. Und wenn wir durch den Wald hingegangen sind, kehren wir abends, wenn's sehr schattig ist, auf der Landstraße in unser Wirtshaus zurück. Auf der Landstraße begegnen wir Postwagen und Leiterwagen und hauptsächlich Müllerburschen. Im Garten nehmen wir dann das Nachtmahl ein. – Nur an Sonntagen sollen sich ab und zu Ausflügler aus Wien her verirren. Da fliehen wir natürlich, denn wir sind nur hergekommen, um vollkommen allein zu sein. Das hat auch wirklich einen wunderbaren Reiz! Besonders am ersten und zweiten Tag hat es einen ganz unbeschreiblichen Reiz gehabt. Wenn man sich lieb hat, erträgt man eben alles. Was mich ein bißchen geniert hat, war der Umstand, daß mein Zimmer gemalt und nicht tapeziert ist. Das ist unangenehm, wenn man so mit der Hand über die Mauer fährt. Aber ländlich ist es, und außerdem sind wir ja so wenig im Zimmer – wir haben ja den Wald. Mit einem Wort: Es ist eine sehr glückliche Zeit, die wir hier verleben, und mein süßes Lieb (hier kann man sagen »mein süßes Lieb«) ist zärtlich und schön. Wenn ich sie jetzt so ansehe, wie sie daliegt, lächelnd im Schlummer – es tut wirklich weh, wenn man denkt, daß es da ein Ende, einen Abschied gibt. – Sie bewegt sich; ich muß diesen Brief schließen. In ein paar Minuten wird sie wach sein und mich fragen, was ich heute gedichtet. – Denn während sie schläft, dicht' ich angeblich. Ja, ich habe es am ersten Tag wirklich versucht, um ihr eine Freud' zu machen – aber Du, das ist wirklich schwer. – Und dabei habe ich mir ein ganz populäres Thema gewählt – die Liebe. Aber es geht nicht. Sie ist jetzt schon ganz gekränkt, daß sie einen Dichter zum Geliebten hat, und noch immer –. Sie schlägt die Augen auf. Leb wohl!

Dein

Alfred

Josefine Weninger an Helene Beier in Paris

Meine gute Helene!
Nur in Eile, denn ich bin keine Sekunde allein. Wir sind auf dem Land, ganz verlassen. Wir haben uns noch immer ungeheuer gern, und deshalb sind wir ja aufs Land herausgezogen, wo wir ganz ungestört sind und unserer Liebe leben können. – Land ist zu viel gesagt. Wir wohnen in einem Wirtshaus, tief im Wald, hundert Meilen von allen Menschen. Die Gegend ist prachtvoll. Eine ausgezeichnete Luft, nur etwas drückend; ich schlafe halbe Tage lang. Aber für Leute, die sich lieb haben, wie geschaffen. Ungestört ist man, das ist schon unglaublich. Es ist ein wahres Glück, daß wir uns so lieb haben; sonst müßten wir vor Langeweile rasend werden. Aber er ist ein süßer Kerl, wirklich. Und ich fühle, es tut ihm so gut, nach allen seinen Schicksalen, sich da erholen zu können, in der Waldeinsamkeit. Mir tut er nur leid, daß er so gar kein Geld hat. Denn eigentlich stell' ich mir wunderschön vor, mit ihm zu reisen, das wär' so eine Überraschung, wenn ich plötzlich mit meinem Dichter bei Euch in Dieppe auftauchen möcht'! Aber es geht halt nicht! – Es ist ein wahres Glück, daß ich ihn so lieb hab', sonst führ' ich vielleicht doch im Sommer nach Dieppe. Nein, es ist sehr gut so. Geliebt werden und lieben, das ist das wahre Glück! – Da gefällt's einem überall. Da hält man's auch in der Wüste aus; davon bin ich fest überzeugt. Nur regnen dürft's nicht, das muß ich schon sagen – denn

da muß es hier trostlos sein. Schreib mir nur wieder nach Wien, denn lang bleiben wir ja nicht hier – wir sind so arme Teufel!

Leb wohl, viele Küsse!

Deine

Pepi

Alfred von Wilmers an Theodor Dieling in Neapel

Mein lieber Theodor!

Wieder in Wien, seit zwei Tagen nämlich. Wir waren eine ganze Woche draußen, und wenn ich jetzt so daran zurückdenke, so muß ich wirklich sagen: es war sehr hübsch. Nur am letzten Tag war es etwas ungemütlich, stell Dir vor – einen Guß von morgens bis abends – daher war es wohl auch der letzte Tag. Oh, – sonst. Aber denk Dir nur, so stundenlang in dem miserablen Zimmer beim Fenster stehen, sich nicht hinausrühren können, weil man in Kot versinkt. Abscheulich! Da faßten wir den Entschluß, heimzufahren. Ich sag' Dir, wie wir unsere Habseligkeiten einpackten, ach, ich glaube, so lustig waren wir eigentlich die ganzen acht Tage nicht. Es scheint überhaupt, allzugroße Zärtlichkeit schließt die Fidelität aus. – Hat ja entschieden etwas für sich, die Schwermut in der Liebe, und ich hatte ja recht, mich wieder einmal nach diesem Genre zu sehnen. Schwermut, das kann man eigentlich nicht sagen. Na, was hilft die Theorie – es war ja wunderschön, das steht fest. Es war? Hm, nein es ist, und wird sogar hoffentlich noch lange sein, wie Du sofort begreifen wirst. Eines wurde mir nämlich da draußen klar, daß sich die Geschichte mit den liegenden Kragen und dem Omnibus und den Versuchen zu dichten auf die Dauer unmöglich halten würde. – Auch das Dritteklaßfahren ist nicht meine Schwäche. – Also, jetzt hör einmal! Wie wir am Abend nach Wien hineinfahren, riskier' ich's und nehm' Billetts erster Klasse. Ja, das Gesicht von dem Mädel hättest Du sehen sollen. Wie nun der Zug hält und ich sie vorbeiführe – an allen Wagen ruhig zu einem erster Klasse, der natürlich leer war! »Ja, was machst denn?« ruft sie.

Ich ungefähr in dem Ton, als wenn ich ihr ein Fest geben wollte: »Komm nur, komm nur.« – Und nun sitzen wir mit einem Mal in den behaglichen samtenen Fauteuils mit den weißen Spitzenüberzügen, und sie schaut sich nur so um. – In dem Moment war sie das echte Vorstadtmädel, das in den Salon kommt. »Ja, was fällt dir denn ein«, ruft sie aus; aber, statt zu schmollen, wie ich's eigentlich für den ersten Moment erwartet, fällt sie mir um den Hals, küßt mich ab und springt wie ein kleines Kind in dem Kupee hin und her, so daß sie schließlich, wie sich der Zug stark bewegt, in meine Arme sinkt. Es war eine der schönsten Stunden, die wir je miteinander verbracht hatten. Jetzt konnt' ich schon mutiger sein, in Wien am Bahnhof – ich riskier's und nehm' einen Fiaker. Sie sah mich an und sagte mir: »Ja, bist du verrückt?« – Ich glaubte, eine Erklärung versuchen zu müssen: »Wir hatten ja durch unsere frühere Abreise ein paar Tage auf dem Lande erspart.« – An der Ecke ihrer Straße nahm sie zärtlich Abschied; natürlich durfte der Fiaker nicht bis vor ihr Haus fahren. – Das war gestern. Und heute soll folgendes geschehen: In einer Stunde trete ich vor sie hin – und zwar diesmal in meiner wahren Gestalt. Ich riskier's – denn sie liebt mich. Wir haben unser Rendezvous wie gewöhnlich draußen – nahe der Linie. Heute aber komme ich nicht mit fliegender Krawatte, zu Fuß und mit einem schwärmerischen Blick; nein, mit dem Fiaker komm' ich angefahren und einem namenlos eleganten Sommeranzug, einer Echarpe um acht Gulden, einem englischen Strohhut und werde Fräulein Pepi mit einem freundlichen Neigen des Kopfes einladen, an meiner Seite Platz zu nehmen, und ihr gesteh'n, daß ich ein schändliches Spiel mit ihr gespielt und daß ich ein wohlhabender Mann bin, der leider gar nicht dichten kann. – Es wird ein harter Schlag für sie sein; aber ihr Benehmen im Kupee erster Klasse läßt mich hoffen, daß es mir gelingen wird, sie zu trösten. Alles liegt bereit – ah, ich bin eigentlich glücklich, daß ich heute abend wieder wie ein vernünftiger Mensch auf die Straße gehen kann.

Jetzt aber legt sie die Arbeit weg und macht sich zum Spaziergang bereit. Armes Kind! Mir tut es eigentlich wohl, daß ich nun hoffentlich in die Möglichkeit versetzt sein werde, ihre Lage ein wenig zu verbessern. Und ich bin eine ganze Zeit, nämlich vierzehn Tage lang, um meiner selbst willen geliebt worden; was kann mir jetzt noch Schlimmes geschehen? Es wird spät, lieber Theodor, morgen schreib' ich Dir wieder!

Dein

Alfred

Josefine Weninger an Helene Beier in Paris

Meine gute Helene!

Vor allem bitte ich Dich recht schön um eines: schau Dir nicht die letzte Seite von diesem Brief an, bevor Du die erste gelesen hast; sonst ist der ganze Spaß verdorben. Aber wart, ich muß mir überlegen, was ich Dir zuletzt geschrieben. Ja, vom Land. Also denk Dir, wie wir eine Woche draußen sind auf dem Land, fangt's richtig zum regnen an. Jetzt stell Dir unsere Verzweiflung vor. Aber gottlob – es gibt ja Wagen und Eisenbahnen, und am selben Abend noch beschließen wir nach Wien hineinzufahren. Jetzt, stell Dir aber vor – nimmt mein armer Dichter, wie wir zur Bahn kommen, Billetts erster Klass'. Ich denk' mir natürlich, er spendiert das, damit wir sicher allein sind, und hab' mich auch im Kupee darnach benommen. Wie wir aussteigen, winkt er einem Fiaker. Ja, ich war paff. Aber ich muß sagen, es war auffallend, wie wohl mir wieder unter diesen besseren Verhältnissen war. – Also wie ich aussteige in der Näh' der Linie und mir wie gewöhnlich einen andern Wagen nehmen muß, um zu mir zu fahren, und wie ich endlich wieder zu Haus bin in meinem lieben, schönen, tapezierten, gemütlichen Zimmer mit dem Himmelbett, da kommt mir eine Idee. So geht das nicht weiter, hab' ich mir gedacht. Die Komödie muß aus werden, ja – aber warum denn auch das Wahre von der Komödie? Und das Wahre, das war halt, daß ich in meinen Dichter eigentlich noch immer sehr verliebt war, was ich besonders bemerkt hab', wie ich plötzlich nach acht Tagen so mutterseelenallein in meinem

Zimmer gewesen bin. – Also, da hab' ich mir gedacht, demaskieren muß ich mich ja doch einmal, also lieber früher als später. Und besonders hat mich eine Idee immerfort geplagt, daß ich ihn nämlich einmal da, bei mir, gerad in meinem gemütlichen Zimmer haben müßte, um ihm so recht zu zeigen, wie gern ich ihn habe. Na, zum Schluß, noch vor dem Einschlafen, bin ich fest entschlossen gewesen, ihm am nächsten Tag alles aufzuklären. Also was tut Deine Pepi am nächsten Tag, vielmehr abends? Sie zieht sich nicht mehr das Stubenmädelkleid an, sondern eine elegante Straßentoilette (die dunkelgrüne, die Du kennst), setzt sich einen chicen Hut auf (einen, den Du nicht kennst, ich hab' ihn mir im Juni gekauft), nimmt den Schirm mit Schildkrotgriff vom Baron Lenghausen, setzt sich in einen Fiaker und fährt zur Linie – dorthin, wo ich eben mit ihm das Rendezvous gehabt hab'. – Es war halb acht, schon fast dunkel, und ich laß den Wagen halten; bleib' aber drin sitzen. Weißt Du, das Herz hat mir geklopft, das muß ich sagen, denn es hätte ja auch schiefgehen können. Ich habe mir vorgestellt, er kommt mit der Samtblusen dort um die Ecke, und wie er mich erkennt, zieht er ein finsteres Gesicht und verachtet mich – oder er macht mir wenigstens einen Skandal... Also ich sitz' da und warte. Er kommt nicht. Es ist schon fast ganz dunkel. Ich versteh' das nicht, ich denk' mir, er hat mich vielleicht schon gesehen und ist gleich auf und davon. – Denn daß er mich warten läßt, ist nie vorgekommen. Da merk' ich, daß so vielleicht zwanzig Schritt weit von mir auch ein Wagen hält – er muß schon einige Zeit da stehn, denn ich hab' in den letzten Minuten nicht gemerkt, daß einer gekommen wäre. Und aus dem Wagen steigt einer aus. Ein eleganter Herr; ein sehr eleganter Herr. Er geht auf dem Trottoir auf und ab, anfangs kann ich sein Gesicht nicht recht ausnehmen; wie er aber knapp an meinem Wagen vorbeikommt – ja, ich trau' meinen Augen nicht, ist er's! – Er, mein Dichter, der elegante Herr! Und aus dem Fiaker dort ist er ausgestiegen. Ja, zuerst verschlagt es mir die Red', und ich laß ihn vorbeigehn. Aber er dreht sich gleich um, als hätte er nur vergessen, in den Wagen hineinzuschauen, in dem ich sitz', und macht große Augen – und sagt nur »Ja, Pepi!!!« – Und ich: »Alfred! Alfred!«

Und dann fangen wir laut zum lachen an, aber so zum lachen, daß die Leut' stehengeblieben sind. – Und dann er: »Ja, ist's denn möglich! Pepi! Pepi!« – Weißt Du, Helene, froh waren wir zwei – das kann ich Dir gar nicht beschreiben! Dann läßt er mich aussteigen, schickt meinen Wagen fort, und wir steigen in den seinen ein, ohne eigentlich noch ein vernünftiges Wort gesprochen zu haben. Wie wir im Fiaker sitzen – indessen ist's fast ganz dunkel geworden –, sagt er: »Ah, das ist aber die reine Operett'! Ah, das ist die reine Operett'!« Und wiederholt das zehnmal. Der Kutscher schaut herein zu uns mit einem fragenden Gesicht – »Ja richtig!« ruft mein falscher Dichter, »wohin fahr'n wir denn?« Und ohne zu warten, was ich sag': »In den Prater!« – Und jetzt, im Fahren, ist das Erzählen angegangen. Also denk Dir, dieselbe Komödie, wie ich ihm, hat er mir vorgespielt. Wir haben uns gegenseitig die schönsten Komplimente gemacht. Einen leisen Verdacht hab' ich zwar immer gegen ihn gehabt. Im Prater war's wunderschön. Bis zum Lusthaus sind wir gefahren. Da sind wir die ganze Geschicht' von dem Sonntag an, wo wir uns das erstemal getroffen haben, so zum Spaß wieder durchgegangen. Und dann, um neun, sind wir auf den Konstantinhügel hinauf.

Es sind jetzt wenig Leute mehr in Wien, die meisten, die oben gesessen sind, waren Fremde. Wir haben uns in einem Zelt ein nobles Souper auftragen lassen wie schon lange nicht. Und riesig lustig sind wir geworden. Beim Champagner hat er mir versprochen, daß wir zusammen nach Dieppe fahren. – Das ist für Dich eigentlich das Wichtigste – denn ich hoffe bestimmt, daß Du auch mit dem Deinigen hingehst. Dann werden wir wohl auch nach Paris kommen. – Überhaupt glaub' ich – der ist eine gute Akquisition, und wenn Du jetzt noch bedenkst, daß ich ihn wirklich gern hab', so bin ich bei meiner kleinen Komödie wirklich auf die Kosten gekommen. Ach, wenn ich mich erinnere, daß ich ihn noch vorgestern für einen Dichter gehalten habe!!

Mit dem Souper auf dem Konstantinhügel will ich meinen Brief an Dich beschließen; denn wie wir nach Haus gefahren sind, bin ich von dem vielen Champagner an seiner Brust beinah eingeschlafen.

Also leb wohl, meine gute Helene, erwarte keinen Brief von mir, ich werde Dich telegraphisch avisieren, wann ich abreise.

Es küßt Dich

Deine
Josefine

Alfred von Wilmers an Theodor Dieling in Neapel

Mein lieber Freund!
Die Koffer sind gepackt – ich reise ab. Nicht allein. Sende Deine Briefe nach Dieppe, ich will Dir nur das in Kürze melden; von dort erfährst Du, was mit mir geschehen ist seit fünf Tagen. Heut hab' ich keine Zeit dazu. Das Abenteuer mit der kleinen Stickerin ist aus. An jenem Abend, wo ich meine Maske abwarf, ging es zu Ende. Wir haben damals viel gelacht, denn sie hat mir eine ähnliche Komödie vorgespielt wie ich ihr. Oh, Theodor, sie hat ebensowenig je gestickt, als ich je gedichtet habe. Sie ist Toiletten von fünfhundert bis tausend Gulden und Hüte um achtzig gewohnt. Sie hat Brillanten und Perlen. Sie hat eine sehr bewegte Vergangenheit hinter sich. Ich fahre mit ihr nach Dieppe und zahle ihre Rechnungen. Ich halte sie aus, und übermorgen wird sie mich betrügen. Halte mich für keinen Optimisten, weil ich übermorgen sage; auf der Eisenbahn ist ja wirklich keine Gelegenheit. – Die kleine Komödie ist aus, wie Du siehst, aber aus dem Trauerspiel, das sich entwickeln könnte, werde ich mich rechtzeitig zu flüchten wissen. Nach Schluß des ersten Aktes (Szene: Dieppe) werde ich lächelnd hinter den Kulissen verschwinden.

Dein
Alfred

Das Himmelbett

Junisonne, die langsam verglomm. Wir waren draußen, weit vor der Linie, und in langer Reihe dehnten sich hohe einförmige Häuser in häßlicher, weil gelber Farbe schimmernd. Viele Fenster waren offen, Männer in Hemdärmeln schauten heraus und verfolgten die klingelnde Tramway mit gedankenlosen Augen. Frauen in nachlässigen schlotternden Blusen blickten ins Blaue. Kinder spielten auf den Straßen, schmutzig und lärmend; und auf den matt grünenden Wiesen, die hier begannen, um sich weiter hinaus in schüchternes Hügelland zu verlieren, sahen wir ärmliche Menschen, die sich nach freier Luft sehnten, ohne es zu wissen; Buben und Mädeln, die auf der Erde kugelten oder hin und herliefen, Soldaten mit blöden fröhlichen Feierabendgesichtern, schlechte Zigarren rauchend; Dirnen, die meist zu zweien oder dreien laut lachend übers Feld schritten, zuweilen einsame Spaziergänger, die herausgewandert kamen, um von der Stimmung dieses seltsamen Grenzgebietes zu kosten, wo die Stadt allmählig aufhört und das dumpfe, bange angstvolle Atmen der Großstadt in einem müden, tröstlichen Seufzen aushaucht.

So waren auch wir heute da heraus gelangt, Hans und ich, wieder einmal jener Sehnsucht nachgebend, die manchmal über uns kam, einer Sehnsucht etwas aufhören zu sehen, ersterbenden Lauten nachzugehen, erblassenden Farben zu folgen und allmählige Übergänge zu erlauschen. Etwas von diesem tiefen und melancholischen Reiz empfanden wir hier stets, und schon vor Jahren waren wir da herumflaniert, nicht viel fröhlicher als heute, aber innerlich reicher, zu einer Zeit, da wir die Armut des Daseins mit dem großen Mitleid der Jugend verklärten und uns noch die einzelnen Menschen entgegenragten aus der Menge, die uns heute ein brutales, feindliches Ganzes war.

Die Sonne verglomm. Kühle Schatten schlichen an den Häusern hinauf, langsam, bis sie sich auf den Dächern verloren. Nur weit draußen noch auf den letzten Häusern lag ein rötlicher, schmerzlicher Schimmer.

Und wir standen bei den allerletzten Häusern. Die Straße war jäh abgeschnitten, hier endete die Stadt. Wir wandten uns um und schauten in den Dunstkreis zurück, aus dem die Straßen mühselig heranzuschleichen schienen und blieben da stehen – wir wollten die geliebte Dämmerung auf uns niederwallen lassen.

»Ist es nicht«, fragte Hans, »als vergäße die Stadt an manchen Orten zu wachsen? Während da und dort ihre Grenzen von Tag zu Tag weiter gegen die Hügel zu rücken, eilig beinahe, scheint sie hier stehen zu bleiben. Seit ich hier wohnte, und das sind nun sicher zwanzig Jahre her, nahm ich kaum eine Veränderung wahr, und an das Haus, welches damals das allerletzte war, ja das allerletzte, haben sich nur die paar abscheulichen Zinskasernen angeschlossen, die nichts bedeuten und die ich gar nicht sehen will.«

Er sah auf das kleine, einstöckige, graue Haus zurück, und fast mit Zärtlichkeit blieben seine Augen daran haften. Nach einer Weile aber veränderten sich seine Züge zu einem Ausdrucke wehmütigen Widerwillens.

»Daß auch das so dumm zu Ende ging«, sagte er dann leise.

Ich wußte, woran er dachte. In diesem Hause hatte er viele Monate mit einem sehr herzigen Mädel verbracht, und wie so viele Liebesgeschichten hatte sich auch diese unvermerkt und ohne starke Erschütterung ausgelebt.

»Warum nur«, fragte ich ihn, »sagst du ›dumm geendet‹? Das Ende kommt uns immer dumm vor, deswegen schon, weil es überhaupt das Ende ist und von dem Frühlingsglanz des Anfangs nur mehr ein schwaches klägliches Leuchten über unsern Gefühlen liegt. Da ist nun das Ende dumm, ob es ein plötzlicher Treubruch, oder ein elender Zank, oder endlich so ein Sich-in-nichts-verlieren ist, wie eben damals deine Geschichte mit Anna. Ich irre mich doch nicht. Ihr wurdet euch mit der Zeit langweilig?«

Er sah mich lächelnd an. »Willst du eine moralische Erzählung hören, ja? Nun, wie das zwischen mir und Anna endete, das war in seinen letzten Gründen sehr moralisch. Es liegt eine Lehre darin, und man könnte die ganze Geschichte sogar Kindern erzählen, wenn sie nicht mit wilder Liebeslust begänne und wenn die ewige Gerechtigkeit sich nicht zur Ausführung einer Weisheits- und Lebenslehre eines unschicklichen Mittels bedient hätte.«

»Ja kenne ich denn die alte Geschichte nicht?«

»O ja, so im ganzen großen. Aber siehst du, jetzt, wie dieses letzte Sonnengelb auf den Fenstern spielte, fiel mir plötzlich die letzte Stunde unserer Liebe ein, so deutlich wie noch nie. Denn das war so ein trauriger Sommerabend wie heute, und so wie heute verglommen die Strahlen dort hinter den Hügeln, zitterig verwischt.«

»Nun?« fragte ich.

Er erzählte halblaut: »Wir hatten uns wirklich lieb, wie du weißt. Nach den ersten Wochen, in denen die Frühlingsstürme vorübersausten, wurde es eine Art Eheleben, von dem wir kaum dachten, daß es je aufhören könnte. In dem kleinen Zimmer, das wir zusammen bewohnten, sah es gemütlich und glücklich aus. Da kam einmal, wie und warum, das weiß ich nicht, da kam so eine merkwürdige Sehnsucht über uns. Alles gefiel uns aber noch recht wohl. Wir hatten gegen die Kleinheit des Zimmers nichts einzuwenden, nichts gegen den etwas wackligen Tisch, nichts gegen die paar schlechten Stühle und nichts gegen die Wanduhr, die nie gehen wollte. Nun das muß wohl in einer Nacht gewesen sein, wo wir uns so recht wie im Märchen vorkamen, ganz verzaubert und königlich – da wurde uns das einfache Bett zu schlecht. Ich weiß nicht warum. Es war wohl so kläglich, daß wir mit unserer großen feenhaften Liebe, daß sie, die doch eigentlich die Perlenkette um den Hals und die Diamanten und Smaragden im Haar – und ich, der den Purpurmantel des jungen Prinzen tragen sollte –, daß wir zwei unsere süßesten Nächte zwischen roh gewebter weißer Leinwand, häßlichen Decken und auf einer schmalen, krachenden Bettstatt feiern mußten. Da faßten wir den Entschluß, daß wir unsere

Umgebung ändern wollten. Ein Leben angestrengter Arbeit sollte beginnen, wir wollten sparen, beide, um uns auch mit allen Symbolen unserer Märchenpracht zu umgeben. So sollte es kommen: Da drüben, von dem Türpfosten herab mußten schwere samtene Vorhänge wallen, sonderbare dämmrige Bilder gehörten an die Wände, und grünschimmernde Seide sollte dort vor das Fenster kommen, und über den Tisch ein weicher, roter Überhang, und Blumen in die Ecke und Blumen dort in jene, und von der Decke herunter, schwermütig und süß eine Ampel mit halben verträumten Lichtern. Wir selbst aber inmitten all dieser Herrlichkeit, auf einem Lager, blühend und weich, darüber stille vornehme Seide in dunkelglühenden Falten von schlanken Holzsäulen getragen und dem Zuge einer hellen Schnur willig gehorchend. Da wollten wir drin vergraben sein, und nur mühselig und ferne durch die zitternde Seide sollte das schweigende Ampellicht zu uns hereindringen. Ich weiß nicht, ob sie sich's genau so vorstellte, aber schön sollte es sein, das war gewiß und da wir jung waren und sehr verliebt, so war das, woran wir meistens dachten, und das, wonach wir uns am heißesten sehnten, unser Himmelbett.

Wir hatten nun wirklich nach einiger Zeit das Geld dazu beisammen – freilich so prächtig, wie wir's uns träumten, konnte es nicht sein, aber wir mußten eins haben, bald, bald, das stand fest. Allnächtlich sprachen wir davon. Wir begannen in einer Übergangszeit zu leben, wir mußten möglichst rasch darüber hinwegkommen. Eine nervöse, weinerliche Ungeduld peinigte uns. Wenn ich mich daran zurück erinnere, so ist es mir, als hätten wir uns kaum noch geliebt; wäre sie nur vorüber, diese Zeit – das war der stete Gedanke. Ah, endlich, endlich – die letzte Nacht! Ich denke daran. Wir weinten. Ich glaube, wir waren keusch wie nie zuvor. Sie schlummerte in meinen Armen ein, und die letzten Tränen glänzten noch auf ihren Wangen. Das sah ich im schwachen Kerzenlicht, das neben uns brannte. Für den nächsten Vormittag erwarteten wir es. Als es in der Früh zum Aufstehen kam, preßten wir uns heftig aneinander. Ich erinnere mich ganz deutlich, daß mir plötzlich mit einem stechenden

Schmerz die Worte durch den Kopf fuhren: Nun ist es zu Ende! Ich dachte nichts dabei, es waren nur Worte. Der Morgen trennte uns wie gewöhnlich. Nachmittags trafen wir uns auf der Straße. Ich war vom Hause fern gewesen; sie teilte mir mit: ›Es‹ wäre schon da. Ich wagte nicht sie zu fragen, wie es aussähe, wie es sich in unserem Zimmer ausnähme. Wir wollten noch spazierengehen, wir trauten uns nicht hinauf. So traurig, so herzbeklemmend traurig bummelten wir über die Felder. Siehst du da draußen, mir ist jetzt, als könnte ich unsere Gestalten sehen, wie sie vor zwanzig Jahren, langsam, schmerzensvoll über die Fläche schritten. Wir sprachen kaum ein Wort. Der Nachmittag war schwül und ernst. Auch der nahe Abend wollte keine Kühle bringen. Wir gingen nicht Arm in Arm wie sonst. Wir durften nicht. Endlich, da mag es nun eben um die Stunde gewesen sein wie jetzt, nahmen wir die entschiedene Richtung nach Hause, und als wir vor dem Haustor standen, lächelten wir uns an. Aber was war das für ein Lächeln. So stumm, so müde, so verzagt. Und nun die Treppe hinauf und in unser Zimmer. Da stand es an der Wand, dem Fenster gegenüber und siehst du, diese Strahlen, die du dort auf dem Fenster spielen siehst, die flirrten und zitterten über den Fußboden hin und krochen hinauf und legten sich matt und sterbend über die Seidenfalten des Himmelbettes. Wie erbärmlich, wie herzzerreißend das war.

Wir standen lange davor, wir warteten, bis die Sonne unterging. Und Anna schmiegte sich an mich und in ihren starren Gesichtszügen sah ich es, wie sie tödlich erschrocken war, daß sie nichts, gar nichts mehr empfand. Und wie ich ihren Kopf in die Hände nahm, da hatten diese meine Hände nicht mehr die Empfindung von einem süßen, geliebten Kopferl, nein, gar nicht mehr, gar nicht mehr.

Wir hätten uns noch eine Weile in allem Glücke fortlieben können. In aller Ruhe, und es wäre ein allmähliches und mildes Sterben gewesen, ohne Aufschrecken, ohne ein wildes Sichwehren. Wir hatten diese Wohltat abgelehnt! Wir wollten die entfliehende Seligkeit, die uns lautlos unbemerkt verlassen wollte, wieder zu uns herzwingen. Wie war das dumm! Ich wußte das alles an jenem Sommerabend, und das war ja noch gut für mich. Über Anna war es wie quellende Todesstimmung gekommen, ohne daß sie es recht verstehen konnte.

Es wurde später, die Nacht kam... die Nacht mit ihren Lügen und ihrer Schönheit. Da begruben wir uns, der Prinz und die Prinzessin, in unserm schwellenden Märchenlager und lachten, aber es klang falsch – und jubelten, aber wir weinten.

Der Morgen nun, ach ja der Morgen. Sie schlief noch, ein leises Lächeln um den Mund... freilich, denn nun träumte sie ja... Und ich ging. Wie schön wäre es gewesen, wie herrlich frei hätte ich mich gefühlt, wenn ich niemals hätte wiederkehren müssen! Hätten wir doch beide den Mut gehabt, damals in jener ersten Nacht in unserm Himmelbett. Aber ich wußte nun, wie es kommen mußte. Diese Nacht hatte mir den Vorgeschmack gegeben von jener Lust ohne Freude, von jener wahnsinnigen und vergeblichen Mühe, glücklich zu sein, von jener anhaltenden Sehnsucht nach dem besten, was wir erleben können: nach dem gedankenlosen Glück, von jenem tiefsten Gram zu wissen, daß wir lügen, zu wissen, daß wir belogen werden! Ja, das mußte kommen und es kam – Die vielen Sommernächte, da unsere Liebe starb! Und wir sahen und wußten es, aber wir scherzten und keines sagte es dem andern. Und dann quälten wir uns, weil wir uns belügen mußten, und dann mißtraute eins dem andern, weil wir uns selbst mißtrauten. Und statt mild dahinzuschlafen, wie die Liebe soll, war es ein entsetzliches Todeszucken mit tausend erlesenen Martern, und mit vergifteten Erinnerungen mußten wir scheiden...«

Nun schwieg er, und die Dämmerung war gekommen. Wir waren, während wir gesprochen hatten, weiter ins Feld hinausspaziert, und ich konnte das Fenster nicht mehr sehen, hinter dem Hans seine moralische Erzählung erlebt hatte. Das lag im Dunkel wie die andern. Und ich dachte, wie oft seitdem hinter jener Scheibe und all den andern das gleiche erlebt worden sein mochte wie das verborgene Abenteuer meines lieben Hans, und wie selten doch einer zugleich davon gewußt haben mag. Das eigene Erlebnis ist das tiefste Geheimnis. Wir Guten enträtseln es in ehrlichen Qualen und wollen doch nicht eintauschen, was die andern vor diesem großen und heiligen Schmerzen bewahrt: das ewige Mißverstehen und die lachende Blindheit. –

Komödiantinnen

Helene

Er ging in seinem Zimmer auf und ab ... in dem kleinen Zimmer mit einem Fenster, durch das nicht viel Licht hereinkonnte, weil die dunkelgrünen Vorhänge zu beiden Seiten herunterwallten. Und nun war die Dämmerung da; das Zimmer lag fast im Dunkel, nur der gelbliche Plato-Kopf auf dem Ofen glänzte ein wenig und die weißen Wachskerzen, die auf dem Klavier standen. Er dachte darüber nach, ob er alle die Empfindungen, die jetzt in ihm waren, einfach Glück nennen durfte. Nein, Glück nicht. Es war zu viel Sehnsucht in ihnen und zu viel Ungewißheit. Aber jene Stunde gestern, das war doch wohl Glück gewesen. Wenn er diesen einzigen langen Kuß, auf den dann kein Wort mehr gefolgt war, mit dem sie ihn allein zurückgelassen hatte, als wäre jeder Laut Entweihung, wenn er den mit irgendwas vergleichen wollte, so mußte er an eine Zeit zurückdenken, wo er fast noch ein Knabe war; an stille Spaziergänge mit einem blonden Mädel auf einsamem Waldweg und an das Ausruhen auf den Bänken, wo er ihr dann die Wangen und die Haare streichelte ... Ja, etwas Keusches und Süßes war das gewesen, und alle Glut, die in ihrem Geständnis lag, und alle Leidenschaft, mit der sie ihn zum Abschied an sich gedrückt, und selbst der dumpfe Rausch, in dem sie ihn zurückgelassen – in alledem war etwas, was ihn an jene Stimmung der ersten Liebe erinnerte mit ihren zitternden Wünschen, die keine Erfüllung kennen.

Und dabei in dem letzten »Morgen«, das von ihren Lippen gehaucht kam, wie sie schon in der Tür stand, war doch so viel ängstliche Abwehr gewesen und ein so willenloses Versprechen. Daß sie heute kommen würde, wußte er. Es lag keine lange Zeit vor ihnen, in wenigen Tagen mußte sie ja weg, nach Deutschland, an ein kleines Hoftheater, wo sie ihre künstlerische Laufbahn beginnen sollte. Und er suchte in seinem Innern nach dem tiefen Schmerz, den das eigentlich in ihm hätte erregen müssen, aber er fand keinen. Vielleicht war das eben das Schöne, daß die ganze Geschichte sich nicht so ins Ferne und Angstvolle verlor, sondern daß das Ende klar und bestimmt vor ihm lag. Daß sie ihn so lange warten ließ, war ihm fast angenehm, sie mußte kommen, wenn es ganz dunkel geworden war und die Kerzen dort am Klavier brannten. Er zündete sie an, er ließ die Rouleaux herunter und entfernte auch die stählerne Kette, durch welche die grünen Vorhänge zusammengehalten waren. Nun rauschten sie in schweren Falten auseinander. Da öffnete sich die Tür. In einem glatten, dunklen Kleid stand sie da und sagte mit ihrer ruhigen Stimme: »Guten Abend.«

Er trat ihr entgegen, lächelnd, ohne die Erregung zu verspüren, die er selbst erwartet hatte. Er war nur sehr zufrieden. Sie reichte ihm die Hand und trat ein, dann strich sie den blaßroten Schleier zurück und nahm aus dem hellen, flachen Strohhut die lange Nadel, die mitten durch ihre hohe Frisur gesteckt war. Schleier, Hut und Nadel legte sie aufs Klavier. Es kam nur ein mattes Licht von den Kerzen, das aber doch in allen Ecken schimmerte. Sie setzte sich auf den runden Sessel vor dem Klavier und stützte den einen Arm auf den Deckel, während sie die andere Hand über die Augen legte.

Er stand vor ihr. Es war unmöglich, jetzt etwas zu sagen. Sie nahm plötzlich die Hand von den Augen und wandte den Kopf nach aufwärts, so daß sie einander voll ansahen. Sie lächelten beide. Er beugte sich ein wenig zu ihr nieder. Wie er aber die Lippen ihren Augen näherte, wehrte sie ab und sagte: »Nein.« Da sank er vor ihr nieder, nahm ihre Hände und küßte sie... Mit einem Male stand sie auf, so rasch, daß er ihr kaum folgen konnte. Sie trat zum Fenster hin, zwischen die Vorhänge und ließ ihre Finger mit den Falten spielen. »Nun möchte ich doch wieder Ihre Stimme hören«, sagte sie.

»Was soll ich Ihnen jetzt sagen?« erwiderte er.

»Es ist nicht gut, Richard, wenn Sie nicht reden... Ich bitte Sie, erzählen Sie mir doch... Was haben Sie heute den ganzen

Tag gemacht? Wo sind sie gestern abend noch gewesen? Haben Sie an mich gedacht?«

»Ob ich an Sie gedacht habe?« rief er aus. »Hätt' ich was anderes...« und er hielt inne. Er hatte eine Scheu vor den Worten, die alle sagen und die man allen sagt. Es war ganz gut, daß sie ihn nach dem gestrigen Abend und nach dem Tag gefragt. Er fing an zu erzählen, wie er gestern noch allein da in dem Fauteuil vor dem Schreibtisch gesessen, und wie er endlich, spät, seine Wohnung verlassen und durch die Straßen spaziert sei, in denen der Dunst des schwülen Augustabends lag.

»Ich bin auch in die Gasse gekommen, in der Sie wohnen, aber die Fenster waren dunkel. Es war freilich schon spät, elf oder zwölf. Ich mußte dorthin. Ja, nach der Luft, in der Sie atmen, Helene, habe ich mich gesehnt, und denken Sie, sogar die unheimlich heimliche Idee hat nicht gefehlt, daß Sie fühlen müssen, wenn ich in Ihrer Nähe bin, und daß es Sie glücklich macht.«

»Daß es mich glücklich macht«, wiederholte sie halblaut und kühl.

Er war näher zu ihr getreten.

»Warum sollte es mich glücklich machen, ich liebe Sie nicht, Richard«, sagte sie plötzlich ganz schroff.

Er hielt betroffen ein.

Sie schüttelte einige Male ganz ruhig den Kopf. »Ich liebe Sie nicht, durchaus nicht.«

Er schaute ihr ins Gesicht. »Und gestern abend?«

»Ich habe Sie auch gestern nicht geliebt. Ich habe einfach ein wenig Komödie gespielt.«

Richard lachte.

»Ich muß Sie vielleicht um Verzeihung bitten, lieber Freund, aber gerade Sie sind der Mann, der mich begreifen wird.«

Richard trat zuerst einen Schritt auf sie zu, dann entfernte er sich und ging hin und her. Dann setzte er sich vor den Schreibtisch hin und stützte die Hand darauf.

»Wollen Sie nicht lieber, daß ich jetzt gehe?« fragte Helene.

»Ich möchte doch Ihre Aufklärung hören«, erwiderte Richard, ohne sie anzusehen. »Warum diese Komödie, nur aus Liebe zum Komödienspielen?«

»Gewissermaßen«, entgegnete Helene ruhig.

»So?«

»Nicht wahr, Sie verstehen mich. Ich wollte wissen, ob es mir gelingen kann, etwas glaubwürdig darzustellen, wovon ich gar nichts empfinde. Ich wollte...«

Richard unterbrach sie. »Das ist schon manchen Frauen gelungen, ohne daß sie große Künstlerinnen gewesen wären.«

»Das glaube ich nicht! Eine Ahnung von dem, was sie sagen, empfinden sie doch. Und wenn sie nicht gerade denjenigen lieben, dem sie es versichern, so haben sie doch irgendeine Erinnerung oder eine Hoffnung in der Seele, welche sie begeistert. Oder ist es wenigstens Liebessehnsucht in ihnen. Mir fehlt das alles.«

»Sie wissen das ganz bestimmt?«

»Ja, ich bin über zwanzig Jahre alt. Man hat mir schon oft von Liebe gesprochen und mich darum angefleht, Sie können sich das denken, aber bis heute begreife ich nicht, was das heißt, in Versuchung kommen...«

»Und das soll ich alles glauben?«

»Das steht bei Ihnen. Aber bedenken Sie, daß ich keinen Grund habe, Ihnen die Unwahrheit zu sagen.«

»Vielleicht beliebt es Ihnen, wieder Komödie zu spielen.«

»Daraus würde folgen, daß ich gestern die Wahrheit sprach – daß ich Sie also liebe?«

»Nicht gerade das. Sie haben sich gestern hinreißen lassen, und Sie sind darauf gekommen, daß Sie sich selbst getäuscht haben.«

»Ah! Und nun schäme ich mich wohl, das einzugestehen.«

»Das wäre wohl möglich! Denn ich begreife nicht ganz, was Sie veranlaßt hätte, gerade mich, als... Opfer Ihres Talentes auszuerwählen?«

»Gerade Sie mußten es sein, ja, gerade Sie! Es gibt keinen, der mißtrauischer ist als Sie.«

»Daß man geliebt wird, glaubt man doch immer wieder!«

»Wenn das so ist, dann bin ich freilich mit Unrecht auf meine Kunst stolz gewesen. Aber ich erinnere mich an alles, was Sie mir aus Ihrem Leben erzählt haben. Ich wußte, daß Sie sich abgewöhnt haben, uns Frauen zu glauben. Einmal haben Sie mir sogar gesagt, daß Sie in jedem Worte, das eine Frau zu Ihnen spricht, die Lüge herausspüren.«

»Das habe ich mir eben eingebildet.«

»Aber ich versichre Ihnen, wenn Ihnen eine andere von Liebe sprach, so war es noch immer tausendfach wahrer, als wenn ich es tat. Wenn Sie schon bei den anderen die Lüge gemerkt haben, so hätten Sie bei mir, nach dem ersten Worte, zusammenschauern oder lachen müssen.«

Richard stand auf. »Und haben Sie keinen Augenblick überlegt, daß Sie mich... daß dieses Spiel... Haben Sie nicht überlegt, daß Sie...«

Er konnte nicht weitersprechen.

»Daß ich Ihnen vielleicht wehtun könnte? meinen Sie? – Nun, das konnte ich nicht vermeiden. Und wenn ich aufrichtig sein soll, ich habe kaum dran gedacht. Wie mich einmal der Gedanke erfaßt hatte, meine Rolle zu spielen, konnten solche Regungen doch keinen Einfluß mehr haben.«

Sie stand unbeweglich da, während sie sprach, und spielte noch immer mit den Falten des Vorhangs, den sie zwischen den Händen hin und her gleiten ließ. Zuweilen schaute sie ihn mit einem klaren Blicke an, der nur langsam von ihm weg in die Ecke des Zimmers ging.

»Sie haben also nicht daran gedacht, daß eine solche neue Erfahrung...«

»Nein, man hat Sie ja so oft getäuscht.«

»Aber so völlig, ohne jede Regung...«

»Ja«, rief sie beinahe freudig aus, »ohne jede Regung. Und Sie meinten, mein ganzes Wesen sei voll von dieser Liebe zu Ihnen.«

»Warum kamen Sie heute?« fiel er heftig ein.

»Das mußte ich doch. Wie hätte ich denn erfahren sollen, ob ich gut gespielt habe?«

»Nun, haben Sie nicht gestern bemerkt, daß ich Ihnen glaubte?«

»Ich war der Meinung, allerdings. Aber ich war nicht sicher genug. Daß Sie heute nacht vor meinen Fenstern auf und ab gegangen sind, hab' ich nicht gewußt. Ich hätte auch denken können, daß Ihre Zweifel schon begannen, nachdem ich Sie verlassen. Das quälte mich sehr. Vielleicht hätten Sie mich mit mißtrauischen Fragen, verzagt, mit Zweifeln an meiner Liebe empfangen.«

»Und was wäre in diesem Falle gewesen? Sie hätten versucht, mich zu beruhigen, Ihre Rolle womöglich weitergespielt.«

»Ach nein, ich hätte mich eben mit einem Achtungserfolg begnügen müssen. Und dann, es wäre keine Zeit mehr dazu gewesen, denn ich reise schon morgen ab.«

»Ah?«

»Ja, ein Telegramm des Direktors beruft mich früher hin, als ich erwaretete.«

»Also morgen... es ist eigentlich erfreulich für mich, daß Ihnen die Möglichkeit genommen wurde, weiterzuspielen.«

»Ich hätte es keineswegs getan.«

»Wer weiß. Das eine darf ich Sie wohl fragen: Wann kam Ihnen eigentlich die Idee zu Ihrer Komödie? War das schon, bevor Sie das erste Mal ihren Fuß über meine Schwelle setzten?«

»Nein.«

»Und warum kamen Sie überhaupt? Warum kamen Sie zu mir?«

»Sie wissen es ja. Sie haben mir Schumann und Chopin vorgespielt, Sie haben sehr gescheite Dinge mit mir geredet.«

»Man kommt doch nicht zu einem jungen Mann, um sich Schumann und Chopin vorspielen zu lassen.«

»Warum denn nicht? Was hat es denn für eine Gefahr, da Sie mir stets vollkommen gleichgültig gewesen sind?«

»Aber die Idee muß Ihnen früher gekommen sein. Ihr Liebesgeständnis hat mich durchaus nicht überrascht. Seit Tagen schon drängte alles dazu, es kam ja nicht plötzlich.«

»Das scheint Ihnen heute so. Gestern hätte es Sie durchaus

nicht befremdet, wenn ich Ihnen einfach beim Kommen gesagt hätte: Lieber Freund, ich will Ihnen nur adieu sagen, ich reise ab, bleiben Sie mir gewogen. Ist es nicht so? Warum ich mir eine solche Mühe geben muß, Ihnen das auseinanderzusetzen?! Sie können es heute gar nicht fassen, daß ich Sie nicht liebe, nachdem Sie vor einigen Tagen noch nicht an Liebe geglaubt haben.«

»Nun also, Sie haben großartig gespielt! Sind Sie nun zufrieden?«

»Noch nicht ganz, ich muß noch eines von Ihnen hören, daß Sie sich nicht verletzt fühlen.«

»Sie verlangen nicht wenig.«

»Sie müssen mich verstehen, wenn Sie ein Künstler sind. Ich bin nun einmal nicht wie andere. Sie ahnen nicht, wie es mich manchmal selbst schaudert, so einsam durch eine ganz fremde Welt zu gehen. Was hab' ich schon alles gesehen, was hat man mir schon erzählt! Daß alle diese Freuden und Schmerzen existieren, welche das Wesen der Liebe ausmachen, muß ich wohl glauben. – Ich sehe es rings um mich, und es scheint auch, daß alle die Komödien, in welchen ich auftreten werde, nicht viel anderes enthalten. Mir ist das alles, alles fremd. Alle Fähigkeit des Empfindens ist in der Leidenschaft für meine Kunst abgeschlossen. Ich muß spielen, Komödie spielen, immer, überall. Ich habe stets dieses Bedürfnis, besonders dort, wo andere ein großes Glück oder ein tiefes Weh empfänden. Ich suche überall Gelegenheit zu einer Rolle.«

»Und Sie haben schon oft eine ähnliche gespielt wie gestern abend bei mir?«

»Unbewußt, früher einmal. Ich war kokett, aber meine Koketterie ging eben nicht wie bei anderen jungen Mädchen aus einem unklaren Verlangen nach Liebe hervor, sondern eben wieder nur aus dem Vergnügen, eine Rolle zu spielen. Die anderen übertreiben doch eigentlich nur ein Gefühl, das sich in ihnen zu regen beginnt. Ich aber mußte in solchen Fällen stets aus dem Nichts schaffen.«

»Aber so vollendet wie gestern haben Sie noch nie gespielt?

Und so weit sind Sie noch nie in der Ausgestaltung Ihrer Rolle gekommen? Ich frage nur: warum?«

»Ich sagte es Ihnen ja schon. Gerade einen Menschen wie Sie brauchte ich dazu, einen, der nur sehr schwer zu überzeugen ist und den ich dann auch wirklich in Ruhe fragen durfte, wie er mit meiner Leistung zufrieden war.«

»Vielleicht irren Sie sich. Vielleicht haben Sie nur deshalb besser gespielt und weiter gespielt als sonst, weil sich zu dem, was Sie erfanden, etwas Echtes beigesellte, ohne daß Sie es ahnten.«

»Nichts!... Nichts... Nichts!... Seien Sie doch nicht so eitel.«

»Nun, dann, meine Liebe, bedaure ich nur, daß Sie nicht den Mut hatten – ganz bis zu Ende zu spielen.«

Helene zuckte unmerklich zusammen. Dann aber lächelte sie und reichte ihm die Hand. »Ich bin mit meinem kleinen Triumphe ganz zufrieden, und nun lassen Sie mich gehen. Auf Wiedersehen will ich Ihnen nicht sagen, denn Ihre Sympathie für mich ist nun wohl vorbei. Leben Sie wohl.« Sie nahm Hut und Schleier vom Klavier.

»Und nun bedenken Sie nur«, setzte sie fort, während sie die Nadel durch den Hut steckte, »wenn Sie mich nun liebten! Wenn wir von einander Abschied nehmen müßten auf immer vielleicht, wenn Sie ein angebetetes Wesen in die Fremde ziehen ließen, für das Sie zittern müßten! So scheiden wir lächelnd, und das ist doch eigentlich viel schöner.«

»Wenn Sie es wünschen, Helene, so will ich lächeln.«

Sie reichte ihm nochmals die Hand. »Wenn Sie es jetzt nicht tun, so wird es in ein paar Stunden oder morgen geschehen. Daß Sie mich verstehen werden, sobald Ihr erster Zorn dahin ist, daran kann ich nicht zweifeln. Die Liebe soll sehr eigensinnig sein und rücksichtslos. Warum sollte Sie's wundernehmen, daß auch die Kunst in dieser närrischen Weise geliebt werden kann, von einer, die andere Liebe nicht kennt. Nicht wahr? Und nun... leben Sie wohl.«

Er antwortete nicht, nickte mit dem Kopfe und blieb mitten im Zimmer stehen. Sie war an der Tür. Da wandte sie sich noch einmal um, als hätte sie noch etwas zu sagen. Sie ging aber wortlos, und er war allein.

Sie eilte rasch die Treppe hinunter und war gleich auf der Straße, ging rasch bis zur Ecke, wo sie in die Nebengasse einbog, so daß sie von seinem Fenster aus nicht mehr gesehen werden konnte. Hier blieb sie eine Weile stehen und atmete tief auf. Dann aber eilte sie weiter, mit schnellen Schritten und mit immer schnelleren, als ob sie fliehen wollte.

Fritzi

Im Ballanzug sitze ich vor meinem Schreibtisch. Ich muß doch noch in den alten Blättern herumstöbern, bevor ich zu Weißenbergs gehe, wo ich sie wiedersehen soll. Wieviele Blätter liegen nun schon da, und die ersten fangen an gelb zu werden, vergilbt, würde ich sagen, wenn ich ein Romantiker wäre. Wie wenig man doch die Bedeutung der einzelnen Dinge abschätzen kann zur Zeit, da man sie erlebt und aufnotiert. Da finde ich Abenteuer in breiten Sätzen und großen Worten verzeichnet, an welche ich mich kaum mehr erinnern kann. Als wären es Geschichten von fremden Menschen. Und dann wieder Andeutungen, kurze Bemerkungen, die niemand anderer verstehen könnte als ich, der sie selbst niedergeschrieben – und aus einer kleinen Bemerkung blüht mir wieder die ganze Zeit mit ihrem Duft entgegen, und alle Einzelheiten werden jung und lebendig. Ich habe um acht Jahre zurückgeblättert, denn gerade auf jene Winterabende kam es mir an. Nur ein paar Mal steht der Name Fritzi in den alten Blättern. Einmal ganz einfach »Fritzi«. Und ein zweites Mal »Fritzi reizendes Grisettenköpferl, klagende und lachende Augen«. Und selbst jener Dezemberabend, an welchem ich sie zum letzten Mal sah, weil ich tags darauf die Stadt verlassen mußte, ist mit zwei Zeilen abgetan: »Fritzi... Abschied... der rote Schein am Himmel... jagende Leute... wie sie davonflog...« Und wie ist das alles in mir wach und klar, obwohl ich doch eigentlich alle die Jahre über recht wenig an sie gedacht habe. Es mag ja auch sein, daß ich damals vor acht Jahren die Verpflichtung gefühlt hätte, mehr über sie in diese Blätter einzuschreiben, wenn mir nur eine Ahnung gekommen wäre, daß in dieser kleinen Konservatoristin eine große Künstlerin steckt, die heute dem ganzen Wiener Publikum den Kopf verdreht. Wie solche Geschichten manchmal zu Ende gehen oder eigentlich abreißen! Und wo man nur diese Erinnerungen bewahrt, um die man sich jahrelang nicht kümmert und die man dann nach geraumer Zeit so blank, so licht, so unverändert wiederfindet, als hätte sie der Hauch täglichen Gedenkens frisch erhalten. Nun träum' ich das ganze Erlebnis von der Sekunde seines Beginnens wieder vor mich hin, bis zu jenem letzten Abend, der so merkwürdig endete. Es ist mir, als sähe ich auch die ganze glutrote Beleuchtung wieder, unter der die Stadt stand. Es muß wohl elf Uhr gewesen sein, als wir aus dem Haustor traten. Die Nacht war kalt. Fritzi schmiegte sich an mich, frierend und zärtlich. Kaum waren wir aus der engen Gasse, in der ich wohnte, in die Währingerstraße gekommen, so merkten wir, daß etwas Ungewöhnliches vorgehen müsse. Es waren mehr Menschen auf der Straße als gewöhnlich, die rasch immer in einer Richtung gegen den Ring sich bewegten. Und nun sahen wir den glutroten Schein am Himmel. Die Leute riefen: Es brennt, es brennt! »Komm schnell«, sagte Fritzi. Und wieder rannten Leute an uns vorbei, und sie schrien: Das Ringtheater brennt. »Wie?« fragte Fritzi. Und wieder andere rannten an uns vorbei und sagten: Das Ringtheater brennt! Plötzlich schrie Fritzi auf wie eine Wahnsinnige. Sie ließ meinen Arm los und blieb einen Moment stehen, dann schaute sie zum Himmel auf, der immer dunkelroter wurde. Sie fuhr zusammen, als würde ihr etwas Entsetzliches klar, und dann stürzte sie fort, ohne sich nur nach mir umzuwenden. Ich versuchte sie einzuholen, aber ich hatte sie sofort in der Menschenmenge, die immer beträchtlicher anwuchs, verloren. Ich muß gestehen, daß mich das im ganzen und großen wenig aufregte, ich weiß sogar noch, daß ich, nachdem ich ein paar Mal »Fritzi, Fritzi« gerufen, ganz ruhig vor mich hin sagte: hysterische Person. Dann kam mir auch der tröstliche Gedanke, daß durch dieses plötzliche Davonstürmen etwas sehr Peinliches und Rührendes vermieden worden war, nämlich der Abschied in der Nähe ihrer Wohnung, der vielleicht einer auf ewig sein sollte. Ich ging damals noch die halbe Nacht spazieren; eine Weile stand ich auch vor dem brennenden Theater. Am Morgen darauf reiste ich ab. An Fritzi habe ich ein paar Zeilen von München aus gesandt, ich erhielt aber keine Antwort. Und das sind nun acht Jahre. Unterdessen ist die kleine Fritzi eine große Sängerin geworden, und in einer halben Stunde werd' ich sie wiedersehen. – – –

Später: Ja, ich habe Fritzi wiedergesehen und wieder gehört und wieder gesprochen. Sie stand im Gespräch mit zwei Herren vor dem großen Wandspiegel des Salons, als ich eintrat. Sie erkannte mich gleich, als ich sie begrüßte, und streckte mir freundlich und harmlos die Hand entgegen. Nur in ihrem Lächeln lag es wie eine Erinnerung. »Wir haben uns lange nicht gesehen«, meinte sie. Ich hatte das Gefühl meiner Wichtigkeit sofort verloren, aber ich fühlte mich ganz wohl dabei. Ich forderte Fritzi auf, beim Souper meine Nachbarin zu sein. »Schade, daß Sie nicht früher gekommen sind«, erwiderte sie, »man hat sich so um mich gerissen, daß ich Ihnen höchstens schief vis-à-vis sitzen kann. Meine rechte Seite, meine linke Seite und sogar mein gerades vis-à-vis habe ich schon vergeben.«

So kam es also, daß ich ihr schief vis-à-vis saß. Um zu ihr hinüberzuschauen, mußten sich meine Augen um einen großen Aufsatz mit Trauben, Nüssen und Pfirsichen sozusagen herumschlängeln. Ich hatte übrigens eine sehr gescheite Nachbarin, mit der ich bald in ein vergnügtes Plaudern kam. Es war die Flegendorfer. Und so geschah es, daß mir bereits beim Braten die unsägliche Lächerlichkeit sämtlicher Anwesenden außer mir und Frau Flegendorfer über jeden Zweifel klar war. Es war sehr amüsant. Das Stimmengewirr um den reichbesetzten Tisch mit seinen trefflichen Weinen wurde immer lauter und lebhafter, und bald war die Crème- und Champagnerstimmung da. Da ereignete sich etwas Sonderbares. Aus all den Leuten heraus, als begänne sie jetzt erst zu sprechen, hörte ich plötzlich die Stimme

Fritzis, und zwei Worte klangen an mein Ohr: »die Flammen...«

Offenbar hatte sie diese Worte auch lauter gesprochen als die andern, denn die nächsten verklangen wieder im Lärm. Aber schon nach ein paar Sekunden konnte ich ihre Stimme wieder so deutlich vernehmen, daß ich Silbe für Silbe verstand. Und nun merkte ich auch, daß es Fritzi war, welche das Gespräch beherrschte. Sie hatte die allgemeine Aufmerksamkeit erzwungen, alle hörten ihr zu. Und zu ihr wandten sich alle Blicke. Ich kam allerdings erst im Laufe einiger Sekunden zu dieser Betrachtung, denn im Anfang war ich in einer Weise frappiert...

»Die Flammen schlugen in den Zuschauerraum«, sagte sie. »Ich hatte eigentlich im ersten Augenblick durchaus nicht die Empfindung einer fürchterlichen Gefahr, sondern, daran erinnere ich mich noch ganz genau, ich sagte zu mir selbst: Wie groß, wie herrlich schön.«

»Wovon erzählt sie denn da?« fragte ich leise die Flegendorfer.

»Nun«, erwiderte diese, »es ist ihre bekannte Geschichte, auf die sie reist. Sie kann in keine Gesellschaft gehen, wo sie sie nicht zum besten gibt. Sie macht es übrigens famos, hören Sie nur.«

Ich hörte, es war wirklich erschütternd:

»Mir war es«, sagte sie, »als wären diese Flammen nichts Feindseliges, nichts was mich bedrohte. Ich starrte hinein mit Interesse, vielleicht mit Begeisterung, gewiß nicht mit Furcht. Da plötzlich fühlte ich mich gestoßen, nein, nicht gestoßen, gehoben, und um mich herum war ein schauerlicher, ungeheurer Lärm, als stürzte alles zusammen; und es heulte wie ein Sturm durch den Raum, und vor die rote Glut legte sich grauer, dunkler Rauch. Plötzlich kam ein gewaltiger Ruck nach einer bestimmten Richtung. Mit einem Mal war es dunkel, und ich konnte mich nicht rühren. Um mich herum wurde geflucht und gejammert. Ja, auch ich schrie mit einem Male auf, ich weiß, daß ich ein paar Sekunden lang schrie und dabei kaum begriff, warum. Und plötzlich spürte ich an meinem Halse Nägel, Krallen. Irgendwer klammerte sich an mich. Es wurde an meinem Halskragen gerissen, meine Taille wurde mir einfach vom Leibe gezerrt.«

»Dazu«, flüsterte mir Frau Flegendorfer zu, »hat damals noch das Ringtheater abbrennen müssen.«

»Pst«, machte ich, denn ich war gespannt, atemlos gespannt.

Fritzi erzählte weiter. Sie erzählte, wie sie in einer ganz rätselhaften Weise gestoßen, geschoben, gehoben, über dunkle Gänge, über dunkle Stiegen, ins Freie auf die Straße gekommen war.

»Ich war wie gebannt«, sagte sie, »konnte nicht fort. Ich hatte die Empfindung: Hier mußt du stehenbleiben, bis alles vorbei ist. Ich war ruhiger als alle Menschen, die da herumstanden, und daß ich selbst da drinnen in dem brennenden Hause gewesen sein sollte, das war mir wie ein dumpfer Traum. Plötzlich aber fuhr es mir durch den Kopf, was mir unbegreiflicherweise noch keine Sekunde lang zum Bewußtsein gekommen war: Um Gottes willen, meine Mutter! Ich hatte ihr ja gesagt, daß ich ins Ringtheater gehen wolle, wie ich ja zu jener Zeit als blutige Anfängerin fast jeden Abend ins Theater ging. Es war schon damals meine Leidenschaft.«

Bei dieser Stelle ihres Berichtes wurde ich verlegen. Wir sind doch besser, wir Männer!

Fritzi erzählte weiter. »Ich ging, ich lief, nein, ich stürzte nach Hause. Und nun denken Sie! Als ich nach Hause kam, war es bereits elf Uhr, mehr als drei Stunden war ich vor dem Theater gestanden, ohne nur ein Bewußtsein davon zu haben, daß die Zeit verging. So stelle ich mir eigentlich den Wahnsinn vor. Das Wiedersehen mit meiner Mutter kann ich Ihnen kaum schildern. Ich weiß nur eines, der Augenblick, da wir uns wieder in den Armen lagen, wird mir unvergeßlich bleiben, unvergeßlich!«

Man war gerührt, als Fritzi geendet hatte. Einige Herren standen auf, traten mit den gefüllten Gläsern auf sie zu und stießen mit ihr an. Jetzt trafen sich unsere Blicke. Einen Moment lang starrte sie mich ganz gedankenlos an, dann aber glitt ein ganz sonderbares Lächeln über ihre Züge – ach, ein Lächeln, das ich noch so gut kannte. Sie nahm ihr Glas und ließ es mit dem meinen zusammenklingen.

»Auf Ihre wunderbare Rettung«, rief ich aus und leerte mein Glas. Gleich nach dem Souper trat sie auf mich zu und reichte mir beide Hände, als wollte sie mich um Entschuldigung bitten. »Es scheint also wirklich«, sagte sie, »daß Sie es waren.«

»Es scheint so?« entgegnete ich ein wenig befremdet.

»Nun«, sagte sie, »ich habe es immer geahnt, daß sich die Geschichte nicht genau so zugetragen hat, wie ich sie erzähle, aber ich habe schon angefangen an sie zu glauben – und wären Sie mir um ein paar Jahre später wieder begegnet, so hätten Sie mich kaum mehr überzeugen können; denn mir ist heute, als hätte ich sie wirklich erlebt. Ich habe die Geschichte so oft erzählen müssen, den Verwandten und dann den Kollegen, den Kolleginnen und allen möglichen Leuten, daß sie schon beinahe wahr, jedenfalls aber berühmt geworden ist.«

»Da sehen Sie, Fritzi«, sagte ich, »ein wie ungerechtes Ding der Ruhm eigentlich ist. Der ihn am meisten verdient, an dem geht er vorüber.«

»Wieso?« fragte sie.

»Nun, ich denke doch«, erwiderte ich ihr, »wenn ihn einer verdient, so bin ich's, Fritzi« – und ich neigte mich näher zu ihr, ganz nah zu ihrem Ohr –, »ich, Fritzi, dein Lebensretter.«

Spaziergang

Junisonne, die langsam verglomm. Es war draußen, weit vor der Linie, und in langer Reihe dehnten sich hohe einförmige Häuser in häßlicher, weiß-gelber Farbe schimmernd. Viele Fenster waren offen, Männer in Hemdärmeln schauten heraus und verfolgten die klingelnde Tramway mit gedankenlosen Augen; Frauen in nachlässigen, schlotternden Blusen blickten ins Blaue. Kinder spielten auf den Straßen, schmutzig und lärmend; und auf den matt grünenden Wiesen, die hier begannen, um sich weiter hinaus in schüchternes Hügelland zu verlieren, waren ärmliche Menschen, die sich nach freier Luft sehnten, ohne es zu wissen; Buben und Mädel, die auf der Erde kugelten oder hin und her liefen; Soldaten mit blöden, fröhlichen Feierabendgesichtern, schlechte Zigarren rauchend; Dirnen, die, meist zu zweien oder dreien, laut lachend, übers Feld schritten; zuweilen einsame Spaziergänger, die da heraus gewandert kamen, um von der Stimmung dieses seltsamen Grenzgebietes zu kosten, wo die Stadt allmählig aufhört und ihr dumpfes, langes, angstvolles Atmen in einem müden, tröstlichen Seufzen aushaucht.

So waren auch die vier Freunde heute da heraus gelangt. Die Sonne verglomm, kühle Schatten schlichen an den Mauern hinauf, langsam, bis sie sich auf den Dächern verloren. Nur weit draußen noch auf den letzten Häusern lag ein rötlicher, schmerzlicher Schimmer. Und sie spazierten weiter bis zu den allerletzten Häusern. Die Straße war jäh abgeschnitten, hier endete die Stadt. Sie wandten sich um und schauten in den Dunstkreis zurück, aus dem die Straßen mühselig heranzuschleichen schienen. Sie blieben stehen.

»Merkwürdig!« sagte Hans. »Als ich vor zwei oder drei Jahren ein paar Monate im Auslande verbrachte, habe ich mich wohl nach der Ringstraße, nach unseren Theatern, nach dem Rathause, nach einigen schönen Wiener Mädeln und ein bißchen nach euch gesehnt, aber das wahre Heimweh, das, bei dem einem die Tränen kommen, das habe ich doch eigentlich nur empfunden, wenn mir die Erinnerung an Orte kam – wie der da einer ist. Hier ist für mich die Seele Wiens. Hier, wo es anfängt, so still... so einsam zu werden...«

»Aber entschuldige«, sagte Max, »gerade hier hört ja das Charakteristische auf. Das ist vielleicht eine halb unbewußte Erinnerung, welche sich für dich mit dieser Stelle verknüpft und gerade hier dieses Gefühl der Heimat so stark werden läßt. Möglicherweise liegt es auch daran, daß hier die Stadt als ein Ganzes vor dir liegt, und daß du sie geordneter siehst, als wenn du durch ihre Straßen wandelst. Oder auch die Eindrücke, die du aus der Stadt mitbringst, fangen erst hier, wenn es einsam und stille um dich wird, zu wirken an.«

»Aber es braucht durchaus nicht so zu sein«, warf Stefan ein, »denn man braucht ja nicht gerade das Charakteristische seiner Heimat zu lieben. Ja, nicht einmal irgend etwas, was tatsächlich vorhanden ist. Was mich anlangt, so bin ich darauf gekommen, daß das, was ich an Wien so lieb habe, längst nicht mehr da ist. Ich habe die Häuser von 1760 gern, die längst niedergerissen sind, und die Wiener Damen von 1820, die längst gestorben sind, und die Wiener Walzer, die traurigen, vom alten Strauß, die man nimmer spielt. Und wenn ich einmal über den Ring bummle, im Frühjahre, und ich fühle mich behaglich, so merke ich gleich, daß ich eigentlich ein Herr von 1870 bin, und ich sehe alle Leute, wie ich sie auf Bildern nach vielen Jahren sehen würde.«

»Das glaubst du nur!« rief Fritz. »Es ist nur ein Raffinement mehr, um sich am Lebendigen zu freuen. Gelegentlich überzeugt man sich aber auf die angenehmste Weise, daß man doch nicht mit Schatten oder Bildern zu tun hat; nicht wahr? Und ich lasse mir von dir, Hans, mein lustiges Wien nicht traurig, und von dir, mein lieber Stefan, mein lebendiges Wien nicht historisch machen. Ja, verachtet mich nur. Ich bin ja auch wirklich von euch beiden schon in meinen heiligsten Wiener Empfindungen verdorben worden. Es ist mir geschehen, daß ich beim Guschelbauer saß und sich bei dem köstlichen Lied vom ›Alten Drahrer‹ nichts in mir regte. Ich habe das Herz von einem ›echten Weana‹ preisen gehört und beinahe vergessen, daß ich selbst eins habe! Der Reim von die ›Tanz‹ und ›Gstanz‹ hat mich ungerührt gelassen – und ich war nahe daran, darüber zu höhnen, daß der alte Steffel oder gar der Vater Radetzky mit Interesse auf uns niederschaut. Das soll wieder anders werden. Ich muß meine Naivetät wieder bekommen. Mein heiteres Wien will ich mir wieder entdecken, das, wofür ihr alle nicht die richtigen Augen habt. Wo du hinschaust, Hans, da siehst du nur die stumme Wehmut der Dinge, und die unbesorgte Beschränktheit der Menschen. – Für dich, Max, ist überall die Dürre des Gesetzmäßigen und Notwendigen. – Und gar du, Stefan! – Für dich sind überall Komödianten, die dir ahnungslos was vorspielen müssen. Manchmal hast du die Güte, zu applaudieren, öfters aber bist du zerstreut oder nicht in der Laune, hinzuhorchen. – Ich will anders sein wie ihr alle! Ich will, was ihr eigentlich alle nicht könnt, mit ihnen, unter ihnen leben.«

»Mit einem Worte, du willst dich unterhalten«, sagte Hans etwas verächtlich.

»Nein, unter ihnen, als einer von ihnen will ich leben. Ich will, wie die Jugend, der Zufall und die Abenteuer mich führen, durch das ganze Leben Wiens schlendern.«

»Wenn dir nicht die Naivetät dazu fehlen möchte«, warf Max ein.

»Mir?«

»Gerade dir! Denn du bist ja doch nur ein verschämter Lokalpatriot. Du hast das kindische Bedürfnis der Zärtlichkeit für deine Nebenmenschen, und da du nicht groß genug bist, um die ganze Welt zu lieben, so begnügt sich dein bequemes Herz mit dem kleinen Fleck Erde, den du kennst.«

»Daß ich es liebe, gebe ich zu, daß ich es kenne, nicht. Und ich möchte es kennen! Was weiß ich denn eigentlich davon? Ich kenne die Straßen, die Gebäude, ich kenne die Mundart, die der Wiener spricht, ich kenne Typen, Gesellschaftskreise, ich kenne den Corso auf dem Ring, das Treiben im Prater, die Burgmusik

– aber was den Duft dieser Dinge macht, und wieso es eigentlich kommt, daß uns oft in einem stillen Praterspaziergange, oder auf dem alten Platz vor der Minoritenkirche, oder aus einem Worte eines süßen Wiener Mädels die ganze rührende und reiche Seele der Stadt entgegenflutet, das, das möcht' ich wissen!«

»Nun ja«, sagte Hans, »das Geheimnis der Stimmung!«

»Darüber«, meinte Stefan, »habe ich erst neulich einmal nachgedacht. Nicht wahr, die Tugenden und die Laster, die Talente und die Vorurteile unserer Ahnen gehen nicht verloren. Die erben sich fort. Warum denn nicht auch die Stimmungen? Und in manchen Stunden, deren Lust oder Weh im Dämmern des Unbegreiflichen verschwimmt, sind es vielleicht Stimmungen vergangener Jahrhunderte, die durch unsere Seele gehen; und wir erkennen die Träume nicht als die unserer Ahnen. Denn ihre Tugenden und Laster hat man aufgezeichnet – nur selten ihre Träume.«

»Mystiker«, sagte Max, »das verwirrt nur. Unsere Augen müssen wir schärfen, um endlich die Fäden zu sehen, welche zwischen den Einzelheiten laufen. Zum Entstehen von Stimmungen ist eine gewisse Müdigkeit der Sinne und der Gedanken notwendig. Wenn wir stets völlig wach wären, oder wenn wir uns gar zu jener idealen Wachheit emporringen könnten, in welcher alle Sinne vollkommen aufnahmsfähig wären, so gäbe es jene wallenden Schleier nicht, welche sich vor die Deutlichkeit der Dinge legen und uns die Töne unserer Stimmungen bringen.«

Es war dunkel geworden. Die Laternen in den Straßen waren angezündet. Die Freunde schlugen den Rückweg in die Stadt ein.

»Nein, nein«, sagte Hans, »ich habe keine Sehnsucht nach Deutlichkeit! In welch einförmiger, unausstehlicher Beleuchtung stände alles da! Verdrossen wie an einem Wintertage würden wir durch dieses frostige Dasein eilen.«

»Und wer von uns«, sagte Max, »glaubt ihr wohl, hat am meisten Anwartschaft darauf, dieses Rätsel zu lösen, in das wir eben jetzt wieder hineinspazieren, und das uns mit seinen tausend Laternen und mit den beleuchteten Fenstern höhnisch entgegenglänzt? – Du, Hans, für den die Lösung des Rätsels aus unbewußten Schmerzen – oder du, Stefan, für den es aus dem Hauch ferner Zeiten zu kommen scheint – oder du, Fritz, der du dich vom gedankenlosen Strome mittreiben lassen willst –?«

»Wir alle eher, als du«, sagte Stefan, »wenn du wirklich ein so Wacher wärst, als du uns glauben machen willst. Aber auch zwischen dir und der Stadt bestehen Beziehungen. Und zwar andere, als die zwischen dem Schauenden und dem Geschauten. Du bist ganz einfach ein Betrogener Wiens und wie es nun schon einmal Betrogene tun, spielst du den Kalten und höhnst. Dich hat Wien getäuscht, weil du es einmal zu sehr geliebt hast. Du warst berauscht davon. Es hat dir so viel gegeben; bedenke doch; – fast den ganzen Inhalt deines Lebens verdankst du ihm; Alles, was du schufst, war von Wiener Luft durchtränkt, und Alles was du lebtest, hatte die Süßigkeit seiner Atmosphäre. Ist's nicht so?«

»Ja. Aber das ist lang vorbei. Wien! – Plötzlich hatte es sich von mir abgewandt. Alles mißglückte mir, was ich in Kunst und Leben unternahm. Ich nannte es ein Mißglücken, während doch eigentlich nichts Anderes geschah, als daß sich meine Art zu schauen änderte. Ich klage nicht darüber, denn es mußte offenbar so kommen, und nirgends in der Welt wäre es mir anders ergangen. Es gibt Leute, die ihre Jugend nie los werden – wie ihr zum Beispiel! Ich aber gehöre zu denen, welche eines Morgens aufwachen und keine Freude am Spiel mehr finden. Da kommt wohl auch eine Zeit der Bitterkeit, in der man die anderen beneidet, die weiterspielen. Zuerst ist nur das schale Gefühl da, daß man etwas verloren hat. Ja, man hat die Kinderfreude verloren, an alles so nahe heranzutreten, daß man es berühren kann. Die Verwandtschaft ist einem abhanden gekommen, man gehört nicht mehr dazu. Und da ist man eine Zeitlang einsam und arm, denn die Einsamkeit findet uns nicht reif, sie macht uns erst dazu. Dann aber kommt die große Klarheit. Man läßt einfach seine Sinne die Welt einsaugen. Man verzichtet darauf, die hundert Spiele mit der Welt zu spielen, denen ihr die schönen Namen gebt. Ich bin ja noch nicht so weit, daß ich gerne darauf verzichte, aber wartet nur bis meine Sinne sich zur ›großen Wachheit‹ werden durchgerungen haben. Vielleicht kann ich euch dann Dinge erzählen, die euch staunen machen werden. Ihr wißt ja doch im Grunde nur, was ihr zum Leben sagt. Ihr bekommt Antworten aus der Tiefe eurer Seele und ihr meint, die Welt hat gesprochen.«

Die Freunde gingen weiter; der Stadt zu. Sie sprachen eine Weile nichts. Wie sie aber schon dem großen Gewühle nahe waren, in dem alle Worte sich verlieren mußten, da sagte Hans:

»Es ist doch schön, daß wir alle nie die Wachheit haben werden, die du, Max, ersehnst.«

»Sucht ihr sie denn nicht?« rief Max aus. »Ihr seid ja doch alle nicht im Stande, gemächlich euere Freude und eure Schmerzen zu genießen. Seid ihr denn zufrieden, einfach etwas zu lieben oder etwas zu hassen? Ihr sucht nach den letzten geheimsten Gründen, sucht nach der Seele der Dinge.«

»Mag sein«, sagte Stefan. »Und daher kommt es vielleicht, daß wir Sehnsucht haben nach dem, was wir besitzen – und Heimweh, während wir doch zu Hause sind!«

Blumen

Da bin ich nun den ganzen Nachmittag in den Straßen herumspaziert, auf die stiller weißer Schnee langsam herunterschwebte, – und bin nun zu Hause, und die Lampe brennt, und die Zigarre ist angezündet, und die Bücher liegen da, und alles ist bereit, daß ich mich so recht behaglich fühlen könnte... Aber es ist ganz vergeblich, und ich muß immer nur an dasselbe denken.

War sie nicht längst für mich gestorben?... ja, tot, oder gar, wie ich mit dem kindischen Pathos der Betrogenen dachte, »schlimmer als tot«?... Und nun, seit ich weiß, daß sie nicht »schlimmer als tot« ist, nein, einfach tot, so wie die vielen anderen, die draußen liegen, tief unter der Erde, immer, immer, wenn der Frühling da ist, und wenn der schwüle Sommer kommt, und wenn der Schnee fällt wie heute... so ohne jede Hoffnung des Wiederkommens – seither weiß ich, daß sie auch für mich um keinen Augenblick früher gestorben ist als für die anderen Menschen. Schmerz? – Nein. Es ist ja doch nur der allgemeine Schauer, der uns faßt, wenn etwas ins Grab sinkt, das uns einmal gehört hat, und dessen Wesen uns noch immer ganz deutlich vor Augen steht, mit dem Leuchten des Blickes und mit dem Klang der Stimme.

Es war ja gewiß sehr traurig, als ich damals ihren Betrug entdeckte; ... aber was war da noch alles dabei!... Die Wut und der plötzliche Haß und der Ekel vor dem Dasein und – ach ja gewiß! – die gekränkte Eitelkeit; – ich bin ja erst nach und nach auf den Schmerz gekommen! Und dann war ein Trost da, der zur Wohltat wurde: daß sie selbst leiden mußte. – Ich habe sie noch alle, jeden Augenblick kann ich sie wieder lesen, die Dutzende Briefe, die um Verzeihung flehten, schluchzten, jammerten! – – Und ich sehe sie selbst noch vor mir, in dem dunkeln, englischen Kleide, mit dem kleinen Strohhut, wie sie an der Ecke der Straße stand, in der Abenddämmerung, wenn ich aus dem Haustore trat, ... und mir nachschaute... Und auch an jenes letzte Wiedersehen denk' ich noch, wie sie vor mir stand mit den großen, staunenden Augen in dem runden Kindergesicht, das nun so blaß und verhärmt war... Ich habe ihr nicht die Hand gegeben, als sie ging; – als sie zum letzten Male ging. – Und vom Fenster aus hab' ich sie noch bis zur Straßenecke gehen sehen, und da ist sie verschwunden – – – für immer. Jetzt kann sie nicht wiederkommen...

Daß ich es überhaupt weiß, ist ein Zufall. Es hätte auch noch Wochen, Monate dauern können. Ich begegnete vormittags ihrem Onkel, den ich wohl ein Jahr lang nicht gesehen hatte, und der sich nur selten in Wien aufhält. Nur ein paarmal habe ich ihn früher gesprochen. Zuerst, vor drei Jahren, an einem »Kegelabend«, zu welchem auch sie mit ihrer Mutter hingekommen war. – Und dann im Sommer drauf: da war ich mit ein paar Freunden im Prater, in der »Csarda«. Und an dem Tisch neben uns saß der Onkel mit zwei oder drei Herren, sehr gemütlich, beinahe fidel, und trank mir zu. Und bevor er den Garten verließ, blieb er noch bei mir stehen, und, wie ein großes Geheimnis, teilte er mir mit, daß seine Nichte für mich schwärme! – Und mir kam das so im Halbdusel eigentümlich und lustig und beinahe abenteuerlich vor, daß der alte Mann mir das hier erzählte, unter den Klängen des Cymbals und der hellen Geigen, – mir, der ich das so gut wußte, und dem noch der Duft ihres letzten Kusses auf den Lippen lag... Und nun, heute vormittag! Fast wär' ich an ihm vorbeigegangen. Ich fragte ihn nach seiner Nichte, mehr aus Höflichkeit als aus Interesse.... Ich wußte ja nichts mehr von ihr; auch die Briefe waren schon längst nicht mehr gekommen; nur Blumen schickte sie regelmäßig. Erinnerungen an einen unserer seligsten Tage; einmal jeden Monat kamen sie; kein Wort dazu, schweigende, demütige Blumen... – Und wie ich den Alten fragte, war er ganz erstaunt. Sie wissen nicht, daß das arme Kind vor einer Woche gestorben ist? Ich erschrak heftig. – Er erzählte mir dann noch mehr. Daß sie lange gekränkelt habe, daß sie aber kaum acht Tage zu Bett gelegen sei... Und was ihr gefehlt habe?... »Gemütskrankheit... Blutarmut... Die Ärzte wissen ja nie was Rechtes.« –

Ich bin noch lange auf der Stelle stehen geblieben, wo mich der alte Mann verlassen hatte; – ich war abgespannt, als lägen große Mühen hinter mir. – Und jetzt ist mir, als müßte ich den heutigen Tag als einen betrachten, der einen Abschnitt meines Lebens bedeutete. Warum? – Warum? Mir ist nur etwas Äußerliches begegnet. Ich habe nichts mehr für sie empfunden, ich habe kaum noch ihrer gedacht. Und daß ich alles dies niederschrieb, hat mir wohlgetan: ich bin ruhiger geworden... Ich beginne die Behaglichkeit meines Heims zu empfinden. – Es ist überflüssig und selbstquälerisch, weiter darüber zu denken... Es wird schon irgendwen geben, der tieferen Grund hat, heute zu trauern, als ich.

Ich habe einen Spaziergang gemacht. Heiterer Wintertag. Der Himmel so blaß, so kalt, so weit.. Und ich bin sehr ruhig. Der alte Mann, den ich gestern traf, ... mir ist, als wenn es vor vielen Wochen gewesen wäre. – Und wenn ich an sie denke, kann ich sie mir in eigentümlich scharfen, fertigen Umrissen vorstellen; und nur eins fehlt: der Zorn, der sich noch bis in die letzte Zeit meiner Erinnerung beigesellte. Eine wirkliche Vorstellung davon, daß sie nicht mehr auf der Welt ist, daß sie in einem Sarg liegt, daß man sie begraben hat, habe ich eigentlich nicht... Es ist gar kein Weh in mir. Die Welt kam mir heute stiller vor. Ich habe in irgendeinem Augenblick gewußt, daß es überhaupt weder Freuden noch Schmerzen gibt; – nein, es gibt nur Grimassen der Lust und der Trauer; wir lachen und weinen und laden unsere Seele dazu ein. Ich könnte mich nun hinsetzen und sehr tiefe, ernste Bücher lesen, und dränge bald in all ihre Weisheit ein. Oder ich könnte vor alte Bilder treten, die mir früher nichts gesagt, und jetzt ginge mir ihre dunkle Schönheit auf... Und wenn ich an manche lieben Menschen denke, die mir gestorben sind, so krampft sich das Herz nicht wie sonst – der Tod ist etwas Freundliches geworden; er geht unter uns herum und will uns nichts Böses tun.

Schnee, hoher, weißer Schnee auf allen Straßen. Da ist das kleine Gretel zu mir gekommen und hat gefunden, wir müssen endlich einmal eine Schlittenpartie machen. Und da waren wir nun auf dem Land und sind auf glatten, hellen Wegen mit Schellengeklingel hingesaust, den blaßgrauen Himmel über uns, rasch, rasch dahin, zwischen weißen, glänzenden Hügeln. Und Gretel lehnte mir an der Schulter; sah mit vergnügten Augen auf die lange Straße vor uns. Wir kamen in ein Wirtshaus, das wir gut vom Sommer her kannten, aus der Zeit, da es mitten im Grünen lag, und das nun so verändert aussah, so einsam, so ohne Zusammenhang mit der übrigen Welt, als müßte man's erst von neuem entdecken. Und der geheizte Ofen in der Wirtsstube glühte, daß wir den Tisch weit weg rücken mußten; weil die linke Wange und das Ohr der kleinen Gretel ganz rot geworden waren. Da mußt' ich ihr die blassere Wange küssen. Dann die Rückfahrt, schon im halben Dunkel. Wie sich Gretel ganz nahe an mich schmiegte und meine beiden Hände in die ihren nahm. – Dann sagte sie: »Heut hab ich dich endlich wieder.« Sie hatte so ohne alles Grübeln das rechte Wort gefunden, was mich ganz froh machte. Vielleicht auch hat die herbe Schneeluft auf dem Lande meine Sinne wieder freier gemacht, denn freier und leichter fühle ich mich, als alle die letzten Tage. –

Neulich wieder einmal, während ich nachmittags auf dem Divan im Halbschlummer lag, beschlich mich ein sonderbarer Gedanke. Ich kam mir kalt und hart vor. Wie einer, der ohne Tränen, ja ohne jede Fähigkeit des Fühlens an einem Grabe steht, in das man ein geliebtes Wesen gesenkt hat. Wie einer, der so hart geworden ist, daß ihn nicht einmal die Schauer eines jungen Todes versöhnen... Ja, unversöhnlich, das war es...

Vorbei, ganz vorbei. Das Leben, das Vergnügen und das bißchen Liebe jagt all das dumme Zeug davon. Ich bin wieder mehr unter Menschen. Ich habe sie gern, sie sind harmlos, sie plaudern von allen möglichen heiteren Dingen. Und Gretel ist ein liebes, zärtliches Geschöpf, und am schönsten ist sie, wenn sie so bei mir in der Fensternische steht, nachmittags, und auf ihrem blonden Kopf die Sonnenstrahlen glitzern.

Etwas Seltsames ist heute geschehen... Es ist der Tag, an welchem sie mir allmonatlich die Blumen schickte... Und die Blumen sind wieder gekommen, als... als hätte sich nichts verändert. – Sie kamen frühmorgens mit der Post in einem weißen, langen, schmalen Karton. Es war noch ganz früh; noch lag mir der Schlaf über Stirn und Augen. Und erst wie ich daran war, den Karton zu öffnen, kam mir die volle Besinnung... Da bin ich beinahe erschrocken... Und da lagen, zierlich durch einen Goldfaden zusammengehalten, Nelken und Veilchen... Wie in einem Sarge lagen sie da. Und wie ich die Blumen in die Hand nahm, ging mir ein Schauer durchs Herz. – Ich weiß, wieso sie auch heute noch gekommen sind. Wie sie ihre Krankheit nahen, wie sie vielleicht schon eine Ahnung des nahen Todes fühlte, hat sie noch den gewohnten Auftrag in der Blumenhandlung gegeben. Ich sollte ihre Zärtlichkeit nicht vermissen. – Gewiß, so ist die Sendung zu erklären; als etwas völlig Natürliches, als etwas Rührendes vielleicht... Und doch, wie ich sie in der Hand hielt, diese Blumen, und wie sie zu zittern und sich zu neigen schienen, da mußt' ich sie wider alle Vernunft und allen Willen als etwas Gespenstisches empfinden, als kämen sie von ihr, als wär' es ihr Gruß... als wollte sie noch immer, auch jetzt noch, als Tote, von ihrer Liebe, von ihrer – verspäteten Treue erzählen. – Ach, wir verstehen den Tod nicht, nie verstehen wir ihn; und jedes Wesen ist in Wahrheit erst dann tot, wenn auch alle die gestorben sind, die es gekannt haben... Ich habe die Blumen heute auch anders in die Hand genommen als sonst, zarter, als könnte man ihnen ein Leids antun, wenn man sie zu hart anfaßte... als könnten ihre stillen Seelen leise zu wimmern anfangen. Und wie sie jetzt vor mir auf dem Schreibtisch stehn, in einem schlanken, mattgrünen Glas, da ist mir, als neigten sich die Blüten zu traurigem Dank. Das ganze Weh einer nutzlosen Sehnsucht duftet mir aus ihnen entgegen, und ich glaube, daß sie mir etwas erzählen könnten, wenn wir die Sprache alles Lebendigen und nicht nur die alles – Redenden verständen.

Ich will mich nicht beirren lassen. Es sind Blumen, weiter nichts. Es sind Grüße aus dem Jenseits... Es ist kein Rufen, nein, kein Rufen aus dem Grabe. – Blumen sind es, und irgendeine Verkäuferin in einem Blumengeschäft hat sie ganz mechanisch zusammengebunden, ein bißchen Watte drum getan, in die weiße Schachtel gelegt und dann auf die Post gegeben. – Und nun sind sie eben da, warum denk' ich drüber nach? –

Ich bin viel im Freien, mache weite, einsame Spaziergänge. Wenn ich unter Menschen bin, fühle ich keinen rechten Zusammenhang mit ihnen; die Fäden alle reißen ab. Das merk' ich auch, wenn das liebe, blonde Mädel in meinem Zimmer sitzt und mir da alles Mögliche vorplaudert von... ja, ich weiß gar nicht wovon. Denn wie sie wieder fort ist, da ist sie gleich, im ersten Augenblicke schon, so fern, als wäre sie weit weg, als nähme die Flut der Menschen sie gleich auf immer mit, als wäre sie spurlos verschwunden. Wenn sie nicht wiederkäme, könnte ich mich kaum wundern.

Die Blumen stehen in dem schlanken, grün schimmernden Glas, ihre Stengel ragen ins Wasser, und das Zimmer duftet davon. – Sie duften noch immer, – obwohl sie schon eine Woche in meinem Zimmer sind und langsam zu welken beginnen. – Und ich begreife allen möglichen Unsinn, den ich belacht habe, ich begreife das Zwiesprachpflegen mit Gegenständen der Natur... ich begreife, daß man auf Antwort warten kann, wenn man mit Wolken und Quellen spricht; denn auch ich starre ja diese Blumen an und warte, daß sie anfangen zu reden... Ach nein, ich weiß ja, daß sie immer reden... auch jetzt... daß sie immerfort reden und klagen, und daß ich nahe daran bin, sie zu verstehen.

Wie froh bin ich, daß nun der starre Winter zu Ende geht. Schon schwimmt ein Ahnen des nahen Frühlings in der Luft. Die Zeit geht ganz eigen hin. Ich lebe nicht anders als sonst, und doch ist mir manchmal, als wären die Umrisse meines Daseins weniger fest gezeichnet. Schon das Gestern verschwimmt, und alles, was ein paar Tage zurückliegt, bekommt den Charakter eines unklaren Traumes. Immer von neuem, wenn Gretel mich verläßt, und insbesondere wenn ich sie mehrere Tage nicht sehe, da ist mir, als wäre das eine Geschichte, die längst, längst vorbei ist. Sie kommt immer von so weit, so weit! – Wenn sie dann zu plaudern anfängt, ist's freilich bald wieder beim alten, und ich habe ein deutliches Empfinden der Gegenwart und des Daseins. Und fast sind die Worte dann zu laut und die Farben zu grell; und wie das liebe Kind, kaum daß sie mich verläßt, in eine unsägliche Ferne entrückt ist, so jäh und glühend ist ihre Nähe. Sonst blieb mir doch noch ein Nachklang und ein Nachbild zurück von tönenden und lichten Augenblicken; jetzt aber verhallt und verlischt alles, plötzlich, wie in einer dumpfen Grotte. – Und dann bin ich allein mit meinen Blumen. Sie sind schon welk, ganz welk. Sie haben keinen Duft mehr. – Gretel hatte sie bisher nicht beachtet; heute das erstemal weilte ihr Blick lange auf ihnen, und mir war, als wollte sie mich fragen. Und plötzlich schien sie eine geheime Scheu davon abzuhalten; – sie sprach überhaupt kein Wort mehr, nahm bald Abschied von mir und ging.

Sie blättern langsam ab. Ich rühre sie nie an; auch würden sie zwischen den Fingern zu Staub werden. Es tut mir unsäglich weh, daß sie welk sind. Warum ich nicht die Kraft habe, dem blöden Spuk ein Ende zu machen, weiß ich nicht. Sie machen mich krank, diese toten Blumen. Ich kann es zuweilen nicht aushalten, ich stürze davon. Und mitten auf der Straße packt es mich dann, und ich muß zurück, muß nach ihnen sehen. Und da find' ich sie dann in demselben grünen Glas, wie ich sie verlassen, müd' und traurig. Gestern abend hab' ich vor ihnen geweint, wie man auf einem Grabe weint, und habe gar nicht an die gedacht, von der sie eigentlich kommen. – Vielleicht irre ich mich! aber mir ist, als fühlte auch Gretel die Anwesenheit von irgend etwas Seltsamem in meinem Zimmer. Sie lacht nicht mehr, wenn sie bei mir ist. Sie spricht nicht so laut, nicht mit dieser frischen, lebhaften Stimme, die ich gewohnt war. Ich empfange sie freilich nicht mehr wie früher. Auch quält mich eine stete Angst, daß sie mich doch einmal fragen könnte; und ich weiß, daß mir jede Frage unerträglich wäre.

Oft nimmt sie ihre Handarbeit mit zu mir, und wenn ich noch über den Büchern bin, sitzt sie still am Tisch, häkelt oder stickt, wartet geduldig, bis ich die Bücher weglege und aufstehe und zu ihr treten, ihr die Arbeit aus der Hand zu nehmen. Dann entferne ich den grünen Schirm von der Lampe, bei der sie gesessen, und durchs ganze Zimmer fließt das freundliche, milde Licht. Ich habe es nicht gern, wenn die Ecken im Dunkeln sind.

Frühling! – Weit offen steht mein Fenster. Am späten Abend hab' ich mit Gretel auf die dunkle Straße hinausgeschaut. Die Luft um uns war weich und warm. Und wie ich zur Straßenecke hinsah, wo die Laterne ist, die ein schwaches Licht verbreitet, stand plötzlich ein Schatten dort. Ich sah ihn und sah ihn nicht... Ich weiß, daß ich ihn sah... Ich schloß die Augen. Und durch die geschlossenen Lider konnte ich plötzlich sehen, und da stand das elende Geschöpf, im schwachen Licht der Laterne, und ich sah das Gesicht unheimlich deutlich, als wenn es von einer gelben Sonne beleuchtet würde, und sah in dem verhärmten, blassen Gesicht die großen, verwunderten Augen... Da ging ich langsam vom Fenster weg und setzte mich zum Schreibtisch; auf dem flackerte das Kerzenlicht im Windhauch, der von draußen kam. Und ich blieb regungslos sitzen; denn ich wußte, daß das arme Geschöpf an der Straßenecke stand und wartete; und wenn ich gewagt hätte, die toten Blumen anzufassen, so hätt' ich sie aus dem Glas genommen und sie ihr gebracht... So dacht' ich, dacht' es ganz fest, und wußte zugleich, daß es unsinnig war. Gretel verließ nun auch das Fenster und blieb einen Augenblick hinter meinem Sessel stehen und berührte mit ihren Lippen mein Haar. Dann ging sie, ließ mich allein...

Ich starrte die Blumen an. Es sind gar keine mehr, es sind fast nur mehr nackte Stengel, dürr und erbärmlich... Sie machen mich krank und rasend. – Und es muß wohl zu begreifen sein;

sonst hätte Gretel mich doch einmal gefragt; aber sie fühlt es ja auch – sie flieht zuweilen, als wenn Gespenster im meinem Zimmer wären. –

Gespenster! – Sie sind, sie sind! – Tote Dinge spielen das Leben. Und wenn welkende Blumen nach Moder riechen, so ist es nur Erinnerung an die Zeit, wo sie blühten und dufteten. Und Gestorbene kommen wieder, so lang wir sie nicht vergessen. – Was hilft's, daß sie nicht mehr sprechen kann; – ich kann sie ja noch hören! Sie erscheint nicht mehr, aber ich kann sie noch sehen! – – Und der Frühling draußen, und die Sonne, die hell über meinen Teppich fließt, und der Hauch von frischem Flieder, der vom nahen Parke hereinkommt, und die Menschen, die unten vorbeigehen, und die mich nichts kümmern, gerade das ist das Lebendige? Ich kann die Vorhänge herablassen, und die Sonne ist tot. Ich will von all diesen Menschen nichts mehr wissen, und sie sind tot. Ich schließe das Fenster, kein Fliederduft mehr weht um mich, und der Frühling ist tot. Ich bin mächtiger als die Sonne und die Menschen und der Frühling. Aber mächtiger als ich ist die Erinnerung, die kommt, wann sie will, und vor der es kein Fliehen gibt. Und diese dürren Stengel im Glas sind mächtiger als aller Fliederduft und Frühling.

Über diesen Blättern bin ich gesessen, als Gretel hereintrat. Noch nie war sie so früh am Tag gekommen; selten vor Eintritt der Dämmerung. Ich war erstaunt, fast betroffen. Ein paar Sekunden blieb sie in der Türe stehen; und ich schaute sie an, ohne sie zu begrüßen. Da lächelte sie und trat näher. Sie trug einen Strauß frischer Blumen in der Hand. Dann ist sie, ohne ein Wort zu reden, bis zu meinem Schreibtisch gekommen und hat die Blumen vor mich hingelegt. Und in der nächsten Sekunde greift sie nach den verwelkten im grünen Glas. Mir war, als griffe man mir ins Herz; – aber ich konnte nichts sagen... Und wie ich aufstehen will, das Mädel beim Arm packen, schaut sie mich lachend an. Und hält den Arm mit den welken Blumen hoch, eilt hinter dem Schreibtisch zum Fenster, und wirft sie einfach hinunter auf die Straße. Mir ist, als müßt' ich ihnen nach; aber da steht das Mädel, an die Brüstung gelehnt, das Gesicht mir zugewandt. Und über ihren blonden Kopf fließt die Sonne, die warme, die lebendige..... Und reicher Fliederduft kommt von drüben. Und ich sehe auf das leere grüne Glas, das auf dem Schreibtisch steht; ich weiß nicht, wie mir ist; freier glaub' ich, – viel freier als früher. Da kommt Gretel herzu, nimmt ihren kleinen Strauß und hält ihn mir vor's Gesicht; kühlen, weißen Flieder... Ein so gesunder frischer Duft; – so weich, so kühl; ich wollte mein Gesicht ganz darin vergraben. – Lachende, weiße, küssende Blumen. – Und ich fühlte, daß der Spuk vorbei war. – Gretel stand hinter mir und fuhr mir mit ihren wilden Händen ins Haar. Du lieber Narr, sagte sie. – Wußte sie, was sie getan?... Ich nahm ihre Hände und küßte sie. – – Und abends sind wir ins Freie hinaus, in den Frühling. Eben bin ich mit ihr zurückgekommen. Die Kerze habe ich angezündet; wir sind viel gegangen, und Gretel ist so müde geworden, daß sie auf dem Lehnstuhle neben dem Ofen eingeschlummert ist. Sie ist sehr schön, wie sie da im Schlummer lächelt.

Vor mir im schlanken grünen Glas steht der Flieder. – Unten auf der Straße – nein, nein, sie liegen längst nicht mehr da unten. Schon hat sie der Wind mit dem andern Staub verweht.

Der Witwer

Er versteht es noch nicht ganz; so rasch ist es gekommen.

An zwei Sommertagen ist sie in der Villa krank gelegen, an zwei so schönen, daß die Fenster des Schlafzimmers, die auf den blühenden Garten sehen, immer offenstehen konnten; und am Abend des zweiten Tages ist sie gestorben, beinahe plötzlich, ohne daß man darauf gefaßt war. – Und heute hat man sie hinausgeführt, dort über die allmählich ansteigende Straße, die er jetzt vom Balkon aus, wo er auf seinem Lehnstuhl sitzt, bis zu ihrem Ende verfolgen kann, bis zu den niederen weißen Mauern, die den kleinen Friedhof umschließen, auf dem sie ruht.

Nun ist es Abend; die Straße, auf die vor wenigen Stunden, als die schwarzen Wagen langsam hinaufrollten, die Sonne herabgebrannt hat, liegt im Schatten; und die weißen Friedhofsmauern glänzen nicht mehr.

Man hat ihn allein gelassen; er hat darum gebeten. Die Trauergäste sind alle in die Stadt zurückgefahren; die Großeltern haben auf seinen Wunsch auch das Kind mitgenommen, für die ersten paar Tage, die er allein sein will. Auch im Garten ist es ganz still; nur ab und zu hört er ein Flüstern von unten: die Dienstleute stehen unter dem Balkon und sprechen leise miteinander. Er fühlt sich jetzt müde, wie er es noch nie gewesen, und während ihm die Lider immer und immer von neuem zufallen, – mit geschlossenen Augen sieht er die Straße wieder in der Sommerglut des Nachmittags, sieht die Wagen, die langsam hinaufrollen, die Menschen, die sich um ihn drängen, – selbst die Stimmen klingen ihm wieder im Ohr.

Beinah alle sind dagewesen, welche der Sommer nicht allzuweit fortgeführt hatte, alle sehr ergriffen von dem frühen und raschen Tod der jungen Frau, und sie haben milde Worte des Trostes zu ihm gesprochen. Selbst von entlegenen Orten sind manche gekommen, Leute, an die er gar nicht gedacht; und manche, von denen er kaum die Namen kannte, haben ihm die Hand gedrückt. Nur der ist nicht dagewesen, nach dem er sich am meisten gesehnt, sein liebster Freund. Er ist freilich ziemlich weit fort – in einem Badeort an der Nordsee, und gewiß hat ihn die Todesnachricht zu spät getroffen, als daß er noch rechtzeitig hätte abreisen können. Er wird erst morgen da sein können.

Richard öffnet die Augen wieder. Die Straße liegt nun völlig im Abendschatten, nur die weißen Mauern schimmern noch durchs Dunkel, und das macht ihn schaudern. Er steht auf, verläßt den Balkon und tritt ins angrenzende Zimmer. Es ist das seiner Frau – gewesen. Er hat nicht daran gedacht, wie er rasch hineingetreten ist; er kann auch in der Dunkelheit nichts mehr darin ausnehmen; nur ein vertrauter Duft weht ihm entgegen. Er zündet die blaue Kerze an, die auf dem Schreibtisch steht, und wie er nun das ganze Gemach in seiner Helle und Freundlichkeit zu uberschauen vermag, da sinkt er auf den Diwan hin und weint.

Lange weint er; – wilde und gedankenlose Tränen, und wie er sich wieder erhebt, ist sein Kopf dumpf und schwer. Es flimmert ihm vor den Blicken, die Kerzenflamme auf dem Schreibtisch brennt trüb. Er will es lichter haben, trocknet seine Augen und zündet alle sieben Kerzen des Armleuchters an, der auf der kleinen Säule neben dem Klavier steht. Und nun fließt Helle durchs ganze Gemach, in alle Ecken, der zarte Goldgrund der Tapete glitzert, und es sieht hier aus wie an manchem Abend, wenn er hereingetreten ist und sie über einer Lektüre oder über Briefen fand. Da hat sie aufgeschaut, sich lächelnd zu ihm gewandt und seinen Kuß erwartet. – Und ihn schmerzt die Gleichgültigkeit der Dinge um ihn, die weiter starr sind und weiter glitzern, als wüßten sie nicht, daß sie nun etwas Trauriges und Unheimliches geworden sind. So tief wie in diesem Augenblick hat er es noch nicht gefühlt, wie einsam er geworden ist; und so mächtig wie in diesem Augenblick hat er die Sehnsucht nach seinem Freunde noch nicht empfunden. Und wie er sich nun vorstellt, daß der bald kommen und liebe Worte zu ihm reden wird, da fühlt er, daß doch auch für ihn das Schicksal noch etwas übrig hat, das Trost bedeuten könnte. Wär' er nur endlich da!... Er wird ja kommen, morgen früh wird er da sein. Und da muß er auch lang bei ihm bleiben; viele Wochen lang; er wird ihn nicht fortlassen, bevor es sein muß. Und da werden sie beide im Garten spazierengehen und, wie früher so oft, von tiefen und seltsamen Dingen sprechen, die über dem Schicksal des gemeinen Tages sind. Und abends werden sie auf dem Balkon sitzen wie früher, den dunklen Himmel über sich, der so still und groß ist; werden da zusammen plaudern bis in die späte Nachtstunde, wie sie es ja auch früher so oft getan, wenn sie, die in ihrem frischen und hastigen Wesen an ernsteren Gesprächen wenig Gefallen fand, ihnen schon längst lächelnd gute Nacht gesagt hatte, um auf ihr Zimmer zu gehn. Wie oft haben ihn diese Gespräche über die Sorgen und Kleinlichkeiten der Alltäglichkeit emporgehoben; – jetzt aber werden sie mehr, jetzt werden sie Wohltat, Rettung für ihn sein.

Immer noch geht Richard im Zimmer hin und her, bis ihn endlich der gleichmäßige Ton seiner eigenen Schritte zu stören anfängt. Da setzt er sich vor den kleinen Schreibtisch, auf dem die blaue Kerze steht, und betrachtet mit einer Art von Neugier die hübschen und zierlichen Dinge, die vor ihm liegen. Er hat sie doch eigentlich nie recht bemerkt, hat immer nur das Ganze gesehen. Die elfenbeinernen Federstiele, das schmale Papiermesser, das schlanke Petschaft mit dem Onyxgriff, die kleinen Schlüsselchen, welche eine Goldschnur zusammenhält; er nimmt sie nacheinander in die Hand, wendet sie hin und her und legt sie wieder sachte auf ihren Platz, als wären es wertvolle und gebrechliche Dinge. Dann öffnet er die mittlere Schreibtischlade und sieht da im offenen Karton das mattgraue Briefpapier liegen, auf dem sie zu schreiben pflegte, die kleinen Kuverts mit ihrem Monogramm, die schmalen, langen Visitenkarten mit ihrem Namen. Dann greift er mechanisch an die kleine Seitenlade, die versperrt ist. Er merkt es anfangs gar nicht, zieht nur immer wieder, ohne zu denken. Allmählich aber wird das gedankenlose Rütteln ihm bewußt, und er müht sich und will endlich öffnen und nimmt die kleinen Schlüssel zur Hand, die auf dem Schreibtisch liegen. Gleich der erste, den er versucht, paßt auch; die Lade ist offen. Und nun sieht er, von blauen Bändern sorgfältig zusammengehalten, die Briefe liegen, die er selbst an sie geschrieben. Gleich den, der oben liegt, erkennt er wieder. Es ist sein erster Brief an sie, noch aus der Zeit der Brautschaft. Und wie er die zärtliche Aufschrift liest, Worte, die wieder ein trügerisches Leben in das verödete Gemach zaubern, da atmet er schwer auf und spricht dann leise vor sich hin, immer wieder dasselbe: ein wirres, entsetzliches: Nein... nein... nein...

Und er löst das Seidenband und läßt die Briefe zwischen den Fingern gleiten. Abgerissene Worte fliegen vor ihm vorüber, kaum hat er den Mut, einen der Briefe ganz zu lesen. Nur den letzten, der ein paar kurze Sätze enthält – daß er erst spät abends aus der Stadt herauskommen werde – daß er sich unsäglich freue, das liebe, süße Gesicht wiederzusehen –, den liest er sorgsam, Silbe für Silbe – und wundert sich sehr; denn ihm ist, als hätte er diese zärtlichen Worte vor vielen Jahren geschrieben – nicht vor einer Woche, und es ist doch nicht länger her.

Er zieht die Lade weiter heraus, zu sehen, ob er noch was fände.

Noch einige Päckchen liegen da, alle mit blauen Seidenbändern umwunden, und unwillkürlich lächelt er traurig. Da sind Briefe von ihrer Schwester, die in Paris lebt – er hat sie immer gleich mit ihr lesen müssen; da sind auch Briefe ihrer Mutter mit dieser eigentümlich männlichen Schrift, über die er sich stets gewundert hat. Auch Briefe mit Schriftzügen liegen da, die er nicht gleich erkennt; er löst das Seidenband und sieht nach der Unterschrift – sie kommen von einer ihrer Freundinnen, einer, die heute auch dagewesen ist, sehr blaß, sehr verweint. – Und ganz hinten liegt noch ein Päckchen, das er herausnimmt wie die anderen und betrachtet. – Was für eine Schrift? Eine unbekannte. – Nein, keine unbekannte... Es ist Hugos Schrift. Und das erste Wort, das Richard liest, noch bevor das blaue Seidenband herabgerissen ist, macht ihn für einen Augenblick erstarren... Mit großen Augen schaut er um sich, ob denn im Zimmer noch alles ist, wie es gewesen, und schaut dann auf die Decke hinauf, und dann wieder auf die Briefe, die stumm vor ihm liegen und ihm doch in der nächsten Minute alles sagen sollen, was das erste Wort ahnen ließ... Er will das Band entfernen – es ist ihm, als wehrte es sich, die Hände zittern ihm, und er reißt es endlich gewaltsam auseinander. Dann steht er auf. Er nimmt das Päckchen in beide Hände und geht zum Klavier hin, auf dessen glänzend schwarzen Deckel das Licht von den sieben Kerzen des Armleuchters fällt. Und mit beiden Händen auf das Klavier gestützt, liest er sie, die vielen kurzen Briefe mit der kleinen verschnörkelten Schrift, einen nach dem andern, nach jedem begierig, als wenn er der erste wäre. Und alle liest er sie, bis zum letzten, der aus jenem Orte an der Nordsee gekommen ist – vor ein paar Tagen. Er wirft ihn zu den übrigen und wühlt unter ihnen allen, als suche er noch etwas, als könne irgendwas zwischen diesen Blättern aufflattern, das er noch nicht entdeckt, irgend etwas, das den Inhalt aller dieser Briefe zunichte machen und die Wahrheit, die ihm plötzlich geworden, zum Irrtume wandeln könnte... Und wie endlich seine Hände innehalten, ist ihm, als wäre es nach einem ungeheueren Lärm mit einem Male ganz still geworden... Noch hat er die Erinnerung aller jener Geräusche: wie die zierlichen Gerätschaften auf dem Schreibtisch klangen... wie die Lade knarrte... wie das Schloß klappte... wie das Papier knitterte und rauschte... den Ton seiner hastigen Schritte... sein rasches, stöhnendes Atmen – nun aber ist kein Laut mehr im Gemach. Und er staunt nur, wie er das mit einem Schlage so völlig begreift, obwohl er doch nie daran gedacht. Er möchte es lieber so wenig verstehen wie den Tod; er sehnt sich nach dem bebenden heißen Schmerz, wie ihn das Unfaßliche bringt, und hat doch nur die Empfindung einer unsäglichen Klarheit, die in all seine Sinne zu strömen scheint, so daß er die Dinge im Zimmer mit schärferen Linien sieht als früher und die tiefe Stille zu hören meint, die um ihn ist. Und langsam geht er zum Diwan hin, setzt sich nieder und sinnt...

Was ist denn geschehen?

Es hat sich wieder einmal zugetragen, was alle Tage geschieht, und er ist einer von denen gewesen, über die manche lachen. Und er wird ja auch gewiß –, morgen oder in wenigen Stunden schon – wird er all das Furchtbare empfinden, das jeder Mensch in solchen Fällen empfinden muß... er ahnt es ja, wie sie über ihn kommen wird, die namenlose Wut, daß dieses Weib zu früh für seine Rache gestorben; und wenn der andere wiederkehrt, so wird er ihn mit diesen Händen niederschlagen wie einen Hund. Ah, wie sehnt er sich nach diesen wilden und ehrlichen Gefühlen – und wie wohler wird ihm dann sein als jetzt, da die Gedanken sich stumpf und schwer durch seine Seele schleppen...

Jetzt weiß er nur, daß er plötzlich alles verloren hat, daß er sein Leben ganz von vorne beginnen muß wie ein Kind; denn er kann ja von seinen Erinnerungen keine mehr brauchen. Er müßte jeder erst die Maske herunterreißen, mit der sie ihn genarrt. Denn er hat nichts gesehen, gar nichts, hat geglaubt und vertraut, und der beste Freund, wie in der Komödie, hat ihn betrogen... Wäre es nur der, gerade der nicht gewesen! Er weiß es ja und hat es ja selbst erfahren, daß es Wallungen des Blutes gibt, die ihre Wellen kaum bis in die Seele treiben, und es ist ihm, als wenn er der Toten alles verzeihen könnte, was sie wieder rasch vergesssen hätte, irgend wen, den er nicht gekannt, irgendeinen, der ihm wenigstens nichts bedeutet hätte – nur diesen nicht, den er so lieb gehabt wie keinen anderen Menschen und mit dem ihn ja mehr verbindet, als ihn je mit seinem eigenen Weib verbunden, die ihm niemals auf den dunkleren Pfaden seines Geistes gefolgt ist; die ihm Lust und Behagen, aber nie die tiefe Freude des Verstehens gegeben. Und hat er es denn nicht immer gewußt, daß die Frauen leere und verlogene Geschöpfe sind, und ist es ihm denn nie in den Sinn gekommen, daß sein Weib ein Weib ist, wie alle anderen, leer, verlogen und mit der Lust, zu verführen? Und hat er denn nie gedacht, daß sein Freund den Weibern gegenüber, so hoch er sonst gestanden sein mag, ein Mann ist wie andere Männer und dem Rausch eines Augenblicks erliegen konnte? Und verraten es nicht manche scheuen Worte dieser glühenden und zitternden Briefe, daß er anfangs mit sich gekämpft, daß er versucht hat, sich loszureißen, daß er endlich dieses Weib angebetet und daß er gelitten hat?... Unheimlich ist es ihm beinahe, wie ihm alles das so klar wird, als stünde ein Fremder da, ihm's zu erzählen. Und er kann nicht rasen, so sehr er sich danach sehnt; er versteht es einfach, wie er es eben immer bei anderen verstanden hat. Und wie er nun daran denkt, daß seine Frau da draußen liegt, auf dem stillen Friedhof, da weiß er auch, daß er sie nie wird hassen können und daß aller kindische Zorn, selbst wenn er noch über die weißen Mauern hinflattern könnte, doch auf dem Grabe selbst mit lahmen Flügeln hinsinken würde. Und er erkennt, wie manches Wort, das sich kümmerlich als Phrase fristet, in einem grellen Augenblicke seine ewige Wahrheit zu erkennen gibt, denn plötzlich geht ihm der tiefe Sinn eines Wortes auf, das ihm früher schal geklungen: Der Tod versöhnt. Und er weiß es: wenn er jetzt mit einem Male jenem anderen gegenüberstände, er würde nicht nach gewaltigen und strafenden Worten suchen, die ihm wie eine lächerliche Wichtigtuerei irdischer Kleinlichkeit der Hoheit des Todes gegenüber erschienen – nein, er würde ihm ruhig sagen: Geh, ich hasse dich nicht.

Er kann ihn nicht hassen, er sieht zu klar. So tief kann er in andere Seelen schauen, daß es ihn beinahe befremdet. Es ist, als wäre es gar nicht mehr sein Erlebnis – er fühlt es als einen zufälligen Umstand, daß diese Geschichte gerade ihm begegnet ist. Er kann eigentlich nur eines nicht verstehen: daß er es nicht immer, nicht gleich von Anfang an gewußt und – begriffen hat. Es war alles so einfach, so selbstverständlich, und aus denselben Gründen kommend wie in tausend anderen Fällen. Er erinnert sich seiner Frau, wie er sie im ersten, zweiten Jahre seiner Ehe gekannt, dieses zärtlichen, beinahe wilden Geschöpfes, das ihm damals mehr eine Geliebte gewesen ist als eine Gattin. Und hat er denn wirklich geglaubt, daß dieses blühende und verlangende Wesen, weil über ihn die gedankenlose Müdigkeit der Ehe kam – eine andere geworden ist? Hat er diese Flammen für plötzlich erloschen gehalten, weil er sich nicht mehr nach ihnen sehnte? Und daß es gerade – jener war, der ihr gefiel, war das etwa verwunderlich? Wie oft, wenn er seinem jüngeren Freunde ge-

genübersaß, der trotz seiner dreißig Jahre noch die Frische und Weichheit des Jünglings in den Zügen und in der Stimme hatte – wie oft ist es ihm da durch den Sinn gefahren: Der muß den Weibern wohl gefallen können... Und nun erinnert er sich auch, wie im vorigen Jahre gerade damals, als... es begonnen haben mußte, wie Hugo damals eine ganze Zeit hindurch ihn seltener besuchen kam als sonst... Und er, der richtige Ehemann, hat es ihm damals gesagt: Warum kommst du denn nicht mehr zu uns? Und hat ihn selbst manchmal aus dem Büro abgeholt, hat ihn mit herausgenommen aufs Land, und wenn er fort wollte, hat er selbst ihn zurückgehalten mit freundschaftlich scheltenden Worten. Und niemals hat er was bemerkt, nie das geringste geahnt. Hat er denn die Blicke der beiden nicht gesehen, die sich feucht und heiß begegneten? Hat er das Beben ihrer Stimmen nicht belauscht, wenn sie zueinander redeten? Hat er das bange Schweigen nicht zu deuten gewußt, das zuweilen über ihnen war, wenn sie in den Alleen des Gartens hin und her spazierten? Und hat er denn nicht bemerkt, wie Hugo oft zerstreut, launisch und traurig gewesen ist – seit jenen Sommertagen des vorigen Jahres, in denen... es begonnen hat? Ja, das hat er bemerkt, und hat sich auch wohl zuweilen gedacht: Es sind Weibergeschichten, die ihn quälen – und sich gefreut, wenn er den Freund in ernste Gespräche ziehen und über diese kleinlichen Leiden erheben konnte... Und jetzt, wie er dieses ganze vergangene Jahr rasch an sich vorübergleiten läßt, merkt er nicht mit einem Mal, daß die frühere Heiterkeit des Freundes nie wieder ganz zurückgekommen ist, daß er sich nur allmählich daran gewöhnt hatte, wie an alles, was allmählich kommt und nicht mehr schwindet?...

Und ein seltsames Gefühl quillt in seiner Seele empor, das er sich anfangs kaum zu begreifen traut, eine tiefe Milde – ein großes Mitleid für diesen Mann, über den eine elende Leidenschaft wie ein Schicksal hereingebrochen ist; der in diesem Augenblick vielleicht, nein, gewiß, mehr leidet als er; für diesen Mann, dem ja ein Weib gestorben, die er geliebt hat, und der vor einen Freund treten soll, den er betrogen.

Und er kann ihn nicht hassen; denn er hat ihn noch lieb. Er weiß ja, daß es anders wäre, wenn – sie noch lebte. Da wäre auch diese Schuld etwas, das von ihrem Dasein und Lächeln den Schein des Wichtigen liehe. Nun aber verschlingt dieses unerbittliche Zuendesein alles, was an jenem erbärmlichen Abenteuer bedeutungsvoll erscheinen wollte.

In die tiefe Stille des Gemachs zieht ein leises Beben... Schritte auf der Treppe. – Er lauscht atemlos; er hört das Schlagen seines Pulses.

Draußen geht die Tür.

Einen Augenblick ist ihm, als stürze alles wieder hin, was er in seiner Seele aufgebaut; aber im nächsten steht es wieder fest. – Und er weiß, was er ihm sagen wird, wenn er hereintritt: Ich hab' es verstanden – bleib!

Eine Stimme draußen, die Stimme des Freundes.

Und plötzlich fährt ihm durch den Kopf, daß dieser Mann jetzt, ein Ahnungsloser, da hereintreten wird, daß er selbst es ihm erst wird sagen müssen...

Und er möchte sich vom Diwan erheben, die Tür verschließen – denn er fühlt, daß er keine Silbe wird sprechen können. Und er kann sich ja nicht einmal bewegen, er ist wie erstarrt. Er wird ihm nichts, kein Wort wird er ihm heute sagen, morgen erst... morgen...

Es flüstert draußen. Richard kann die leise Frage verstehen: »Ist er allein?«

Er wird ihm nichts, kein Wort wird er ihm heute sagen; morgen erst – oder später...

Die Tür öffnet sich, der Freund ist da. Er ist sehr blaß und bleibt eine Weile stehen, als müßte er sich sammeln, dann eilt er auf Richard zu und setzt sich neben ihn auf den Diwan, nimmt seine beiden Hände, drückt sie fest, – will sprechen, doch versagt ihm die Stimme.

Richard sieht ihn starr an, läßt ihm seine Hände. So sitzen sie eine ganze Weile stumm da.

»Mein armer Freund«, sagt endlich Hugo ganz leise.

Richard nickt nur mit dem Kopf, er kann nicht reden. Wenn er ein Wort herausbrächte, könnte er ihm doch nur sagen: Ich weiß es...

Nach ein paar Sekunden beginnt Hugo von neuem: »Ich wollte schon heute früh da sein. Aber ich habe dein Telegramm erst spät abends gefunden, als ich nach Hause kam.«

»Ich dachte es«, erwidert Richard und wundert sich selbst, wie laut und ruhig er spricht. Er schaut dem andern tief in die Augen... Und plötzlich fällt ihm ein, daß dort auf dem Klavier – die Briefe liegen. Hugo braucht nur aufzustehen, ein paar Schritte zu machen – und sieht sie... und weiß alles. Unwillkürlich faßt Richard die Hände des Freundes – das darf noch nicht sein; er ist es, der vor der Entdeckung zittert.

Und wieder beginnt Hugo zu sprechen. Mit leisen, zarten Worten, in denen er es vermeidet, den Namen der Toten auszusprechen, frägt er nach ihrer Krankheit, nach ihrem Sterben. Und Richard antwortet. Er wundert sich anfangs, daß er das kann; daß er die widerlichen und gewöhnlichen Worte für all das Traurige der letzten Tage findet. Und ab und zu streift sein Blick das Gesicht des Freundes, der blaß, mit zuckenden Lippen lauscht.

Wie Richard innehält, schüttelt der andere den Kopf, als hätte er Unbegreifliches, Unmögliches vernommen. Dann sagt er: »Es war mir furchtbar, heute nicht bei dir sein zu können. Das war wie ein Verhängnis.«

Richard sieht ihn fragend an.

»Gerade an jenem Tag... in derselben Stunde waren wir auf dem Meer.«

»Ja, ja...«

»Es gibt keine Ahnungen! Wir sind gesegelt, und der Wind war gut, und wir waren so lustig... Entsetzlich, entsetzlich.«

Richard schweigt.

»Du wirst doch aber jetzt nicht hier bleiben, nicht wahr?«

Richard schaut auf. »Warum?«

»Nein, nein, du darfst nicht.«

»Wohin soll ich denn gehn?... Ich denke, du bleibst jetzt bei mir?...« Und eine Angst überfällt ihn, daß Hugo wieder weggehen könnte, ohne zu wissen, was geschehen.

»Nein«, erwiderte der Freund, »ich nehme dich mit, du fährst mit mir weg.«

»Ich mit dir?«

»Ja...« Und das sagt er mit einem milden Lächeln.

»Wohin willst du denn?«

»Zurück!«...

»Wieder an die Nordsee?«

»Ja, und mit dir. Es wird dir wohltun. Ich lasse dich ja gar nicht hier, nein!«... Und er zieht ihn wie zu einer Umarmung an sich... »Du mußt zu uns!«...

»Zu uns?«...

»Ja.«

»Was bedeutet das ›zu uns‹? Bist du nicht allein?«

Hugo lächelt verlegen: »Gewiß bin ich allein...«

»Du sagst ›uns‹...«

Hugo zögert eine Weile. »Ich wollte es dir nicht gleich mitteilen«, sagt er dann.

»Was?«...

»Das Leben ist so sonderbar – ich habe mich nämlich verlobt...«

Richard schaut ihn starr an...

»Darum meint' ich: ›Zu uns‹... Darum geh' ich auch wieder an die Nordsee zurück, und du sollst mit mir fahren. – Ja?« Und er sieht ihm mit hellen Augen ins Gesicht.

Richard lächelt. »Gefährliches Klima an der Nordsee.«

»Wieso?«

»So rasch, so rasch!«... Und er schüttelt den Kopf.

»Nein, mein Lieber«, erwidert der andere, »nicht eben rasch. Es ist eigentlich eine alte Geschichte.«

Richard lächelt noch immer. »Wie?... eine alte Geschichte?«

»Ja.«

»Du kennst deine Braut von früher her?...«

»Ja, seit diesem Winter.«

»Und hast sie lieb?...«

»Seit ich sie kenne«, erwidert Hugo und blickt vor sich hin, als kämen ihm schöne Erinnerungen.

Da steht Richard plötzlich auf, mit einer so heftigen Bewegung, daß Hugo zusammenfährt und zu ihm aufschaut. Und da sieht er, wie zwei große fremde Augen auf ihm ruhen, und sieht ein blasses, zuckendes Gesicht über sich, das er kaum zu kennen glaubt. Und wie er angstvoll sich erhebt, hört er, wie von einer fremden, fernen Stimme, kurze Worte zwischen den Zähnen hervorgepreßt: »Ich weiß es.« Und er fühlt sich an beiden Händen gepackt und zum Klavier hingezerrt, daß der Armleuchter auf der Säule zittert. Und dann läßt Richard seine Arme los und fährt mit beiden Händen unter die Briefe, die auf dem schwarzen Deckel liegen, und wühlt, und läßt sie hin und her fliegen...

»Schurke!« schreit er, und wirft ihm die Blätter ins Gesicht.

Ein Abschied

Eine Stunde wartete er schon. Das Herz klopfte ihm, und zuweilen war ihm, als hätte er vergessen zu atmen; dann zog er die Luft in tiefen Zügen ein, aber es wurde ihm nicht wohler. Er hätte eigentlich schon daran gewöhnt sein können, es war ja immer dasselbe; immer mußte er warten, eine Stunde, zwei, drei, und wie oft vergebens. Und er konnte es ihr nicht einmal zum Vorwurf machen, denn wenn ihr Mann länger zu Hause blieb, wagte sie sich nicht fort; und erst wenn der weggegangen war, kam sie hergestürzt, ganz verzweifelt, ihm rasch einen Kuß auf die Lippen drückend, und gleich wieder davon, die Treppen hinunterfliegend, und ließ ihn wieder allein. Dann, wenn sie fort war, pflegte er sich auf den Diwan zu legen, ganz matt von der Aufregung dieser entsetzlichen Wartestunden, die ihn unfähig zu aller Arbeit machten, die ihn langsam ruinierten. Das ging nun schon ein viertel Jahr lang so, seit dem Ende des Frühlings. Jeden Nachmittag von drei Uhr an war er in seinem Zimmer bei heruntergelassenen Rouleaux und konnte nichts beginnen; hatte nicht die Geduld, ein Buch, kaum, eine Zeitung zu lesen, war nicht imstande, einen Brief zu schreiben, tat nichts als Zigaretten rauchen, eine nach der anderen, daß das Zimmer ganz im blaugrauen Dunste dalag. Die Tür zum Vorzimmer stand immer offen; und er war ganz allein zu Hause, denn sein Diener durfte nicht da sein, wenn sie kommen sollte; und wenn dann plötzlich die Klingel schrillte, fuhr er immer erschreckt zusammen. Aber wenn nur sie es war, wenn sie es nur endlich wirklich war, da war es ja schon gut! Da war ihm, als löste sich ein Bann, als wäre er wieder ein Mensch geworden, und er weinte manchmal vor lauter Glück, daß sie nur endlich einmal da war, und daß er nicht mehr warten mußte. Dann zog er sie rasch in sein Zimmer, die Tür wurde geschlossen, und sie waren sehr selig.

Es war verabredet, daß er täglich bis punkt sieben zu Hause zu bleiben hatte; denn nachher durfte sie gar nicht mehr kommen – er hatte ihr ausdrücklich gesagt, daß er um sieben immer weggehen würde, weil ihn das Warten so nervös machte. Und doch blieb er immer länger zu Hause, und erst um acht pflegte er auf die Straße hinunterzugehen. – Dann dachte er schaudernd an die verflossenen Stunden und erinnerte sich mit Wehmut an den vorigen Sommer, da er seine ganze Zeit für sich gehabt, an schönen Nachmittagen oft aufs Land gefahren, wo er im August schon ins Seebad gereist, wo er gesund und glücklich gewesen, – und er sehnte sich nach Freiheit, nach Reisen, nach der Ferne, nach dem Alleinsein, aber er konnte nicht weg von ihr; denn er betete sie an.

Heute schien ihm der ärgste von allen Tagen. Gestern war sie gar nicht gekommen, und er hatte auch keinerlei Nachricht von ihr erhalten. – Es war bald sieben; aber er wurde heute nicht ruhiger. Er wußte nicht, was er beginnen sollte. Das Entsetzliche war, daß er keinen Weg zu ihr hatte. Er konnte nichts anderes tun, als vor ihr Haus gehen und ein paarmal vor den Fenstern auf und ab spazieren; aber er durfte nicht zu ihr, durfte niemand zu ihr schicken, konnte sich bei niemandem nach ihr erkundigen. Denn kein Mensch ahnte nur, daß sie einander kannten. Sie lebten in einer ruhelosen, angstvollen und glühenden Zärtlichkeit hin und hätten gefürchtet, sich vor anderen jeden Augenblick zu verraten. Er fand es wohl schön, daß ihr Verhältnis in tiefster Verborgenheit fortdauerte; aber solche Tage, wie der heutige, waren um so qualvoller. –

Es war acht Uhr geworden – sie war nicht gekommen. Die letzte Stunde war er ununterbrochen an der Türe gestanden und hatte durchs Guckfensterchen auf den Gang hinausgeschaut. Eben waren die Gasflammen auf der Stiege angezündet worden. Jetzt ging er in sein Zimmer zurück, und todmüde warf er sich auf den Diwan. Es war ganz dunkel im Zimmer, er schlummerte ein. Nach einer halben Stunde erhob er sich und entschloß sich, fortzugehen. Er hatte Kopfschmerzen, und die Beine taten ihm weh, als wäre er stundenlang herumgelaufen. –

Er nahm den Weg zu ihrem Hause. Es war ihm wie eine Beruhigung, als er die Rouleaux in allen Fenstern heruntergelassen sah. Durch die des Speisezimmers und die des Schlafzimmers schimmerte ein Lichtschein. – Er spazierte eine halbe Stunde auf dem gegenüberliegenden Trottoir hin und her, immer den Blick auf die Fenster geheftet. Die Straße war wenig belebt. Erst als sich einige Stubenmädchen und die Hausmeisterin vor dem Tore zeigten, entfernte er sich, um nicht aufzufallen. In dieser Nacht schlief er fest und gut. –

Am nächsten Vormittag blieb er lange im Bette liegen; er hatte einen Zettel ins Vorzimmer gelegt, man dürfe ihn nicht wecken. Um zehn Uhr klingelte er. Der Diener brachte ihm das Frühstück; auf der Untertasse lag die eingelaufene Post; von ihr war kein Brief da. Aber er sagte sich gleich, daß sie nun um so sicherer selber am Nachmittag bei ihm sein werde, und so verbrachte er die Zeit bis drei Uhr ziemlich ruhig. –

Punkt drei, aber auch nicht eine Minute früher, kam er vom Mittagessen nach Hause. Er setzte sich auf einen Sessel im Vorzimmer, um nicht immer hin- und herlaufen zu müssen, wenn er ein Geräusch im Stiegenhaus vernahm. Aber er war ganz froh, wenn er nur überhaupt Schritte in der Flur unten hörte; es war doch immer wieder eine neue Hoffnung. Aber jede war vergebens. Es wurde vier – fünf – sechs – sieben – sie kam nicht. Dann lief er in seinem Zimmer hin und her und stöhnte leise, und als ihm schwindlig wurde, warf er sich aufs Bett. Er war völlig verzweifelt; das war nicht mehr zu ertragen – das beste: fort, fort – dieses Glück war doch zu teuer bezahlt!.... Oder er mußte wieder eine Änderung treffen – z. B. nur eine Stunde warten – oder zwei – aber so konnte das nicht weitergehen, da mußte alles in ihm zu Grunde gerichtet werden, die Arbeitskraft, die Gesundheit, schließlich auch die Liebe. Er merkte, daß er an sie überhaupt gar nicht mehr dachte; seine Gedanken wirbelten wie in einem wüsten Traum. Er sprang vom Bett herunter. Er riß das Fenster auf, sah auf die Straße hinab, in die Dämmerung.... Ah.... da.... dort an der Ecke.... in jeder Frau glaubte er sie zu erkennen. Er entfernte sich wieder vom Fenster; sie konnte ja nicht mehr kommen; die Zeit war ja überschritten. Und plötzlich kam es ihm unerhört albern vor, daß er nur diese wenigen Stunden zum Warten bestimmt hatte. Vielleicht hätte sie gerade jetzt Gelegenheit gehabt..... vielleicht wäre es ihr heute vormittags möglich gewesen, zu ihm zu kommen – und schon hatte er auf den Lippen, was er nächstens sagen wollte, und flüsterte es vor sich hin: »Den ganzen Tag werde ich von jetzt an zu Hause sein und dich erwarten; von früh bis in die Nacht.« Aber wie er es ausgesprochen, begann er selbst zu lachen, und dann flüsterte er vor sich hin: »Aber ich werde ja toll, toll, toll!« – Wieder stürzte er zu ihrem Hause. – Es war alles wie gestern. Lichter schimmerten durch die geschlossenen Rouleaux. Wieder spazierte er eine halbe Stunde auf dem gegenüberliegenden Trottoir hin und her – wieder entfernte er sich, als die Hausmeisterin und einige Dienstmädchen aus dem Tore traten. Es kam ihm heute vor, als sähen ihn die an, und er war überzeugt, daß sie sich über ihn unterhielten und sagten: Das ist derselbe Herr, der gestern hier um dieselbe Zeit auf und ab gegangen ist. Er spazierte in nahen Gassen umher, aber als es von den Türmen zehn Uhr schlug und die Tore geschlossen wurden, kam er wieder und starrte zu den Fenstern hinauf. Nur durch das letzte, wo das Schlafzimmer lag, schimmerte ein Lichtstrahl. Er sah hin wie gebannt. – Nun stand er hilflos da und konnte nichts tun und nicht fragen. – Ihn schauderte vor den Stunden, die ihm bevorstanden. Eine Nacht, ein Morgen, ein Tag bis drei Uhr.... Ja, bis drei – und dann... wenn sie wieder nicht käme?... Ein leerer Wagen fuhr vorbei, er winkte dem Kutscher und ließ sich in den nächtlichen Straßen langsam hin- und herfahren... Er erinnerte sich des letzten Zusammenseins mit ihr.... nein, nein, sie hatte nie aufgehört, ihn zu lieben – nein, das gewiß nicht! – Oder sollte man bei ihr zu Hause einen Verdacht gefaßt haben?... Nein, das war ja nicht möglich.... es war bisher auch nicht eine Spur davon aufgetaucht – und sie war ja so vorsichtig. – Es konnte also nur einen Grund geben: sie war leidend und lag zu Bette. Und deswegen konnte sie auch keine Nachricht an ihn gelangen lassen.... Und morgen würde sie aufstehen und vor allem anderen ein paar Zeilen an ihn senden, ihn zu beruhigen.... Ja, wenn sie aber erst in zwei Tagen oder noch später das Bett verlassen konnte.... wenn sie ernstlich krank.... um Himmels willen.... wenn sie schwer krank wäre.... Nein, nein, nein.... warum denn gleich schwer krank!....

Plötzlich kam ihm ein Gedanke, der ihm wie ein erlösender erschien. Da sie ganz sicher krank war, konnte er ja morgen zu ihr hinaufschicken und nach ihrem Befinden fragen lassen. Der Bote brauchte ja selbst nicht zu wissen, von wem er den Auftrag hatte – er konnte den Namen schlecht verstanden haben..... Ja, ja, so sollte es geschehen! – Er war ganz glücklich, daß ihm dieser Einfall gekommen war.

So verstrich ihm die Nacht und der nächste Tag, obwohl er keine Nachricht erhielt, ruhiger, und selbst den Nachmittag verbrachte er unter geringerer Aufregung als sonst; – er wußte ja, daß schon am Abend, heute noch, die Ungewißheit zu Ende sein würde. Er sehnte sich nach ihr zärtlicher und besser als in den letzten Tagen.

Um acht Uhr abends verließ er sein Haus. An einer etwas entfernteren Straßenecke nahm er einen Dienstmann, der ihn nicht kannte. Er winkte ihm, mitzugehen. Nicht weit von ihrer Wohnung blieb er mit ihm stehen. Er entließ ihn mit einem eindringlichen und genauen Auftrag.

Er sah beim Schein der Straßenlaterne auf die Uhr und begann hin und her zu gehen. Aber gleich fiel ihm ein: wenn der Gatte doch einen Verdacht erfaßt hätte, den Dienstmann ins Verhör nähme, sich von ihm hierher führen ließe? Rasch folgte er dem Boten; dann mäßigte er den Schritt und blieb in einiger Entfernung hinter ihm. Endlich sah er ihn in dem Hause verschwinden. Albert stand sehr weit, er mußte seinen Blick anstrengen, um das Tor nicht aus den Augen zu verlieren.... Schon nach drei Minuten sah er den Mann wieder heraustreten.... Er wartete nur ein paar Sekunden, um zu sehen, ob dem Mann irgendwer nachspürte; es kam niemand. Jetzt eilte er ihm nach. – »Nun«, fragte er.... »was gibts?« – »Der gnädige Herr läßt sich schön empfehlen«, antwortete der Mann, »und der gnädigen Frau geht es noch nicht besser, sie wird erst in ein paar Tagen aufstehen können.«

»Mit wem haben Sie gesprochen?«

»Mit einem Dienstmädel; sie ist ins Zimmer gegangen und ist gleich wieder heraus, ich glaub', es war grad der Herr Doktor da....«

»Was hat sie gesagt?« – Er ließ sich die Botschaft noch ein paarmal wiederholen und sah endlich ein, daß er kaum mehr wußte als vorher. Sie mußte ernstlich krank sein; man erkundigte sich offenbar von vielen Seiten – dadurch war auch sein Bote nicht aufgefallen.... Aber um so mehr konnte er wagen. – Er bestellte den Mann für morgen auf dieselbe Stunde. –

Erst in ein paar Tagen würde sie aufstehen – und mehr wußte er nicht.... Und ob sie an ihn dachte, ob sie sich nur vorstellen konnte, was er um sie litt – er wußte nichts. –

Ob sie vielleicht erraten, daß er es gewesen, von dem diese letzte Erkundigung gekommen war?... Der gnädige Herr läßt sich empfehlen; nicht sie, er; ihr durfte man es vielleicht gar nicht sagen.... Ja, und was fehlte ihr? Die Namen von hundert Krankheiten gingen ihm gleichzeitig durch den Kopf. – Nun, in ein paar Tagen würde sie aufstehen, – es konnte also nichts Ernstes sein.... Aber das sagte man ja immer, auch wie sein eigener Vater auf den Tod krank gelegen war, hatte man das immer den Leuten gesagt.... Er merkte, daß er zu laufen begonnen, da er wieder in eine belebtere Gasse gekommen war, wo ihn die vielen Passanten hinderten. Er wußte, daß die Zeit bis zum morgigen Abend ihm wie eine Ewigkeit erscheinen würde.

Die Stunden gingen hin, und er wunderte sich selbst in manchen Momenten, daß er an eine ernste Krankheit der Geliebten gar nicht glauben konnte. Dann erschien es ihm gleich wieder wie eine Sünde, daß er so ruhig war.... Und nachmittags – wie lange war das schon nicht geschehen! – las er ganze Stunden lang in einem Buche, als gäbe es nichts zu fürchten und nichts zu wünschen. –

Der Dienstmann stand schon an der Ecke, als Albert sich am Abend dort einfand. – Heute bekam der Mann außer der gestrigen Weisung noch den Auftrag, mit dem Stubenmädchen womöglich ein Gespräch zu beginnen und in Erfahrung zu bringen, was der gnädigen Frau eigentlich fehlte. – Es dauerte länger als gestern, ehe der Mann sich wieder zeigen wollte, und Albert begann unruhig zu werden. Fast eine viertel Stunde verging, bis er den Mann aus dem Haus treten sah; Albert lief ihm entgegen. –

»Der gnädigen Frau soll es sehr schlecht gehen...«

»Was?« schrie Albert.

»Der gnädigen Frau soll es sehr schlecht gehen«, wiederholte der Mann.

»Wen haben Sie gesprochen? Was hat man Ihnen gesagt?....«

»Das Stubenmädel hat mir gesagt, daß es sehr gefährlich ist.... Heut waren schon drei Doktoren da, und der gnädige Herr soll ganz desparat sein.«

»Weiter.... weiter.... was fehlt ihr? Haben Sie nicht gefragt? Ich hab Ihnen ja –«

»Freilich!.... Ein Kopftyphus soll's sein, und die gnädige Frau weiß gar nichts mehr von sich seit zwei Tagen.«

Albert blieb stehen und schaute den Mann wie abwesend an.... Dann fragte er:

»Sonst wissen Sie nichts?«

Der Mann fing seine Geschichte von vorne zu erzählen an, und Albert hörte zu, als brächte ihm jedes Wort etwas Neues. Dann bezahlte er ihn und ging geradewegs wieder in die Straße zurück vor das Haus der Geliebten. Ja, nun konnte er freilich unbehelligt dastehen; – wer kümmerte sich droben um ihn? Und er starrte hinauf zu dem Schlafzimmer und wollte mit seinem Blicke durch die Glasscheiben und Vorhänge hindurchdringen. Das Krankenzimmer – ja! – es war so selbstverständlich, daß da hinter diesen stillen Fenstern ein Schwerkranker liegen mußte! – Wie hatte er es nur nicht gleich am ersten Abend gewußt? Heute sah er ein, daß es gar nicht anders sein konnte. – Ein Wagen fuhr vor; Albert stürzte hinüber, er sah einen ihm bekannten Professor aussteigen und im Tor verschwinden. Albert blieb ganz nahe stehen, um das Herunterkommen des Arztes abzuwarten in der unbestimmten Hoffnung, von dessen Zügen etwas ablesen zu können.... Er stand einige Minuten ganz unbeweglich, und dann begann der Erdboden mit ihm langsam auf und nieder zu gehen. Da merkte er, daß ihm die Augen zugefallen waren; und wie er sie öffnete, war ihm, als hätte er schon Stunden lang da geträumt und wachte nun erfrischt auf. Daß sie schwer krank war, konnte er glauben, aber gefährlich, nein.... So jung, so schön und so geliebt.... Und plötzlich schoß ihm wieder das Wort: »Kopftyphus« durch den Sinn.... Er wußte nicht recht, was das eigentlich war. Er erinnerte sich, es zuweilen im Verzeichnis der Verstorbenen als Todesursache gelesen zu haben. – Er stellte sich jetzt ihren Namen gedruckt vor, dazu ihr Alter, und dazu »gestorben am 10. August an Kopftyphus«.... Das war unmöglich, vollkommen unmöglich... jetzt, da er sichs vorgestellt hatte, war es schon ganz unmöglich.... das wäre zu seltsam, daß er das in ein paar Tagen wirklich gedruckt lesen sollte.... Er glaubte geradezu, das Schicksal überlistet zu haben. – Der Doktor trat aus dem Haustor. Albert hatte fast an ihn vergessen – nun stockte ihm der Atem. Die Züge des Arztes waren ganz leidenschaftslos und ernst. Er rief dem Kutscher eine Adresse zu, dann stieg er ein und der Wagen fuhr mit ihm davon. – Warum habe ich ihn denn nicht gefragt, dachte Albert.... dann war er aber wieder froh, daß er es nicht getan. Am Ende hätte er sehr Schlimmes gehört. So konnte er weiter hoffen... Er entfernte sich langsam vom Haustor und nahm sich vor, nicht früher als in einer Stunde wieder da zu sein.... Und plötzlich mußte er sich vorstellen, wie sie das erste Mal nach ihrer Genesung zu ihm kommen würde.... Es war ein so deutliches Bild, daß er ganz erstaunt war. Er wußte sogar, daß an diesem Tage ein feiner, grauer Regen herunterrieseln würde. Und sie hat einen Mantel um, der ihr schon im Vorzimmer von der Schulter fällt, und stürzt in seine Arme und kann nur weinen und weinen. Da hast du mich wieder.... flüstert sie endlich.... Plötzlich schrak Albert zusammen.... Er wußte, daß das nie, niemals sein würde.... Jetzt hatte das Schicksal ihn überlistet!.... Nie wieder würde sie zu ihm kommen – vor fünf Tagen war sie das letzte Mal bei ihm gewesen, und er hatte sie auf immer gehen lassen, und er hatte es nicht gewußt....

Und wieder lief er durch die Straßen, die Gedanken sausten ihm durch den Kopf, er sehnte sich darnach, die Besinnung zu verlieren. Jetzt war er wieder vor ihrem Hause.... Noch war das Tor geöffnet, und oben brannten die Lichter im Speise- und Schlafzimmer.... Albert rannte weg. Er wußte: wäre er noch einen Augenblick stehen geblieben, so hätte er hinaufstürzen müssen, zu ihr – an ihr Bett – zu der Geliebten. – Und wie es seine Art war, mußte er auch das zu Ende denken. Und da sah er, wie der Gatte, der mit einem Mal alles erfaßt, zu der Kranken eilte, die bewegungslos dalag, und sie schüttelte und ihr ins Ohr schrie: Dein Geliebter ist da, dein Geliebter ist da! – Aber sie war schon tot.....

....In schweren Träumen verging ihm die Nacht, in dumpfer Müdigkeit der Tag. Schon um elf Uhr schickte er wieder einen Dienstmann aus, der sich erkundigen sollte. Jetzt konnte das ruhig geschehen; wer kümmerte sich um die Leute, die nachfragen kamen! Die Nachricht, die er erhielt, lautete: »Unverändert«.... – Den ganzen Nachmittag lag er zu Hause auf seinem Diwan und verstand sich selber nicht. Es war ihm alles ganz gleichgültig; und er dachte: es ist doch schön, so müde zu sein.... Er schlief sehr viel. Aber als es dunkel wurde, sprang er plötzlich auf, in einer Art von Staunen, als wäre jetzt erst, das erste Mal in dieser ganzen wirren Zeit, Klarheit über ihn gekommen. Und eine ungeheure Sehnsucht nach Gewißheit bemächtigte sich seiner – heute mußte er den Arzt selbst sprechen. – Er eilte vor ihr Haus. Die Hausbesorgerin stand davor. Er trat auf sie zu und, indem er sich selbst über seine Ruhe wunderte, fragte er harmlos: »Wie gehts denn Frau...?« Die Hausbesorgerin antwortete: »Oh, der geht's sehr schlecht; die wird nimmer aufstehn...«

»Ah!« erwiderte Albert sehr verbindlich und setzte hinzu: »Das ist aber traurig.«

»Freilich«, meinte die andere, »das ist sehr traurig – so eine junge, schöne Frau.« Damit verschwand sie im Toreingang. –

Albert sah ihr nach.... Die hat mir wohl nichts angemerkt, dachte er, und im selben Moment fuhr ihm auch schon der Gedanke durch den Kopf, ob er sich nicht in die Wohnung wagen könnte, da er ja ein solcher Künstler in der Verstellung wäre... Da kam der Wagen des Arztes angefahren. Albert grüßte, als dieser ausstieg, und erhielt einen höflichen Dank. Das war ihm angenehm – nun war er gewissermaßen bekannt mit ihm geworden und konnte eher fragen, wenn er herunterkäme...

Regungslos blieb er stehen, und es tat ihm wohl, zu denken, daß der Arzt bei ihr wäre. Er blieb lange aus.... Jedenfalls mußte noch irgendeine Möglichkeit zu retten da sein, sonst hielt er sich nicht so lange da oben auf. Oder sie lag schon in der Agonie.... Oder.... Ah, weg, weg, weg! – Er wollte alle Gedanken verscheuchen, es war ja nutzlos – es war ja alles möglich. – Plötzlich war es ihm, als hörte er den Doktor reden; er verstand sogar die Worte: das ist die Krise. Und unwillkürlich schaute er zum Fenster auf, das geschlossen war. Er überlegte, ob nicht unter gewissen Umständen, zum Beispiel bei aufgeregten und dadurch geschärften Sinnen, auch durch geschlossene Fenster die Worte eines Menschen zu vernehmen wären. Ja, natürlich, er hatte sie ja gehört, gehört nicht wie in der Einbildung, sondern wie man wirklich gesprochene Worte hört. – .... Aber schon in demselben Augenblick trat der Arzt aus dem Tor. Albert machte einen Schritt auf ihn zu. Der Arzt mochte ihn für einen Verwandten der Familie halten und, ihm die ungesprochene Frage von den Augen lesend, schüttelte er den Kopf. Aber Albert wollte das nicht verstehen. Er begann zu reden. »Darf ich fragen, Herr Professor, wie....« Der Arzt stand mit einem Fuße auf dem Wagentritt und schüttelte wieder den Kopf.... »Recht schlimm«, sagte er und sah den jungen Mann an... »Sie sind der Bruder, nicht wahr?«.... »Jawohl«, sagte Albert. .... Der Arzt sah ihn mitleidig an. Dann setzte er sich in den Wagen, nickte dem jungen Mann zu und fuhr davon. –

Albert schaute dem Wagen beklommen nach, als verschwände eine letzte Hoffnung mit ihm. Dann ging er. Er sprach leise mit sich selbst, beinahe sinnlose Sätze, und die Zähne klapperten ihm dabei. – Also, was machen wir heute?.... Aufs Land ist's zu spät, aufs Land ist's zu spät. Es ist zu spät, es ist zu spät.... Ja, ich bin traurig! Bin ich traurig? Bin ich zu Tode betrübt? Nein, ich gehe spazieren, ich empfinde ja gar nichts, gar nichts. Ich könnte jetzt ins Theater gehen, ja, oder aufs Land fahren –.... O nein, das glaub' ich nur.... das ist alles Wahnsinn, weil ich so tief ergriffen bin. Ja.... ergriffen bin ich, erschüttert! Es ist ein hoher Moment, ich muß ihn festhalten können! Etwas genau verstehen und nichts empfinden.... nichts.... nichts. – Es fröstelte ihn.... Nach Hause, nach Hause. Ich muß irgend etwas Ähnliches einmal erlebt haben.... aber wann, wann?.... Vielleicht einmal im Traum?.... Oder ist das ein Traum?.... Ja, jetzt geh' ich nach Hause wie alle Abende, als wäre nichts geschehen, als wäre nicht das Geringste geschehen. – Aber was rede ich mir denn ein! Ich werde ja nicht zu Hause bleiben, ich werde ja mitten in der Nacht wieder davonrennen, vors Haus der Geliebten, vors Haus der sterbenden Geliebten.... Und seine Zähne schlugen aufeinander. –

Plötzlich fand er sich in seinem Zimmer und konnte sich nicht daran erinnern, wie er heraufgekommen war. Er machte Licht und setzte sich auf den Diwan. Ich weiß, wie es ist, sagte er zu sich: der Schmerz klopft an, und ich lasse ihn nicht ein. Aber ich weiß, daß er draußen steht, durchs Guckfenster sehe ich ihn. – – Ah wie dumm, wie dumm.... Also meine Geliebte wird sterben.... ja, sie wird, sie wird! Oder hoffe ich vielleicht noch und bin darum so ruhig? Nein, ich weiß es ganz bestimmt. Ach, und der Arzt hat mich für den Bruder gehalten! Wenn ich ihm geantwortet hätte: Nein, ich bin ihr Geliebter, oder: Ich bin ihr Seladon. Ich bin ihr erschütterter Seladon.....

»Herr im Himmel!« schrie er plötzlich laut; sprang auf und lief im Zimmer hin und her.... Ich hab ihm aufgetan! Der Schmerz ist da!.... Anna, Anna, meine süße, meine einzige, meine geliebte Anna!.... Und ich kann nicht bei dir sein! Gerade ich nicht, ich, der einzige, der zu dir gehört.... Vielleicht ist sie gar nicht bewußtlos! Was wissen wir denn überhaupt davon! Und sie sehnt sich nach mir, – und ich kann nicht hin – darf nicht hin. Oder vielleicht, im letzten Augenblick, wenn sie von allen irdischen Rücksichten sich löst, wird sie es sagen, wird flüstern: Ruft ihn mir – ich will ihn noch einmal sehen.... Und was wird er tun?....

Nach einer Weile stand ihm der ganze Vorgang vor den Augen. Er sah sich die Treppe hinaufeilen, der Mann empfing ihn, führte ihn selbst zum Bette der Sterbenden, die lächelte ihn an mit brechenden Augen, – er beugte sich zu ihr, sie umarmte ihn, und wie er sich erhob, hatte sie den letzten Atemzug getan –.... Und jetzt trat der Mann hinzu und sagte ihm: Nun gehen Sie wieder, mein Herr, wir werden einander wohl bald mehr zu sagen haben.... Aber so ist das Leben nicht, nein.... Das wäre ja das Schönste, das Allerschönste; sie noch einmal sehen, fühlen, daß er von ihr geliebt wird! – Er mußte sie ja noch einmal sehen, auf irgendeine Weise.... ja, er konnte sie doch um Himmels willen nicht sterben lassen, ohne sie noch einmal gesehen zu haben. Das wäre zu entsetzlich! Er hatte es ja noch gar nicht recht ausgedacht. Ja, aber was tun? – Es war bald Mitternacht! Unter welchem Vorwand könnte ich jetzt hinauf, fragte er sich. Brauch' ich denn jetzt einen Vorwand.... jetzt, da der Tod.... Aber selbst wenn sie.... stirbt – habe ich ein Recht, ihr Geheimnis zu verraten, ihr Gedächtnis bei ihrem Manne, bei ihrer Familie zu beflecken – –?... Aber.... ich könnte mich ja wahnsinnig stellen. Ah – ich kann mich ja ganz gut verstellen.... o Gott – was ist das wieder für ein Komödieneinfall!.... Allerdings, wenn man die Rolle gut durchführte und gleich fürs ganze Leben ins Narrenhaus gesperrt würde.... Oder wenn sie gesund würde und sie selbst mich dann für einen Wahnsinnigen erklärte, den sie nie gekannt, nie gesehen!.... – Oh – mein Kopf, mein Kopf! – Er warf sich aufs Bett. Jetzt kam er zum Bewußtsein der Nacht und der Stille, die um ihn war. – Nun, sagte er sich, will ich in Ruhe nachdenken. Ich will sie noch einmal sehen.... ja, jedenfalls.... das steht fest.

Und weiter wirbelten seine Gedanken: in hundert Verkleidungen sah er sich die Treppe zu ihrer Wohnung hinaufsteigen: als Assistent des Professors, als Apothekergehilfe, als Lakai, als Beamter einer Bestattungsgesellschaft, als Bettler; zuletzt sah er sich gar als Leichendiener neben der Toten sitzen, die er nicht kennen durfte, hüllte sie in das weiße Tuch und legte sie in den Sarg....

Er wachte in der Morgendämmerung auf. Das Fenster war offen gewesen, und obwohl er angekleidet auf dem Bette gelegen, fröstelte ihn, da ein leichter Regen begonnen und der Wind ein paar Tropfen bis ins Zimmer streute. –

Also der Herbst ist da, dachte Albert.... Dann erhob er sich und schaute auf die Uhr. – So hab' ich doch fünf Stunden fest geschlafen. – In dieser Zeit kann.... viel geschehen sein. – Er schauerte zusammen. – Sonderbar, ich weiß plötzlich ganz genau, was ich zu tun habe. Ich werde jetzt hingehen, bis vor die Wohnungstür, den Kragen heraufgeschlagen, und.... selbst.... fragen....

Er schenkte sich ein Glas Cognac ein, das er rasch austrank. Dann ging er zum Fenster. Pfui, wie die Straßen aussehen. Sehr früh ist's noch.... Das sind lauter Menschen, die schon um sieben Uhr zu tun haben. – – Ja, heute bin ich auch ein Mensch, der schon um sieben zu tun hat. – – »Recht schlimm«, hat der Doktor gestern gesagt.... Aber daran ist noch niemand gestorben.... Und ich hatte doch gestern ununterbrochen die Empfindung, als wenn sie schon.... geh'n wir, geh'n wir.... Er zog sich den Überzieher an, nahm einen Regenschirm und trat ins Vorzimmer. Sein Diener machte ein erstauntes Gesicht. »Ich komme bald wieder«, sagte er und ging. –

Er machte kleine, langsame Schritte; es war ihm eigentlich sehr peinlich, selbst hinaufzugehen. Was sollte er nur sagen?

– Er kam immer näher; schon war er in der Straße, sah von ferne das Haus. Es schien ihm so fremd. Zu solcher Stunde hatte er es freilich nie gesehen. Wie sonderbar doch diese fahlen Lichter waren, die der Regenmorgen über die Stadt breitete. Ja, an solchen Tagen stirbt man. – Wenn Anna an jenem Tage, da sie das letztemal bei ihm war, einfach von ihm Abschied genommen hätte, er hätte sie heute vielleicht schon vergessen gehabt. Ja, ganz gewiß – denn es war ganz unheimlich, wie lang es ihm erschien, daß er sie das letzte Mal gesehen. Was so ein Regenmorgen für falsche Begriffe von der Zeit schafft.... ach

Gott.... Albert war sehr müde, sehr zerstreut.... Fast wäre er an dem Hause vorübergegangen.

Das Tor war offen; gerade kam ihm ein Bursch mit Milchkannen in der Hand daraus entgegen. Albert ging sehr ruhig die paar Schritte durch den Torweg – plötzlich, wie er die ersten Stufen der Treppe betreten wollte, durchzuckte ihn das volle Bewußtsein von allem, was geschehen war, was jetzt geschah, was er erfahren wollte. Es war ihm, als hätte er den Weg bis hierher noch im Halbschlaf zurückgelegt und wachte nun jählings auf. Er faßte mit beiden Händen nach seinem Herzen, bevor er weiterschritt. Das also war die Treppe.... er hatte sie ja früher nie gesehen. Sie lag noch im Halbdunkel; kleine Gasflämmchen brannten an der Wand.... Hier im ersten Stock war die Wohnung. Was war das?.... Beide Türflügel standen offen. – Er konnte das Vorzimmer sehen – aber es war kein Mensch da. Er machte eine kleine Tür auf, die führte in die Küche. Auch da war niemand. Er blieb eine Weile unschlüssig stehen. Jetzt öffnete sich die Tür, die zu den Wohnräumen führte, und ein Dienstmädchen kam leise heraus, ohne ihn zu bemerken. Albert trat auf sie zu.

»Wie geht's der gnädigen Frau?« fragte er.

– Das Mädchen schaute ihn gedankenlos an.

»– Vor einer halben Stunde ist sie gestorben«, sagte sie. Damit wandte sie sich um und ging in die Küche.

Albert hatte die Empfindung, als wenn die Welt um ihn plötzlich totenstille würde; er wußte ganz bestimmt, daß in diesem Moment alle Herzen zu schlagen, alle Menschen zu gehen, alle Wagen zu fahren, alle Uhren zu ticken aufhörten. Er spürte, wie die ganze lebende, sich bewegende Welt innehielt, zu leben und sich zu bewegen. Also das ist der Tod, dachte er.... Ich hab' es gestern doch nicht verstanden....

»Entschuldigen Sie«, sagte eine Stimme neben ihm; es war ein schwarzgekleideter Herr, der von der Treppe aus ins Vorzimmer treten wollte, und den Albert, der gerade in der Tür stand, daran hinderte. Albert trat einen Schritt weiter hinein und ließ den Herrn vorbei. Dieser kümmerte sich nicht weiter um ihn, sondern begab sich rasch in die Wohnung und ließ die Tür halb offen. Albert konnte nun in das nächste Zimmer sehen. Es war fast dunkel darin, da die Vorhänge niedergelassen waren; er sah ein paar Gestalten, die um einen Tisch saßen, sich erheben und den eintretenden Herrn begrüßen. Er hörte sie flüstern... Dann verschwanden sie in einem Nebenraum. Albert blieb an der Türe stehen und dachte: Da drin liegt sie.... Es ist noch keine Woche, daß ich sie in meinen Armen hielt.... Und ich darf nicht hinein. – Er hörte Stimmen auf der Treppe. Zwei Frauen kamen herauf und gingen an ihm vorbei. Die eine, jüngere, hatte verweinte Augen. Sie sah der Geliebten ähnlich. Es war gewiß ihre Schwester, von der sie ihm einigemal gesprochen. Eine ältere Dame kam den zwei Frauen entgegen, umarmte beide und schluchzte leise. »Vor einer halben Stunde«, sagte die alte Dame – »ganz plötzlich«.... Sie konnte vor Tränen nicht weiterreden; alle drei verschwanden durch das halbdunkle Zimmer in den Nebenraum. Niemand beachtete ihn.

Ich kann ja hier nicht stehen bleiben, dachte Albert. Ich will hinunter und werde nach einer Stunde wiederkommen. – Er entfernte sich und war in ein paar Augenblicken auf der Straße. Das Getriebe des Morgens hatte begonnen; viele Leute hasteten an ihm vorüber, und die Wagen rollten.

Nach einer Stunde werden mehr Menschen oben sein, und ich kann mich ganz leicht unter sie mischen. Wie doch Gewißheit tröstet... Es ist mir wohler als gestern; obzwar sie gestorben ist.... Vor einer halben Stunde.... In tausend Jahren wird sie dem Leben nicht ferner sein als jetzt.... und doch, das Bewußtsein, daß sie vor einer Stunde noch geatmet hat, gibt mir den Eindruck, als wenn sie jetzt noch irgend etwas vom Dasein wissen müßte; irgendwas, das man nicht ahnt, solange man noch atmet.... vielleicht ist der unfaßbare Augenblick, in dem wir vom Leben zum Tode übergehen, unsere arme Ewigkeit.... Ja, nun ist es auch aus mit dem Warten am Nachmittag.... Ich werde nicht mehr am Guckfenster stehen – nie mehr, nie mehr.... – Diese Stunden traten ihm nun wieder in unsäglicher Schönheit vor Augen. Vor wenigen Tagen noch war er so glücklich gewesen – ja, glücklich. Es war eine schwüle, tiefe Seligkeit gewesen. Ach, wenn ihre Schritte über die letzten Stufen eilten.... wenn sie ihm in die Arme gestürzt kam.... und wenn sie in dem dämmrigen Zimmer, das von Blumen und Zigaretten duftete, wortlos und regungslos auf den weißen Polstern lagen... Aus, aus....

Ich werde abreisen, es ist das einzige, was ich tun kann. Werde ich denn mein Zimmer überhaupt noch betreten können! Ich werde ja weinen müssen, ich werde tagelang, immer, immer werde ich weinen....

Er kam an einem Kaffeehaus vorbei. Es fiel ihm ein, daß er seit gestern mittag keinen Bissen genossen; er ging hinein, frühstükken. – Als er das Lokal wieder verließ, war es neun Uhr vorbei. – Nun kann ich wieder hin – ich muß sie ja noch einmal sehen – was tu' ich nur dort?.... Werde ich sie sehen können?.... Ich muß sie sehen.... ja, ich muß meine, meine, meine geliebte tote Anna ein letztesmal sehen. – Aber wird man mich in das Sterbezimmer lassen?.... Gewiß; es werden mehr Leute dort sein, und alle Türen werden offen stehen....

Er eilte hin. – Beim Tor stand die Hausbesorgerin, sie grüßte ihn, als er vorbeiging; auf der Treppe lief er zwei Herren vor, die gleichfalls hinaufgingen. Schon im Vorzimmer standen einige Leute. Die Tür war flügelweit offen; Albert trat ein. Der Vorhang des einen Fensters war zurückgeschlagen, und es fiel einiges Licht in den Raum. Da waren etwa zwölf Menschen, die saßen oder standen und sehr leise sprachen. Die alte Dame, die er schon früher gesehen, saß ganz zusammengebrochen in der Ecke eines dunkelroten Sofas. Als Albert an ihr vorüberkam, sah sie ihn an; da blieb er vor ihr stehen und reichte ihr die Hand. – Sie nickte mit dem Kopfe und fing wieder an zu weinen. Albert schaute um sich; die zweite Tür, die zum Nebenzimmer führte, war geschlossen. Er wandte sich an einen Herrn, der am Fenster stand und ganz gedankenlos durch die Spalte des Vorhangs hinausschaute.... »Wo liegt sie?« fragte er. Der Herr wies mit der Hand nach der rechten Seite. Albert öffnete leise die Türe. Er war geblendet von dem vollen Licht, das ihm da entgegenströmte. Er befand sich in einem ganz lichten, kleinen Zimmer mit Tapeten weiß in gold und hellblauen Möbeln. Kein Mensch war da. Die Türe zum nächsten Zimmer war nur angelehnt. Er trat ein. Es war das Schlafgemach. –

Die Fensterläden waren geschlossen; eine Ampel brannte. Auf dem Bette lag die Tote ausgestreckt. Die Decke war bis zu ihren Lippen hingebreitet; zu ihren Häuptern auf dem Nachtkästchen brannte eine Kerze, deren Licht grell auf das aschgraue Antlitz fiel. Er hätte sie nicht erkannt, wenn er nicht gewußt hätte, wer es war. Erst allmählich ging ihm die Ähnlichkeit auf – erst allmählich wurde es Anna, seine Anna, die da lag, und das erstemal seit dem Beginne dieser entsetzlichen Tage fühlte er Tränen in seine Augen kommen. Ein heißer, brennender Schmerz lag ihm auf der Brust, er hätte aufschreien mögen, vor sie hinsinken, ihre Hände küssen ..... Jetzt erst merkte er, daß er nicht allein mit ihr war. Jemand kniete zu Füßen des Bettes, hatte den Kopf in der Decke vergraben und hielt die eine Hand der Toten in seinen beiden Händen fest. In dem Momente, da Albert eben einen Schritt näher zu treten versucht war, hob jener den Kopf: Was werde ich ihm denn sagen? – Aber schon fühlte er von dem Knieenden seine rechte Hand ergriffen und gedrückt und hörte ihn mit tränenerstickter Stimme flüstern: »Dank, Dank.« – Und dann wandte sich der Weinende wieder weg, ließ den Kopf niedersinken und schluchzte leise in die Decke. Albert blieb noch eine Weile stehen und betrachtete das Gesicht der Toten mit einer Art von kalter Aufmerksamkeit. Die Tränen waren ihm wieder ganz ausgeblieben. Sein Schmerz wurde plötzlich ganz dürr und wesenlos. Er wußte, daß ihm diese Begegnung später einmal schauerlich und komisch zugleich vorkommen würde. Er wäre sich sehr lächerlich erschienen, hätte er mit diesem da zusammen geschluchzt.

Er wandte sich zum Gehen. An der Tür blieb er noch einmal stehen und schaute zurück. Das Flimmern der Kerze machte, daß er ein Lächeln um Annas Lippen zu sehen glaubte. Er nickte ihr zu, als nähme er Abschied von ihr und sie könnte es sehen. Jetzt wollte er gehen, aber nun war es ihm, als hielte sie ihn mit diesem Lächeln fest. Und es wurde mit einemmal ein verächtliches, fremdes Lächeln, das zu ihm zu reden schien, und er konnte es verstehen. Und das Lächeln sagte: Ich habe dich geliebt, und nun stehst du da wie ein Fremder und verleugnest mich. Sag' ihm doch, daß ich die Deine war, daß es dein Recht ist, vor diesem Bette niederzuknieen und meine Hände zu küssen. – Sag es ihm! Warum sagst du's ihm denn nicht?

Aber er wagte es nicht. Er hielt die Hand vor die Augen, um ihr Lächeln nicht mehr zu sehen.... Auf den Fußspitzen drehte er sich um, verließ das Zimmer und schloß die Türe hinter sich. Er ging schaudernd durch den lichten Salon, drückte sich dann in dem halbdunklen Zimmer an allen den Leuten vorbei, die miteinander flüsterten und unter denen er nicht bleiben durfte; dann eilte er durchs Vorzimmer und über die Treppe hinab, und wie er zum Tor hinaus war, schlich er sich an der Mauer des Hauses weiter, und sein Schritt wurde immer schneller, und es trieb ihn aus der Nähe des Hauses, und er eilte tief beschämt durch die Straßen; denn ihm war, als dürfe er nicht trauern wie die anderen, als hätte ihn seine tote Geliebte davongejagt, weil er sie verleugnet. –

Der Empfindsame

Eine Burleske

Die jungen Leute waren heute sehr traurig. Sie dachten an den armen Fritz Platen, der so oft da neben ihnen gesessen war, plaudernd, lächelnd, Kaffee trinkend, Zigaretten rauchend. Eines Abends vor acht Tagen war er nicht gekommen, sondern war zu Hause geblieben, hatte sich vor seinen Schreibtisch gesetzt und sich eine Kugel durch den Kopf geschossen. Niemand wußte, warum. Fritz Platen war ein lieber, junger Mensch gewesen, bildhübsch, ziemlich wohlhabend und ein bißchen empfindsam. Und sie sprachen darüber, wie dumm oder wenigstens wie unbegreiflich das von so einem netten, hübschen, wohlhabenden und empfindsamen jungen Menschen sei, eines Tages plötzlich nicht ins Kaffeehaus zu kommen, sondern zu Hause zu bleiben und sich totzuschießen.

»Zu empfindsam«, sagte plötzlich einer von den jungen Leuten, und das war Albert Rhode, der beste Freund des Toten, der einzige, der sogar Trauer für ihn trug. – »Wieso?« fragten die zwei anderen, Hugo Friedel und der kleine Willner.

»An seiner Empfindsamkeit ist er gestorben, und ich will euch zum Beweis dafür einen merkwürdigen Brief vorlesen.«

»Ist also doch einer dagewesen?«

Rhode schüttelte den Kopf. »Keiner von ihm, ihr wißt es ja. Aber ich habe heute seine Papiere geordnet, und da habe ich einen gefunden, der am Tage seines Selbstmordes an ihn gelangt ist, und der löst das Rätsel.«

Die beiden anderen waren höchst erstaunt. »Von wem ist dieser Brief?« fragten sie. – »Ich kann den Namen der Schreiberin nicht nennen, denn aller Wahrscheinlichkeit nach wird sie bald eine sehr berühmte Person sein.«

»Woher ist der Brief?« fragten die anderen.

»Auch das muß ich verschweigen, denn das würde leicht auf die Spur führen.«

»So lies«, riefen die anderen. Albert Rhode zog seine Brieftasche hervor und entnahm ihr einen mehrfach zusammengelegten Brief. Während er ihn entfaltete, versuchten die anderen, jedoch vergeblich, die Unterschrift zu entziffern... Albert Rhode schüttelte den Kopf und reichte ihnen den Brief hin. Er wies auf die letzte Seite. Statt der Unterschrift eine Stelle, wo das Papier abgeschabt und grau aussah... Er hatte den Namen ausradiert.

»Übrigens ist das nebensächlich«, sagte der kleine Willner, der sehr diskret war. – »Gewiß«, erwiderte Albert Rhode. »Nun hört.« Und er nahm den Brief in die Hand und begann langsam zu lesen: »Mein lieber, lieber Fritz«...

Albert Rhode unterbrach sich. Seine Stimme hatte gezittert. Er biß sich auf die Lippen. Die anderen sahen vor sich hin und waren etwas verlegen. Albert Rhode faßte sich, schüttelte den Kopf und fuhr sich mit den Fingern der linken Hand zwischen Kragen und Hals einige Male hin und her. Dann las er weiter: »Wenn Du diesen Brief erhältst, bin ich fort, weit fort, vielleicht für immer. Ich habe Dir's nicht sagen wollen. Es hätte Dir weh getan und mir auch. Lieber sag' ich Dir so adieu und habe als letzte Erinnerung von Dir Dein liebes, lächelndes Gesicht und Deine Worte: Also morgen abend, mein Schatz... Du hättest ja geweint, und ich hätte mit Dir weinen müssen, und das wäre nicht schön gewesen. Drum ist es besser so. Ich habe Dich auch sehr lieb so, wie ich Dich jetzt vor mir sehe, wenn ich die Augen schließe. Es ist gerade eine Stunde, daß ich Dich verlassen habe. Nicht wahr, Du liegst noch auf Deinem Diwan und träumst davon, wie glücklich wir vor einer Stunde gewesen sind. Und auch ich bin allein in meinem Zimmer, habe mir's bequem gemacht. Eine Reisetasche steht neben dem Bett, und im Vorzimmer rumort Mama, packt noch, denn morgen früh, Fritz, lange bevor der Brief da in Deinen Händen sein darf, morgen früh reisen wir ab, Mama und ich, und in acht Tagen steh' ich das erstemal auf der Bühne. Ja, Fritz, ich hab' ein Engagement, und Dir dank' ich es, Dir gerade, der mich vielleicht niemals von seiner Seite gelassen hätte. Deine Liebe, die mir mehr gewesen ist, als Du ahntest, und weniger, als Du wolltest.

Es ist meine Pflicht, Dir diese dunklen Worte zu erklären, ich fühle es wohl. Ich glaube, daß ich sogar ein bißchen Verzeihung brauche, denn es ist möglich, daß Du mir böse sein wirst.

Erinnerst Du Dich des Abends, an dem wir uns das erstemal begegnet sind? Aber was frage ich Dich... wie oft haben wir von diesem Abend miteinander gesprochen! Erst heute hast Du mir ja wieder gesagt, daß Du es nicht fassen könntest, wie Du Dich kaum eine Stunde nach dem ersten Lächeln, mit dem Du die Unbekannte auf der Straße begrüßtest, in ihren Armen – und in den Armen eines unschuldigen Mädchens fandest. Dieses Staunen, in dem wohl auch ein bißchen Stolz gewesen ist, nicht wahr, Du lieber Fritz, wird nun bald ein Ende haben. Denn was Dir damals geglückt ist, hätte vielleicht auch anderen an diesem Abend glücken können. Dein Stolz darf nur sein, daß ich Dir treu geblieben bin, denn das hab' ich an jenem Abend nicht vorhergesehen.

Weißt Du noch, wie ich am Café Impérial vorüberging vor dem Tisch, wo Du so ganz allein dasaßest, mit den vielen Zeitungen auf dem Sessel neben Dir, die Du gar nicht anschautest? Du hast in die Luft gestarrt, und anfangs sahst Du mich auch so an, als wenn ich Luft wäre, bis Du merktest, daß auch ich Dich ansah, und da hast Du gelächelt und bist aufgestanden und bist eine Weile hinter mir gegangen in respektvoller Entfernung, bis die Entfernung und, ach Gott, auch der Respekt immer geringer wurden, und dann kamst Du näher zu mir und näher. Am Gitter des Stadtparkes hörte ich schon, wie Du leise vor Dich hin pfiffst, um Dir Mut zu machen. Und dann sprachst Du mich an: ›Erlauben Sie, mein Fräulein, daß ich mich Ihrem einsamen Spaziergange‹... und so weiter... Es war nicht sehr klug, aber es hätte noch dümmer sein dürfen. Denn ich hatte Dich mit Sehnsucht erwartet. Dich, gerade Dich? Ja, Dich, denn Du bist ja der Richtige gewesen.

An diesem Abend, mein lieber Fritz, bin ich von meinem Arzt gekommen, von meinem vierundzwanzigsten, glaub' ich. Von dem einen zum andern war ich gelaufen, ruhelos, mit der Zeit fast hoffnungslos, denn ich wollte meine schöne, meine wunderschöne Stimme wieder haben, die ich mit sechzehn gehabt hatte, und keiner konnte sie mir wiedergeben. Ja, mein Fräulein, Ihnen fehlt eigentlich gar nichts... sagten sie alle. Aber behandelt haben sie mich alle. Du ahnst nicht, was ich ausgestanden habe. Ich bin gepinselt, elektrisiert, geätzt, massiert worden – massiert am ganzen Körper wegen zweier kleiner Stimmbänder, die nicht ordentlich schließen wollten. Man hat mich höflich, man hat mich grob, man hat mich – beinahe zärtlich behandelt. Daß ich wieder meine Stimme bekommen würde, hat mir jeder versichert, aber – und das sagten sie alle, nachdem sie mich wochenlang behandelt hatten – Sie sind ja ganz gesund. Gesund, ich! die sich gar kein Leben ohne ihre Kunst vorstellen könnte, ich, die von ihrem vierzehnten Jahre an nur von Erfolgen auf der Bühne, von einem Triumphzug durch die ganze Welt, von einer Zukunft als große und berühmte Sängerin geträumt hatte.

Aber das ging so durch drei Jahre, durch drei volle Jahre. Auch von einem Gesangslehrer zum andern bin ich in dieser Zeit gewandert. Ich dachte, es läge vielleicht an der Stimmbildung. Und da mir jeder sagte, der vorige habe mir die Stimme verdorben, so bedeutete jeder neue für mich eine neue Hoffnung. Aber vergeblich, alles war vergeblich. Erst mein vierundzwanzigster Arzt – ich übertreibe vielleicht ein wenig, aber ich bleibe der Kürze halber bei der Zahl vierundzwanzig – hat mich gerettet, oder hat mir das Mittel zu meiner Rettung gegeben. Allerdings ist es mir seither schon manchmal so vorgekommen, als täte ich den dreiundzwanzig anderen auch Unrecht, denn sie haben es an Andeutungen nicht fehlen lassen. Aber dieser vierundzwanzigste war so deutlich, so göttlich grob, er hat es so einfach, so kurz ausgedrückt, daß es mir gleich das erstemal nicht wie ein Scherz, wie eine Galanterie, wie eine Dummheit oder wie eine Impertinenz vorkam, sondern wie das einzige, schwere, aber auch sichere Mittel zu meiner Heilung.

Mancher hatte schon gesagt: ›Ach, mein Fräulein, Sie sind eben nervös, es wäre gut, wenn Sie heirateten‹; und andere drückten sich ungeheuer vorsichtig aus und sprachen von einer durchgreifenden Änderung der Lebensweise; und einige waren riesig verschmitzt und sagten: ›Fräulein, waren Sie denn noch nie verliebt...‹ Und andere waren wieder frech und sagten: ›Wissen Sie, was Sie brauchten...‹ und machten sehr glühende Augen, und das war mir so zuwider... Freilich ging's mir selbst zuweilen durch den Kopf, aber doch nur so, als wenn es gar nie ernst werden könnte, und wenn ich daran denken wollte, daß ich dadurch meine schöne, wunderschöne Stimme wiederbekommen sollte – ich hab' einfach lachen müssen. Aber ich fing an zu verzweifeln. Meine Stimme blieb, wie sie war. Ich ermattete nach zwei Tönen, und die Kolleginnen, mit denen ich zu studieren begonnen, wurden alle fertig, gingen ins Engagement und feierten Triumphe. Ich führte ein unheimliches Leben. Es gab Zeiten, in denen ich von drei oder vier Ärzten zugleich behandelt wurde, von einem zum andern lief wie im Traume, drei Kuren zugleich über mich ergehen ließ. Ich verbrachte schauerliche Nächte. Ich träumte von den Erfolgen meiner Kolleginnen. Weißt Du, was das bedeutet? Nach einer Nacht, in der ich drei solche Träume gehabt, nach einem Vormittag, an dem ich bei zwei Gesangsprofessoren gewesen, nach einem Nachmittag, an dem mich zwei Ärzte behandelt, begab ich mich – es war fünf Uhr abends – zum dritten, das heißt zum vierundzwanzigsten. Sein Name war mir schon oft genannt worden. Durch einen Zufall hatte ich bisher versäumt, ihn zu Rate zu ziehen. Ich sagte schon, es war fünf. Sein Wagen stand vor dem Haustor, und wie ich hinaufkam, stand er, der Professor selbst, mit Hut und Rock im Vorzimmer zum Weggehen bereit. Er schrie mich beinahe an: ›Was wollen Sie?‹ Und noch bevor ich antworten konnte: ›... Ich habe keine Zeit, ich muß fort, kommen Sie morgen.‹ Er war noch nicht alt, vielleicht fünfundvierzig. Und seine Grobheit machte mir gar nicht bange. ›Bitte, untersuchen Sie mich doch noch‹, bat ich einfach. Er war beinahe starr, um so mehr, als ich, ohne seine Antwort abzuwarten, voran ins Zimmer ging. Er folgte mir. Ich durchschritt das Wartezimmer, vor der Türe zum Operationszimmer blieb ich stehen. Er öffnete, ging mir voraus, und jetzt erst nahm er den Hut ab, warf ihn auf einen Sessel, setzte sich selbst auf den Stuhl vor dem Schreibtisch und begann mich auszufragen, fast ohne mich anzusehen. Dann untersuchte er mich, spiegelte mir den Hals, stellte einige Fragen an mich und schaute mich, nachdem ich ihm alles sehr ehrlich beantwortete, eine Weile mit einem ernsten, beinahe bösen Blick an. Dann stand er auf. ›Ihnen fehlt nichts‹, sagte er, ›adieu.‹ Ich erwiderte heftig: ›Das haben alle gesagt, das ist nichts Neues.‹ Er noch heftiger: ›Ich bin ja nicht dazu da, um Ihnen was Neues zu sagen...‹ Ich mit zusammengepreßten Zähnen: ›Meine Stimme will ich wieder haben.‹

›Ihre Stimme, ja, dafür gibt's kein Rezept, das man aufschreiben kann.‹

Ich, von einem Hoffnungsstrahl durchleuchtet: ›Aber vielleicht sagen...‹ Er, indem er den Hut in die Hand nimmt: ›Sagen, ja.‹ Ich, in meiner Erregung, statt ihn zu bitten, schreie ihn an, wütend, fast weinend: ›Also was soll ich nehmen?‹

Darauf er, wütend, als wenn er mir was antun wollte, auf mich zu und schreit: ›Einen Liebhaber...‹

Fritz, so wie dieser Mann mußte man mir's sagen. Das war deutlich. Ich spürte ja wieder in dem Augenblick, da ich es hörte, daß mir dasselbe schon viele, möglicherweise alle gesagt hatten. Aber so beiläufig, so ohne wissenschaftlichen Ernst. Und die meisten mit so schlecht verhehltem Egoismus. Der aber sagte jene Worte in einem Ton, mit dem er auch hätte sagen können: ›Chinin oder Zyankali...‹ Das erstemal hatte ich einen ärztlichen Rat bekommen, und noch während ich die Treppe hinunterstieg, war ich fest entschlossen, ihn zu befolgen.

Und da ging ich zufällig vor dem Café Impérial vorbei. Sei aber nicht gar zu böse. Ich war schon eine Stunde spazierengegangen, hatte viele junge und hübsche Männer begegnet, und mancher hat mich angesehen und mancher angelächelt. Du warst der erste, dessen Lächeln ich erwiderte, nicht wahr, sonst wärst Du doch auch nicht so keck gewesen und mir nachgegangen? Und Du bist auch nicht böse, daß ich Dir nicht gleich alles gestanden. Ich war ja in den ersten Tagen nahe daran. Da überlegte ich aber, daß es Dich zu sehr verstimmen konnte – und das hätte Deiner Zärtlichkeit und auch mir natürlich geschadet...

Und dann, daß ich Dir's nur gestehe, es gab wirklich Momente, da ich fast vergaß, was Du mir ursprünglich bedeuten solltest, und ich begann mich in Dich zu verlieben, wie in einen Geliebten, den man nur zu seinem Vergnügen hat. Schau, Fritz, ich muß aufrichtig sein, ich bin Dir zu viel Dank schuldig. Du weißt, daß meine Stimme wunderschön geworden ist. Von Tag zu Tag konnte ich den Fortschritt merken. Mein Gesangslehrer war frappiert. Die Agenten, denen ich vorgesungen habe, waren entzückt. Und der Direktor... vom... -Theater (Rhode verschwieg die Namen), vor dem ich vor acht Tagen Probe sang, hat mich sofort auf drei Jahre mit steigender Gage für erste Partien engagiert. Fritz, Fritz... ich kann meiner Kunst leben, wie es der Traum meiner Kinder- und Mädchenjahre war. Ich werde eine gefeierte Sängerin sein, und Du wirst das Bewußtsein haben, daß ich es in Deinen Armen geworden bin. Wenn Du mich wirklich so lieb gehabt hast, wie Du mir's so oft gesagt, so muß Dir das ein Trost dafür sein, daß Du die Geliebte verloren.

Und wer weiß, wie gern ich Dich gehabt hätte, wenn ich nicht immer daran hätte denken müssen, daß Du mir eigentlich verschrieben worden bist! Leb wohl, mein lieber Fritz, glaube, daß, während ich diesen Lebenslauf niederschreibe, eine Träne über meine Wange fließt, und denke in Güte eines Wesens, das Dir so lange dankbar sein wird, als es atmet und singt.« –

»Hier folgt die Unterschrift«, schloß Albert Rhode und ließ den Brief auf die Marmorplatte des Tisches sinken.

Die Freunde waren still.

»Und du glaubst«, fragte endlich Hugo, »daß er aus diesem Grunde...?«

Albert Rhode nickte. »Gewiß. Ich stelle mir das auch sehr entsetzlich vor. Denk dir nur, glauben, daß man von einem jungen Mädchen angebetet wurde, und erfahren, daß sie einen – eingenommen hat. Er mußte sich ja selber nach Empfang dieses Briefes widerwärtig und unheimlich vorkommen. Die ganze Zeit, die er mit ihr verbracht hatte, mußte ihm ja als vergiftet erscheinen.«

»Daß er sich erschossen hat wegen dieser herzlosen Person,

das ist doch übertrieben und kaum zu begreifen«, fanden die Freunde.

»Wenn man zu empfindsam ist«, sagte Rhode...

»Es ist sehr traurig. Und du willst uns den Namen dieser Dame nicht sagen?« – »Nein, sie wird sehr berühmt werden, dank unserm armen Fritz.«

Der andere schüttelte den Kopf.

»Und sein Name«, fuhr Albert Rhode fort, indem er den Brief zerknitterte und in die Tasche steckte, »sein Name – so ungerecht ist der Ruhm – wird in keiner Musikgeschichte zu finden sein.«

Die Frau des Weisen

Hier werde ich lange bleiben. Über diesem Orte zwischen Meer und Wald liegt eine schwermütige Langeweile, die mir wohltut. Alles ist still und unbewegt. Nur die weißen Wolken treiben langsam; aber der Wind streicht so hoch über Wellen und Wipfel hin, daß das Meer und die Bäume nicht rauschen. Hier ist tiefe Einsamkeit, denn man fühlt sie immer; auch wenn man unter den vielen Leuten ist, im Hotel, auf der Promenade. Die Kurkapelle spielt meist melancholische schwedische und dänische Lieder, aber auch ihre lustigen Stücke klingen müd und gedämpft. Wenn die Musikanten fertig sind, steigen sie schweigend über die Stufen aus dem Kiosk herab und verschwinden mit ihren Instrumenten langsam und traurig in den Alleen.

Dies schreibe ich auf ein Blatt, während ich mich in einem Boote längs des Ufers hin rudern lasse.

Das Ufer ist mild und grün. Einfache Landhäuser mit Gärten; in den Gärten gleich am Wasser Bänke; hinter den Häusern die schmale, weiße Straße, jenseits der Straße der Wald. Der dehnt sich ins Land, weit, leicht ansteigend, und dort, wo er aufhört, steht die Sonne. Auf der schmalen und langgestreckten gelben Insel drüben liegt ihr Abendglanz. Der Ruderer sagt, man kann in zwei Stunden dort sein. Ich möchte wohl einmal hin. Aber hier ist man seltsam festgehalten; immer bin ich im nächsten Umkreis des kleinen Orts; am liebsten gleich am Ufer oder auf meiner Terrasse.

Ich liege unter den Buchen. Der schwere Nachmittag drückt die Zweige nieder; ab und zu hör' ich nahe Schritte von Menschen, die über den Waldweg kommen; aber ich kann sie nicht sehen, denn ich rühre mich nicht, und meine Augen tauchen in die Höhe. Ich höre auch das helle Lachen von Kindern, aber die große Stille um mich trinkt alles Geräusch rasch auf, und ist es kaum eine Sekunde lang verklungen, so scheint es längst vorbei. Wenn ich die Augen schließe und gleich wieder öffne, so erwache ich wie aus einer langen Nacht. So entgleite ich mir selbst und verschwebe wie ein Stück Natur in die große Ruhe um mich.

Mit der schönen Ruhe ist es aus. Nicht im Ruderboot und nicht unter den Buchen wird sie wiederkommen. Alles scheint mit einem Male verändert. Die Melodien der Kapelle klingen sehr heiß und lustig; die Leute, die an einem vorbeigehen, reden viel; die Kinder lachen und schreien. Sogar das liebe Meer, das so schweigend schien, schlägt nachts lärmend an das Ufer. Das Leben ist wieder laut für mich geworden. Nie war ich so leicht vom Hause abgereist; ich hatte nichts Unvollendetes zurückgelassen. Ich hatte mein Doktorat gemacht; eine künstlerische Illusion, die mich eine Jugend hindurch begleitet, hatte ich endgiltig begraben, und Fräulein Jenny war die Gattin eines Uhrmachers geworden. So hatte ich das seltene Glück gehabt, eine Reise anzutreten, ohne eine Geliebte zu Hause zu lassen und ohne eine Illusion mitzunehmen. In der Empfindung eines abgeschlossenen Lebensabschnittes hatte ich mich sicher und wohl gefühlt. Und nun ist alles wieder aus; – denn Frau Friederike ist da.

Spät abends auf meiner Terrasse; ich hab' ein Licht auf meinen Tisch gestellt und schreibe. Es ist die Zeit, über alles ins klare zu kommen. Ich zeichne mir das Gespräch auf, das erste mit ihr nach sieben Jahren, das erste nach jener Stunde …

Es war am Strand, um die Mittagszeit. Ich saß auf einer Bank. Zuweilen gingen Leute an mir vorüber. Eine Frau mit einem kleinen Jungen stand auf der Landungsbrücke, zu weit, als daß ich die Gesichtszüge hätte ausnehmen können. Sie war mir übrigens durchaus nicht aufgefallen; ich wußte nur, daß sie schon lange dort gestanden war, als sie endlich die Brücke verließ und mir immer näher kam. Sie führte den Knaben an der Hand. Nun sah ich, daß sie jung und schlank war. Das Gesicht kam mir bekannt vor. Sie war noch zehn Schritte von mir; da erhob ich mich rasch und ging ihr entgegen. Sie hatte gelächelt, und ich wußte, wer sie war.

»Ja, ich bin es«, sagte sie und reichte mir die Hand.

»Ich habe Sie gleich erkannt«, sagte ich.

»Ich hoffe, das ist nicht zu schwer gewesen«, erwiderte sie. »Und Sie haben sich eigentlich auch gar nicht verändert.«

»Sieben Jahre...« sagte ich.

Sie nickte. »Sieben Jahre.«...

Wir schwiegen beide. Sie war sehr schön. Jetzt glitt ein Lächeln über ihr Gesicht, sie wandte sich zu dem Jungen, den sie noch immer an der Hand hielt, und sagte: »Gib dem Herrn die Hand.« Der Kleine reichte sie mir, schaute mich aber dabei nicht an.

»Das ist mein Sohn«, sagte sie.

Es war ein hübscher brauner Bub mit hellen Augen.

»Es ist doch schön, daß man einander wieder begegnet im Leben«, begann sie, »ich hätte nicht gedacht...«

»Es ist auch sonderbar«, sagte ich.

»Warum?« fragte sie, indem sie mir lächelnd und das erste Mal ganz voll in die Augen sah. »Es ist Sommer... alle Leute reisen, nicht wahr?«

Jetzt lag mir die Frage nach ihrem Mann auf den Lippen; aber ich vermochte es nicht, sie auszusprechen.

»Wie lange werden Sie hier bleiben?« fragte ich.

»Vierzehn Tage. Dann treffe ich mit meinem Manne in Kopenhagen zusammen.«

Ich sah sie mit einem raschen Blick an; der ihre antwortete unbefangen: ›Wundert dich das vielleicht?‹

Ich fühlte mich unsicher, unruhig beinahe. Wie etwas Unbegreifliches erschien es mir plötzlich, daß man Dinge so völlig vergessen kann. Denn nun merkte ich erst: an jene Stunde vor sieben Jahren hatte ich seit lange so wenig gedacht, als wäre sie nie erlebt worden.

»Sie werden mir aber viel erzählen müssen«, begann sie aufs neue, »sehr, sehr viel. Gewiß sind Sie schon lange Doktor?«

»Nicht so lange – seit einem Monat.«

»Sie haben aber noch immer Ihr Kindergesicht«, sagte sie. »Ihr Schnurrbart sieht aus, als wenn er aufgeklebt wäre.«

Vom Hotel her, überlaut, tönte die Glocke, die zum Essen rief.

»Adieu«, sagte sie jetzt, als hätte sie nur darauf gewartet.

»Können wir nicht zusammen gehen?« fragte ich.

»Ich speise mit dem Buben auf meinem Zimmer, ich bin nicht gern unter so vielen Menschen.«

»Wann sehen wir uns wieder?«

Sie wies lächelnd mit den Augen auf die kleine Strandpromenade. »Hier muß man einander doch immer begegnen«, sagte sie – und als sie merkte, daß ich von ihrer Antwort unangenehm berührt war, setzte sie hinzu: »Besonders, wenn man Lust dazu hat. – Auf Wiedersehen.«

Sie reichte mir die Hand, und ohne sich noch einmal umzusehen, entfernte sie sich. Der kleine Junge blickte aber noch einmal nach mir zurück.

Ich bin den ganzen Nachmittag und den ganzen Abend auf der Promenade hin und her gegangen, und sie ist nicht gekommen. Am Ende ist sie schon wieder fort? Ich dürfte eigentlich nicht darüber staunen.

Ein Tag ist vergangen, ohne daß ich sie gesehen. Den ganzen Vormittag hat es geregnet, und außer mir war fast niemand auf der Promenade. Ein paar Mal bin ich an dem Haus vorbei, in dem sie wohnt, ich weiß aber nicht, welches ihre Fenster sind. Nachmittag ließ der Regen nach, und ich machte einen langen Spaziergang auf der Straße längs des Meeres bis zum nächsten Orte. Es war trüb und schwül.

Auf dem Wege habe ich an nichts anderes denken können als an jene Zeit. Alles habe ich deutlich wieder vor mir gesehen. Das freundliche Haus, in dem ich gewohnt, und das Gärtchen mit den grünlackierten Stühlen und Tischen. Und die kleine Stadt mit ihren stillen weißen Straßen. Und die fernen, im Nebel verschwimmenden Hügel. Und über all dem lag ein Stück blaßblauer Himmel, der so dazugehörte, als wenn er auf der ganzen

Welt nur dort so blaß und blau gewesen wäre. Auch die Menschen von damals sah ich alle wieder; meine Mitschüler, meine Lehrer, auch Friederikens Mann. Ich sah ihn anders, als er mir in jenem letzten Augenblick erschienen war; – ich sah ihn mit dem milden, etwas müden Ausdruck im Gesicht, wie er nach der Schule auf der Straße an uns Knaben freundlich grüßend vorüberzuschreiten pflegte, und wie er bei Tische zwischen Friederike und mir, meist schweigend, gesessen; ich sah ihn, wie ich ihn oft von meinem Fenster aus erblickt hatte: im Garten vor dem grünlackierten Tisch, die Arbeiten von uns Schülern korrigierend. Und ich erinnerte mich, wie Friederike in den Garten gekommen, ihm den Nachmittagskaffee gebracht und dabei zu meinem Fenster hinaufgeschaut, lächelnd, mit einem Blicke, den ich damals nicht verstanden... bis zu jener letzten Stunde. – Jetzt weiß ich auch, daß ich mich oft an all das erinnert habe. Aber nicht wie an etwas Lebendiges, sondern wie an ein Bild, das still und friedlich an einer Wand zu Hause hängt.

Wir sind heute am Strand nebeneinander gesessen und haben miteinander gesprochen wie Fremde. Der Bub spielte zu unseren Füßen mit Sand und Steinen. Es war nicht, als wenn irgend etwas auf uns lastete: wie Menschen, die einander nichts bedeuten, und die der Zufall des Badelebens auf kurze Zeit zusammengeführt, haben wir miteinander geplaudert; über das Wetter, über die Gegend, über die Leute, auch über Musik und über ein paar neue Bücher. Während ich neben ihr saß, empfand ich es nicht unangenehm; als sie aber aufstand und fortging, war es mir mit einemmal unerträglich. Ich hätte ihr nachrufen mögen: Laß mir doch etwas da; aber sie hätte es nicht einmal verstanden. Und wenn ich's überlege, was durfte ich anderes erwarten? Daß sie mir bei unserer ersten Begegnung so freundlich entgegengekommen, war offenbar nur in der Überraschung begründet; vielleicht auch in dem frohen Gefühl, an einem fremden Orte einen alten Bekannten wiederzufinden. Nun aber hat sie Zeit gehabt, sich an alles zu erinnern wie ich; und was sie auf immer vergessen zu haben hoffte, ist mächtig wieder aufgetaucht. Ich kann es ja gar nicht ermessen, was sie um meinetwillen hat erdulden müssen, und was sie vielleicht noch heute leiden muß. Daß sie mit ihm zusammengeblieben ist, seh' ich wohl; und daß sie sich wieder versöhnt haben, dafür ist der vierjährige Junge ein lebendiges Zeugnis; – aber man kann sich versöhnen, ohne zu verzeihen, und man kann verzeihen, ohne zu vergessen. – – Ich sollte fort, es wäre besser für uns beide.

In einer seltsamen, wehmütigen Schönheit steigt jenes ganze Jahr vor mir auf, und ich durchlebe alles aufs neue. Einzelheiten fallen mir wieder ein. Ich erinnere mich an den Herbstmorgen, an dem ich, von meinem Vater begleitet, in der kleinen Stadt ankam, wo ich das letzte Gymnasialjahr zubringen sollte. Ich sehe das Schulgebäude deutlich wieder vor mir, mitten in dem Park mit seinen hohen Bäumen. Ich erinnere mich an mein ruhiges Arbeiten in dem schönen geräumigen Zimmer, an die freundlichen Gespräche über meine Zukunft, die ich bei Tisch mit dem Professor führte und denen Friederike lächelnd lauschte; an die Spaziergänge mit Kollegen auf die Landstraße hinaus bis zum nächsten Dorf; und alle Nichtigkeiten ergreifen mich so tief, als wenn sie meine Jugend zu bedeuten hätten. Wahrscheinlich würden alle diese Tage im tiefen Schatten des Vergessens liegen, wenn nicht von jener letzten Stunde ein geheimnisvoller Glanz auf sie zurückfiele. Und das Merkwürdige ist: seit Friederike in meiner Nähe weilt, scheinen mir jene Tage sogar näher als die vom heurigen Mai, in welchen ich das Fräulein liebte, das im Juni den Uhrmacher geheiratet hat.

Als ich heute frühmorgens an mein Fenster trat und auf die große Terrasse hinunterblickte, sah ich Friederike mit ihrem Buben an einem der Tische sitzen; sie waren die ersten Frühstücksgäste. Ihr Tisch war grade unter meinem Fenster, und ich rief ihr einen guten Morgen zu. Sie schaute auf. »So früh schon wach?« sagte sie. »Wollen Sie nicht zu uns kommen?«

In der nächsten Minute saß ich an ihrem Tisch. Es war ein wunderbarer Morgen, kühl und sonnig. Wir plauderten wieder über so gleichgiltige Dinge als das letztemal, und doch war alles anders. Hinter unseren Worten glühte die Erinnerung. Wir gingen in den Wald. Da fing sie an, von sich zu sprechen und von ihrem Heim.

»Bei uns ist alles noch gerade so wie damals«, sagte sie, »nur unser Garten ist schöner geworden; mein Mann verwendet jetzt viel Sorgfalt auf ihn, seit wir den Buben haben. Im nächsten Jahr bekommen wir sogar ein Glashaus.«

Sie plauderte weiter. »Seit zwei Jahren gibt es ein Theater bei uns, den ganzen Winter bis Palmsonntag wird gespielt. Ich gehe zwei-, dreimal in der Woche hinein, meistens mit meiner Mutter, der macht es großes Vergnügen.«

»Ich auch Theater!« rief der Kleine, den Friederike an der Hand führte.

»Freilich, du auch. Sonntag nachmittag«, wandte sie sich erklärend an mich, »spielen sie nämlich manchmal Stücke für die Kinder; da gehe ich mit dem Buben hin. Aber ich amüsiere mich auch sehr gut dabei.«

Von mir mußte ich ihr mancherlei erzählen. Nach meinem Beruf und anderen ernsten Dingen fragte sie wenig; sie wollte vielmehr wissen, wie ich meine freie Zeit verbrächte, und ließ sich gern über die geselligen Vergnügungen der großen Stadt berichten.

Die ganze Unterhaltung floß heiter fort; mit keinem Wort wurde jene gemeinschaftliche Erinnerung angedeutet – und doch war sie ihr gewiß ununterbrochen so gegenwärtig wie mir. Stundenlang spazierten wir herum, und ich fühlte mich beinahe glücklich. Manchmal ging der Kleine zwischen uns beiden, und da begegneten sich unsere Hände über seinen Locken. Aber wir taten beide, als wenn wir es nicht bemerkten, und redeten ganz unbefangen weiter.

Als ich wieder allein war, verflog mir die gute Stimmung bald. Denn plötzlich fühlte ich wieder, daß ich nichts von Friederike wußte. Es war mir unbegreiflich, daß mich diese Ungewißheit nicht während unseres ganzen Gesprächs gequält, und es kam mir sonderbar vor, daß Friederike selbst nicht das Bedürfnis gehabt, davon zu sprechen. Denn selbst wenn ich annehmen wollte, daß zwischen ihr und ihrem Manne seit Jahren jener

Stunde nicht mehr gedacht worden war – sie selbst konnte sie doch nicht vergessen haben. Irgend etwas Ernstes mußte damals meinem stummen Abschied gefolgt sein – wie hat sie es vermocht, nicht davon zu reden? Hat sie vielleicht erwartet, daß ich selbst beginne? Was hat mich davon zurückgehalten? Dieselbe Scheu vielleicht, die ihr eine Frage verbot? Fürchten wir uns beide, daran zu rühren? – Das ist wohl möglich. Und doch muß es endlich geschehen; denn bis dahin bleibt etwas zwischen uns, was uns trennt. Und daß uns etwas trennt, peinigt mich mehr als alles andere.

Nachmittag bin ich im Walde herumgeschlendert, dieselben Wege wie morgens mit ihr. Es war in mir eine Sehnsucht wie nach einer unendlich Geliebten. Am späten Abend ging ich an ihrem Haus vorbei, nachdem ich sie vergebens überall gesucht. Sie stand am Fenster. Ich rief hinauf, wie sie heute früh zu mir: »Kommen Sie nicht herunter?«

Sie sagte kühl, wie mir vorkam: »Ich bin müd. Gute Nacht« und schloß das Fenster.

In der Erinnerung erscheint mir Friederike in zwei verschiedenen Gestalten. Meist seh' ich sie als eine blasse, sanfte Frau, die, mit einem weißen Morgenkleid angetan, im Garten sitzt, wie eine Mutter zu mir ist und mir die Wangen streichelt. Hätte ich nur diese hier wiedergetroffen, so wäre meine Ruhe gewiß nicht gestört worden und ich läge nachmittags unter den schattigen Buchen wie in den ersten Tagen meines Hierseins.

Aber auch als eine völlig andere erscheint sie mir, wie ich sie doch nur einmal gesehen; und das war in der letzten Stunde, die ich in der kleinen Stadt verbrachte.

Es war der Tag, an dem ich mein Abiturientenzeugnis bekommen hatte. Wie alle Tage hatte ich mit dem Professor und seiner Frau zu Mittag gespeist, und, da ich nicht zur Bahn begleitet werden wollte, hatten wir einander gleich beim Aufstehen vom Tische Adieu gesagt. Ich empfand durchaus keine Rührung. Erst wie ich in meinem kahlgeräumten Zimmer auf dem Bette saß, den gepackten Koffer zu meinen Füßen, und zu dem weit offenen Fenster hinaus über das zarte Laub des Gärtchens zu den weißen Wolken sah, die regungslos über den Hügeln standen, kam leicht, beinahe schmeichelnd, die Wehmut des Abschiedes über mich. Plötzlich öffnete sich die Tür. Friederike trat herein. Ich erhob mich rasch. Sie trat näher, lehnte sich an den Tisch, stützte beide Hände nach rückwärts auf dessen Kante und sah mich ernst an. Ganz leise sagte sie: »Also heute?« Ich nickte nur und fühlte das erstemal sehr tief, wie traurig es eigentlich war, daß ich von hier fort mußte. Sie schaute eine Weile zu Boden und schwieg. Dann erhob sie den Kopf und kam näher auf mich zu. Sie legte beide Hände ganz leicht auf meine Haare, wie sie es ja schon früher oft getan, aber ich wußte in diesem Moment, daß es etwas anderes bedeutete als sonst. Dann ließ sie ihre Hände langsam über meine Wangen heruntergleiten, und ihr Blick ruhte mit unendlicher Innigkeit auf mir. Sie schüttelte den Kopf mit einem schmerzlichen Ausdruck, als könnte sie irgend etwas nicht fassen. »Mußt du denn schon heute weg?« fragte sie leise. »Ja«, sagte ich. – »Auf immer?« rief sie aus. »Nein«, antwortete ich. – »O ja«, sagte sie mit schmerzlichem Zucken der Lippen, »es ist auf immer. Wenn du uns auch einmal besuchen wirst... in zwei oder drei Jahren – heute gehst du doch für immer von uns fort.« – Sie sagte das mit einer Zärtlichkeit, die gar nichts Mütterliches mehr hatte. Mich durchschauerte es. Und plötzlich küßte sie mich. Zuerst dachte ich nur: das hat sie ja nie getan. Aber als ihre Lippen sich von den meinen gar nicht lösen wollten, verstand ich, was dieser Kuß zu bedeuten hatte. Ich war verwirrt und glücklich; ich hätte weinen mögen. Sie hatte die Arme um meinen Hals geschlungen, ich sank, als wenn sie mich hingedrängt hätte, in die Ecke des Divans; Friederike lag mir zu Füßen auf den Knieen und zog meinen Mund zu dem ihren herab. Dann nahm sie meine beiden Hände und vergrub ihr Gesicht darin. Ich flüsterte ihren Namen und staunte, wie schön er war. Der Duft von ihren Haaren stieg zu mir auf; ich atmete ihn mit Entzücken ein... In diesem Augenblicke – ich glaubte vor Schrecken starr zu werden – öffnet sich leise die Tür, die nur angelehnt war, und Friederikens Mann steht da. Ich will aufschreien, bringe aber keinen Laut hervor. Ich starre ihm ins Gesicht – ich kann nicht sehen, ob sich irgendwas in seinem Ausdruck verändert – denn noch im selben Augenblick ist er wieder verschwunden und die Tür geschlossen. Ich will mich erheben, meine Hände befreien, auf denen noch immer Friederikens Antlitz ruht, will sprechen, stoße mühsam wieder ihren Namen hervor – da springt sie selbst mit einem Male auf – totenbleich – flüstert mir beinahe gebieterisch zu: »Schweig!« und steht eine Sekunde lang regungslos da, das Gesicht der Türe zugewandt, als wolle sie lauschen. Dann öffnet sie leicht und blickt durch die Spalte hinaus. Ich stehe atemlos. Jetzt öffnet sie ganz, nimmt mich bei der Hand und flüstert: »Geh, geh, rasch.« Sie schiebt mich hinaus – ich schleiche rasch über den kleinen Gang bis zur Stiege, dann wende ich mich noch einmal um – und sehe sie an der Türe stehen, mit unsäglicher Angst in den Mienen, und mit einer heftigen Handbewegung, die mir andeutet: fort! fort! Und ich stürze davon.

An das, was zunächst geschah, denke ich wie an einen tollen Traum. Ich bin zum Bahnhof geeilt, von tödlicher Angst gepeinigt. Ich bin die Nacht durchgefahren und habe mich im Coupé schlaflos herumgewälzt. Ich bin zu Hause angekommen, habe erwartet, daß meine Eltern schon von allem unterrichtet seien, und bin beinahe erstaunt gewesen, als sie mich mit Freundlichkeit und Freude empfingen. Dann habe ich noch tagelang in heftiger Erregung hingebracht, auf irgend etwas Schreckliches gefaßt; und jedes Klingeln an der Türe, jeder Brief machte mich zittern. Endlich kam eine Nachricht, die mich beruhigte: es war eine Karte von einem Schulkameraden, der in der kleinen Stadt zu Hause war, und der mir harmlose Neuigkeiten und lustige Grüße sandte. Also, es war nichts Entsetzliches geschehen, zum mindesten war es zu keinem öffentlichen Skandal gekommen. Ich durfte glauben, daß sich zwischen Mann und Frau alles im stillen abgespielt, daß er ihr verziehen, daß sie bereut hatte.

Trotzdem lebte dieses erste Abenteuer in meiner Erinnerung anfangs als etwas Trauriges, beinahe Düsteres fort, und ich erschien mir wie einer, der ohne Schuld den Frieden eines Hauses vernichtet hat. Allmählich verschwand diese Empfindung, und später erst, als ich in neuen Erlebnissen jene Stunde besser und tiefer verstehen lernte, kam zuweilen eine seltsame Sehnsucht nach Friederike über mich – wie der Schmerz darüber, daß eine wunderbare Verheißung sich nicht erfüllt hätte. Aber auch diese Sehnsucht ging vorüber, und so war es geschehen, daß ich die junge Frau beinahe völlig vergessen hatte. – Nun aber ist mit einem Mal alles wieder da, was jenes Geschehnis damals zum Erlebnis machte; und alles ist heftiger als damals, denn ich liebe Friederike.

Heute scheint mir alles so klar, was mir noch in den letzten Tagen rätselhaft gewesen ist. Wir sind spät abends am Strand gesessen, wir zwei allein; der Junge war schon zu Bette gebracht. Ich hatte sie am Vormittag gebeten, zu kommen; ganz harmlos; nur von der nächtlichen Schönheit des Meeres hatte ich gesprochen, und wie wunderbar es wäre, wenn alles ganz still ringsum, am Ufer zu sein und in die große Dunkelheit hinauszublicken. Sie hatte nichts gesagt, aber ich wußte, daß sie kommen würde. Und nun sind wir am Strand gesessen, beinahe schweigend, unsere Hände ineinander geschlungen, und ich fühlte, daß Friederike mir gehören mußte, wann ich wollte. Wozu über das Vergangene reden, dachte ich – und ich wußte, daß sie von unserem ersten Wiedersehen an so gedacht. Sind wir denn noch dieselben, die wir damals waren? Wir sind so leicht, so frei; die Erinnerungen flattern hoch über uns, wie ferne Sommervögel. Vielleicht hat sie noch manches andere erlebt während der sieben Jahre, wie ich; – was geht es mich an? Jetzt sind wir Menschen von heute und streben zu einander. Sie war gestern vielleicht eine Unglückliche, vielleicht eine Leichtsinnige; heute sitzt sie schweigend neben mir am Meer und hält meine Hand und sehnt sich, in meinen Armen zu sein.

Langsam begleitete ich sie die wenigen Schritte bis zu ihrem Hause. Lange schwarze Schatten warfen die Bäume längs der Straße.

»Wir wollen morgen früh eine Fahrt im Segelboot machen«, sagte ich.

»Ja«, erwiderte sie.

»Ich werde an der Brücke warten, um sieben Uhr..«

»Wohin?« fragte sie.

»Zu der Insel drüben... wo der Leuchtturm steht, sehen Sie ihn?«

»O ja, das rote Licht. Ist es weit?«

»Eine Stunde; – wir können sehr bald zurück sein.«

»Gute Nacht«, sagte sie und trat in die Hausflur.

Ich ging. —— In ein paar Tagen wirst du mich vielleicht wieder vergessen haben, dachte ich, aber morgen ist ein schöner Tag.

Ich war früher auf der Brücke als sie. Das kleine Boot wartete; der alte Jansen hatte die Segel aufgespannt und rauchte, am Steuer sitzend, seine Pfeife. Ich sprang zu ihm hinein und ließ mich von den Wellen schaukeln. Ich schlürfte die Minuten der Erwartung ein wie einen Morgentrunk. Die Straße, auf die ich meinen Blick gerichtet hatte, war noch ganz menschenleer. Nach einer Viertelstunde erschien Friederike. Schon von weitem sah ich sie, es schien mir, als ginge sie rascher als sonst: als sie die Brücke betrat, erhob ich mich; jetzt erst konnte sie mich sehen und grüßte mich mit einem Lächeln. Endlich war sie am Ende der Brücke, ich reichte ihr die Hand und half ihr ins Boot. Jansen machte das Tau los und unser Schiff glitt davon. Wir saßen eng beieinander, sie hing sich in meinen Arm. Sie war ganz weiß gekleidet und sah aus wie ein achtzehnjähriges Mädchen.

»Was gibts auf dieser Insel zu sehen?« fragte sie.

Ich mußte lächeln.

Sie errötete und sagte: »Der Leuchtturm jedenfalls?«

»Vielleicht auch die Kirche«, setzte ich hinzu.

»Fragen Sie doch den Mann...« Sie wies auf Jansen.

Ich fragte ihn. »Wie alt ist die Kirche auf der Insel?«

Aber er verstand kein Wort deutsch; und so konnten wir uns nach diesem Versuch noch einsamer miteinander fühlen als früher.

»Dort drüben«, sagte sie und wies mit den Augen hin – »ist das auch eine Insel?«

»Nein«, antwortete ich, »das ist Schweden selbst, das Festland.«

»Das wär noch schöner«, sagte sie.

»Ja«, erwiderte ich – »aber dort müßte man bleiben können... lang... immer –«

Wenn sie mir jetzt gesagt hätte: Komm, wir wollen zusammen in ein anderes Land und wollen nie wieder zurück – ich wäre darauf eingegangen. Wie wir so auf dem Boote hinglitten, von der reinen Luft umspielt, den hellen Himmel über uns und um uns das glitzernde Wasser, da schien es mir eine festliche Fahrt, wir selbst ein königliches Paar, und alle früheren Bedingungen unseres Daseins abgefallen.

Bald konnten wir die kleinen Häuser auf der Insel unterscheiden; die weiße Kirche auf dem Hügel, der sich, allmählich ansteigend, der ganzen Insel entlang hinzog, bot sich in schärferen Umrissen dar. Unser Boot flog geradewegs der Insel entgegen. In unserer Nähe zeigten sich kleine Fischerkähne; einige, an denen die Ruder eingezogen waren, trieben lässig auf dem Wasser hin. Friederike hatte den Blick meist auf die Insel gerichtet; aber sie schaute nicht. In weniger als einer Stunde fuhren wir in den Hafen ein, der rings von einer hölzernen Brücke umschlossen war, so daß man sich in einem kleinen Teich vermeinen konnte.

Ein paar Kinder standen auf der Brücke. Wir stiegen aus und gingen langsam ans Ufer; die Kinder hinter uns; aber die verloren sich bald. Das ganze Dorf lag vor uns; es bestand aus höchstens zwanzig Häusern, die rings verstreut waren. Wir sanken fast in den dünnen, braunen Sand ein, den das Wasser hier angeschwemmt hat. Auf einem sonnenbeglänzten freien Platz, der bis ans Meer hinunterreichte, hingen Netze, zum Trocknen ausgebreitet; ein paar Weiber saßen vor den Haustüren und flickten Netze. Nach hundert Schritten waren wir ganz allein. Wir waren auf einen schmalen Weg geraten, der uns von den Häusern fort dem Ende der Insel zuführte, wo der Leuchtturm stand. Zu unserer Linken, durch ärmliches Ackerland, das immer schmäler wurde, von uns getrennt, lag das Meer; zu unserer Rechten stieg der Hügel an, auf dessen Kamm wir den Weg zur Kirche laufen sahen, die in unserem Rücken lag. Über all dem lag schwer die Sonne und das Schweigen. – Friederike und ich hatten die ganze Zeit über nichts gesprochen. Ich fühlte auch kein Verlangen darnach; mir war unendlich wohl, so mit ihr in der großen Stille hinzuwandeln.

Aber sie begann zu sprechen.

»Heute vor acht Tagen«, sagte sie...

»Nun –?«

»Da hab ich noch nichts gewußt... noch nicht einmal, wohin ich reisen werde.«

Ich antwortete nichts.

»Ah, ist's da schön«, rief sie aus und ergriff meine Hand.

Ich fühlte mich zu ihr hingezogen; am liebsten hätte ich sie in meine Arme geschlossen und auf die Augen geküßt.

»Ja?« fragte ich leise.

Sie schwieg und wurde eher ernst.

Wir waren bis zu dem Häuschen gekommen, das an den Leuchtturm angebaut war; hier endete der Weg; wir mußten umkehren. Ein schmaler Feldweg führte ziemlich steil den Hügel hinan. Ich zögerte.

»Kommen Sie«, sagte sie.

Wie wir jetzt gingen, hatten wir die Kirche im Auge. Ihr näherten wir uns. Es war sehr warm. Ich legte meinen Arm um Friederikens Hals; sie mußte ganz nahe bei mir bleiben, wenn sie nicht abgleiten wollte. Ich berührte mit der Hand ihre heißen Wangen.

»Warum haben wir eigentlich die ganze Zeit nichts von Ihnen gehört?« fragte sie plötzlich. – »Ich wenigstens«, setzte sie hinzu, indem sie zu mir aufschaute.

»Warum«, wiederholte ich befremdet.

»Nun ja!«

»Wie konnte ich denn?«

»O darum«, sagte sie. »Waren Sie denn verletzt?«

Ich war zu sehr erstaunt, um etwas erwidern zu können.

»Nun, was haben Sie sich eigentlich gedacht?«

»Was ich mir –«

»Ja –– oder erinnern Sie sich gar nicht mehr?«

»Gewiß, ich erinnere mich. Warum sprechen Sie jetzt davon?«

»Ich wollte sie schon lange fragen«, sagte sie.

»So sprechen Sie«, erwiderte ich tief bewegt.

»Sie haben es für eine Laune gehalten« – »o gewiß!« setzte sie lebhaft hinzu, als sie merkte, daß ich etwas entgegnen wollte – »aber ich sage Ihnen, es war keine. Ich habe mehr gelitten in jenem Jahr, als ein Mensch weiß.«

»In welchem?«

»Nun... als Sie bei uns... Warum fragen Sie das? – Anfangs habe ich mir selbst... Aber warum erzähle ich Ihnen das?«

Ich faßte heftig ihren Arm. »Erzählen Sie... ich bitte Sie... ich habe Sie ja lieb.«

»Und ich dich«, rief sie plötzlich aus; nahm meine beiden Hände und küßte sie – »immer – immer.«

»Ich bitte dich, erzähle mir weiter«, sagte ich; »und alles, alles...«

Sie sprach, während wir langsam den Feldweg in der Sonne weiterschritten.

»Anfangs habe ich mir selbst gesagt: er ist ein Kind... wie eine Mutter habe ich ihn gern. Aber je näher die Stunde kam, um die Sie abreisen sollten...«

Sie unterbrach sich eine Weile, dann sprach sie weiter:

»Und endlich war die Stunde da. – Ich habe nicht zu dir wollen – ich weiß nicht, was mich hinaufgetrieben hat. Und wie ich schon bei dir war, hab ich dich auch nicht küssen wollen – aber...«

»Weiter, weiter«, sagte ich.

»Und dann hab ich dir plötzlich gesagt, daß du gehen sollst – du hast wohl gemeint, das ganze war eine Komödie, nicht wahr?«

»Ich verstehe dich nicht.«

»Das habe ich die ganze Zeit gedacht. Ich habe dir sogar

schreiben wollen... Aber wozu?... Also... der Grund, daß ich dich weggeschickt habe, war... Ich hatte mit einemmal Angst bekommen.«

»Das weiß ich.«

»Wenn du das weißt – warum hab ich nie wieder von dir gehört?« rief sie lebhaft aus.

»Warum hast du Angst bekommen?« fragte ich, allmählich verstehend. »Weil ich glaubte, es wäre jemand in der Nähe.«

»Du glaubtest? Wie ist das?«

»Ich meinte Schritte auf dem Gang zu hören. Das wars. Schritte! Ich dachte, er wär es... Da hat mich die Furcht gepackt – denn es wäre entsetzlich gewesen, wenn er – oh, ich will gar nicht daran denken. – Aber niemand war da – niemand. Erst spät am Abend ist er nach Hause gekommen, du warst längst, längst fort.« –

Während sie das erzählte, fühlte ich, wie irgend etwas in meinem Innern erstarrte. Und als sie geendet hatte, schaute ich sie an, als müßte ich sie fragen: Wer bist du? – Ich wandte mich unwillkürlich nach dem Hafen, wo ich die Segel unseres Bootes glänzen sah, und ich dachte: Wie lange, wie unendlich lange ist es her, daß wir auf diese Insel gekommen sind? Denn ich bin mit einer Frau hier gelandet, die ich geliebt habe, und jetzt geht eine Fremde an meiner Seite. Es war mir unmöglich, auch nur ein Wort zu sprechen. Sie merkte es kaum; sie hatte sich in meinen Arm gehängt und hielt es wohl für zärtliches Schweigen. Ich dachte an ihn. Er hat es ihr also nie gesagt! Sie weiß es nicht, sie hat es nie gewußt, daß er sie zu meinen Füßen liegen sah. Er hat sich damals von der Tür wieder davongeschlichen und ist erst später... stundenlang später zurückgekommen und hat ihr nichts gesagt! Und er hat die ganzen Jahre an ihrer Seite weitergelebt, ohne sich mit einem Worte zu verraten! Er hat ihr verziehen – und sie hat es nicht gewußt!

Wir waren in der Nähe der Kirche angelangt; kaum zehn Schritte vor uns lag sie. Hier bog ein steiler Weg ab, der in wenigen Minuten ins Dorf führen mußte. Ich schlug ihn ein. Sie folgte mir

»Gib mir die Hand«, sagte sie, »ich gleite aus.« Ich reichte sie ihr, ohne mich umzuwenden. »Was hast du denn?« fragte sie. Ich konnte nichts antworten und drückte ihr nur heftig die Hand, was sie zu beruhigen schien. Dann sagte ich, nur um etwas zu reden: »Es ist schade, wir hätten die Kirche besichtigen können.«

– Sie lachte: »An der sind wir ja vorüber, ohne es zu merken!«

»Wollen Sie zurück?« fragte ich.

»O nein, ich freue mich, bald wieder im Boot zu sitzen. Einmal möchte ich mit Ihnen allein so eine Segelpartie machen, ohne diesen Mann.«

»Ich verstehe mich nicht auf Segeln.«

»Oh«, sagte sie und hielt inne, als wäre ihr plötzlich 'was eingefallen, was sie doch nicht sagen wollte. – Ich fragte nicht. Bald waren wir auf der Brücke. Das Boot lag bereit. Die Kinder waren wieder da, die uns beim Kommen begrüßt hatten. Sie sahen uns mit großen blauen Augen an. Wir segelten ab. Das Meer war ruhiger geworden; wenn man die Augen schloß, merkte man kaum, daß man sich in Bewegung befand.

»Zu meinen Füßen sollen Sie liegen«, sagte Friederike, und ich streckte mich am Boden des Kahnes aus, legte meinen Kopf auf den Schoß Friederikens. Es war mir recht, daß ich ihr nicht ins Gesicht sehen mußte. Sie sprach, und mir war, als klänge es aus weiter Ferne. Ich verstand alles und konnte doch zugleich meine Gedanken weiter denken.

Mich schauderte vor ihr.

»Heute abend fahren wir zusammen aufs Meer hinaus«, sagte sie. Etwas Gespenstisches schien mir um sie zu gleiten.

»Heut abend aufs Meer«, wiederholte sie langsam, »auf einem Ruderboot. Rudern kannst du doch?«

»Ja«, sagte ich. Mich schauderte vor dem tiefen Verzeihen, das sie schweigend umhüllte, ohne daß sie es wußte.

Sie sprach weiter. »Wir werden uns ins Meer hinaustreiben lassen – und werden allein sein. – Warum redest du nicht?« fragte sie.

»Ich bin glücklich«, sagte ich.

Mir schauerte vor dem stummen Schicksal, das sie seit so vielen Jahren erlebt, ohne es zu ahnen.

Wir glitten hin.

Einen Augenblick fuhr es mir durch den Sinn: Sag es ihr. Nimm dieses Unheimliche von ihr; dann wird sie wieder ein Weib sein für dich wie andere, und du wirst sie begehren. Aber ich durfte es nicht. – Wir legten an.

Ich sprang aus dem Boot; half ihr beim Aussteigen.

»Der Bub wird sich schon nach mir sehnen. Ich muß rasch gehen. Lassen Sie mich jetzt allein.«

Es war lebhaft am Strand; ich merkte, daß wir von einigen Leuten beobachtet wurden.

»Und heute abend«, sagte sie, »um neun bin ich... aber was hast du denn?«

»Ich bin sehr glücklich«, sagte ich.

»Heute abend«, sagte sie, »um neun Uhr bin ich hier am Strand, bin ich bei dir. – Auf Wiedersehen!«

Und sie eilte davon.

»Auf Wiedersehen!« sagte auch ich und blieb stehen. – Aber ich werde sie nie wiedersehen.

Während ich diese Zeilen schreibe, bin ich schon weit fort – weiter mit jeder Sekunde; ich schreibe sie in einem Coupé des Eisenbahnzuges, der vor einer Stunde von Kopenhagen abgefahren ist. Eben ist es neun. Jetzt steht sie am Strande und wartet auf mich. Wenn ich die Augen schließe, sehe ich die Gestalt vor mir. Aber es ist nicht eine Frau, die dort am Ufer im Halbdunkel hin und her wandelt – ein Schatten gleitet auf und ab.

Der Ehrentag

I

August Witte saß schon eine halbe Stunde im Kaffeehaus und hatte eine Menge Zeitungen vor sich liegen, die er nicht anschaute, als endlich Emerich Berger in großer Hast erschien.

»Na also«, rief ihm August entgegen, »kommst du endlich. Es ist wirklich die höchste Zeit. Alles läßt du einen allein machen.«

»Pardon«, sagte Emerich, indem er sich niedersetzte, »ich hab' noch einen Besuch machen müssen, da bin ich so schwer fortgekommen – ich hab' doch hoffentlich nichts versäumt? Ist doch schon alles arrangiert?« »Gewiß«, antwortete August mit leichtem Stirnrunzeln – »zum Glück bin ich ja da.«

»Also ist eigentlich nichts mehr zu tun, bevor die Geschichte angeht!«

»Jetzt nichts mehr. Ich hab' mir nur noch den Dobrdal herbestellt, um ihm die letzten Instruktionen zu geben.«

»Daher – hast du den Dobrdal bestellt?«

»Warum denn nicht? Er sieht sehr anständig aus. Und dann weiß doch ein jeder, daß er nicht zu uns gehört.«

Emerich nickte zustimmend, dann fragte er. »Was ist denn mit den Lorbeerkränzen?«

»Sind schon ins Theater geschafft.«

»Na, da ist ja alles in schönster Ordnung. – Und außer uns weiß keiner was davon, nicht wahr?«

»Niemand. Dem Fred werden wir's allerdings noch sagen, weil er ja mit uns in die Loge geht.«

Emerich schüttelte den Kopf.

»Glaubst nicht, wir sollten den Fred auch lieber... überraschen?«

»Ja, warum denn?«

»Weißt, ich mein' nur, der Fred ist manchmal so komisch; der ist am End' dagegen.«

»Da kann ich ihm nicht helfen. Wir werden uns wohl noch einen Spaß erlauben dürfen. Und die Verantwortung haben doch wir allein, was?«

»Freilich. Du allein.«

»Jawohl, ich allein. Auf so einen originellen Einfall wär' sowieso keiner von euch gekommen.«

»Freilich«, lächelte Emerich, »aber irgendwie steckt die Blandini dahinter, da möcht' ich drauf wetten, ... und zwar glaub ich –«

In diesem Augenblick begegnete er einem strengen Blicke Augusts, und statt weiterzusprechen, neigte er verlegen den Kopf hin und her, warf ein Stück Zucker in den Kaffee und begann leise zu pfeifen.

»Grüß euch Gott«, sagte Fred, der eben hereingetreten war, und reichte den beiden anderen jungen Leuten die Hand. »Ich danke dir sehr für das Logenbillett«, wandte er sich zu August, »nur möcht' ich mir die Frage erlauben: warum gehn wir denn noch einmal in diese irrsinnige Operette?«

»Wirst gleich hören«, erwiderte August; »da ist übrigens der Herr Dobrdal.«

»Wer?« fragte Fred.

»Sie, Marqueur«, rief August, »sehn Sie den Herrn, der dort beim Billard steht und grad' den Franz was fragt? Rufen Sie ihn daher zu uns.«

»Dobrdal?« wandte sich Fred fragend an Emerich. »Was bedeutet das? Wer ist Dobrdal?«

Emerich wies mit den Augen auf den Herrn, welcher, vom Kellner an den Tisch der jungen Leute gewiesen, eben herzutrat und sich verbeugte.

Es war ein kleiner Mann in braunem Mentschifkoff und mit einer Pelzmütze. Ein Zwicker baumelte ihm vorn an einem Bande hin und her.

August nickte ihm herablassend zu. »Guten Abend, Herr Dobrdal, lassen Sie sich vielleicht etwas geben?«

»Oh, es ist nicht notwendig.«

»Also nehmen Sie Platz.«

»Bin so frei.«

»Ich habe Sie gebeten, ins Kaffeehaus zu kommen, damit wir noch ein letztesmal... aber wollen Sie sich nicht doch etwas geben lassen? Da ist grad' der Kellner.«

»Bringen Sie mir eine Melange«, sagte Herr Dobrdal und nahm die Pelzmütze ab, die er auf den Tisch legte.

Emerich nahm sie vorsichtig in die Hand und legte sie auf einen Sessel.

»Danke sehr«, sagte Herr Dobrdal.

»Also«, begann August aufs neue, »wieviel Leute haben Sie drin?«

»Vierzig, und gut verteilt!«

»Auch im Parkett?«

»Natürlich, mit der Galerie allein machen wir nichts. Das Parkett ist doch das Wichtigste.«

»Und sehen Sie die Leute noch, bevor die Sache angeht?«

»Natürlich, ich hab' doch alle Sitze im Sack.«

»Das ist gut. Also hören Sie, Herr Dobrdal. Wir rekapitulieren noch einmal: Im ersten Akt – nichts. Ja, es wäre mir sogar angenehm, wenn nach Schluß des Aktes der Applaus lauer wäre als sonst.«

»Herr von Witte, das wird nicht gehn. Der Direktor besteht auf drei Hervorrufen.«

»Das ist mir unangenehm.«

»Aber wissen Sie was, Herr von Witte, das Parkett werd' ich feiern lassen nach dem ersten Akt.«

»Schön. Also jetzt kommt der zweite Akt – und über den müssen wir reden. Da ist zuerst der Chor.«

»Ich weiß doch, Herr von Witte.«

»Bitte, hören Sie nur. Nach dem Chor bleibt bekanntlich die Blandini allein auf der Szene und ist fürchterlich traurig; dann wirft sie sich auf den Diwan. In dem Augenblick tritt Herr Roland auf.«

»Und jetzt geht's los«, setzte Dobrdal hinzu.

»Roland?« rief Fred aus.

»Aber das ist ja der Witz«, sagte Emerich leise.

»Im Augenblick«, – fuhr August fort, »wo der Herr Roland auftritt – donnernder Applaus.«

»Schön«, sagte Dobrdal.

»In diesen Applaus«, sagte August, »mischen sich bereits Bravorufe; während der Applaus fortdauert, werden aus dem Orchester Kränze heraufgereicht. Jetzt hat der Roland zu sagen: Schöne Dame... oder schönes Weib... dieses Geschmeide sendet Euch mein Herr. Darauf hat die Blandini ihre Arie, während der steht der Roland an der Tür. Dann tritt die Blandini auf den Roland zu und gibt ihm das Geschmeide zurück.«

»Wie die Blandini schon ist«, bemerkte Emerich.

August betrachtete ihn düster. Emerich errötete; dann fuhr August fort: »Der Roland nimmt das Geschmeide und sagt: Was soll ich meinem Herrn ausrichten – oder sowas ähnliches. Darauf die Blandini: Nichts. – Nun verbeugt sich der Roland und geht ab. – Und jetzt: kolossaler Applaus.«

»Jubel«, setzte Dobrdal hinzu.

»Richtig: Jubel, Toben; Rufe: heraus – Und jetzt dürfen Sie Ihre Leute einfach nicht aufhören lassen, bis der Roland herauskommen und sich verbeugen muß. – Sie haben mich doch verstanden, Herr Dobrdal?«

»Herr von Witte, Sie können sich auf mich verlassen!«

»Somit«, schloß August, »sind wir vorläufig fertig.«

Dobrdal verstand, trank eilig den Rest seiner Melange aus, erhob sich, verbeugte sich und ging.

»Jetzt möcht' ich doch endlich wissen«, sagte Fred, »was das alles zu bedeuten hat.«

»Das werd' ich dir sagen«, erwiderte August.

»Bin neugierig«, sagte Fred.

Emerich horchte gespannt auf.

»Erstens«, fuhr August fort, »seh' ich überhaupt nicht ein, warum alles etwas zu bedeuten haben soll.«

Emerich schien enttäuscht, Fred lachte. »Und zweitens«, setzte August rasch und gereizten Tones hinzu, »wenn ihr zwei überhaupt die Fähigkeit hättet, der Sache auf den Grund zu gehen, so würdet ihr gar nicht fragen. Ich will ja nicht grad' behaupten, daß ich von vornherein an etwas anderes gedacht habe, als einmal einen guten Spaß in Szene zu setzen: aber es ist mehr, es ist etwas Gutes, etwas, ja, ich möchte sagen, Sinniges, was wir tun, indem wir einmal so einem armen Teufel eine Freud' machen, an den im allgemeinen kein Mensch denkt. Die Großen werden genug gefeiert; find' ich; aber zum Theaterspielen braucht man die Kleinen grad' so notwendig.«

»Das ist richtig«, warf Emerich ein.

»Darum hat mein Spaß einen tieferen Sinn, und wenn die Leut im Theater heut abends darauf eingehen, woran ja gar nicht zu zweifeln ist, und mitapplaudieren, so werden sie, vielleicht ohne es zu ahnen, in der Person des Herrn Roland all den kleinen Leuten eine Ovation bringen, die sie gewöhnlich vergessen.«

»Gewiß ohne es zu ahnen«, sagte Fred. »Denn du hast's ja auch vor fünf Minuten noch nicht geahnt, was du eigentlich für ein edler Mensch bist.«

»Der Emerich hat ganz recht gehabt«, bemerkte August rasch.

Emerich machte ein wichtiges Gesicht und fragte sich, worin er wohl recht gehabt hätte.

»Daß man dir nämlich überhaupt nichts erzählen soll«, fuhr August fort; worauf Emerich erschrak und Fred mit einer Art verständnisvoller Zärtlichkeit ansah.

»Du verdirbst einem zu allem die Laune«, sagte August.

»Ich versteh' dich wirklich nicht«, lachte Fred. »Du bist so erregt, als wenn du dich irgendwie getroffen fühltest. Alles Edle geschieht ja unbewußt, sonst wär' es gar nicht edel. Irgendeinem ordinären Kerl fällt ein Spaß ein, und er wird naturgemäß eine Gemeinheit, – dir fällt ein Spaß ein, und er wird naturgemäß eine gute Tat.«

August sah ihn mit einem bösen Blick an. »Wirst du uns vielleicht das Vergnügen rauben, in deiner Gesellschaft der Vorstellung beizuwohnen?«

»Durchaus nicht«, antwortete Fred harmlos; »außerdem hast du mich ja auch eingeladen, nachher mit dir, Emerich und der Blandini zu soupieren.«

»Ich hatte vergessen.«

»Aber ich nicht.«

Sie zahlten, verließen das Lokal und fuhren ins Theater. Emerich betrachtete auf dem Wege bald den einen, bald den andern und ahnte, daß hier zwei Menschen in irgendeinem wichtigen Punkt nicht ganz gleicher Ansicht wären. So faßte er sich, als sie ausstiegen und die Treppe zum Logengang hinaufschritten, ein Herz und sagte: »Kinder, seid's doch gescheit!...«

August antwortete nicht. Fred aber drückte Emerich die Hand und sagte: »Ich werde versuchen.«

Die Logentür wurde geöffnet, und den drei Freunden klangen die ersten Akkorde der Ouvertüre lustig entgegen.

2

Der erste Akt war zu Ende.

Friedrich Roland saß in der Garderobe, allein. Er war mit einem phantastischen Kostüm angetan – schwarzrotsamtenes Wams und dunkelblaue Trikots – und trug eine Perücke von herrlichen, kastanienbraunen Locken, auf der ein Barett saß. Den Degen hatte er über die Knie gelegt und starrte in den Spiegel, aus dem ihm sein jugendlich rot geschminktes Gesicht mit dem falschen Schnurrbart entgegensah. So saß er beinahe regungslos schon seit Beginn des Stückes da. Jetzt hörte er durch die geschlossene Tür die Schritte und Stimmen der Choristen, die an ihm vorüber von der Bühne in den Ankleideraum eilten; dann wurde es wieder still. Roland war froh, daß er allein war; die neue Operette war ihm beinahe lieb, weil von den zwei Kollegen, mit denen er sonst die Garderobe zu teilen hatte, keiner beschäftigt war. Das waren nämlich Menschen, mit denen er sich nicht verstand; zufriedene Leute, die ihre geringe Kunst seit jeher als brave Handwerker betrieben hatten und nichts von ihr verlangten als ein bescheidenes Auslangen, das sie ihnen auch gewährte. Roland wußte wohl, daß er heute als ihresgleichen gelten mußte, aber er fühlte zugleich, daß er in Wahrheit durchaus nicht zu ihnen gehörte. Er hätte was ganz anderes werden können, wenn er Glück gehabt hätte. Daran dachte er jetzt, als er geschminkt vor dem Spiegel saß; wie er Stunde für Stunde daran dachte. Noch heute, nach zehnjährigem Engagement an diesem Theater, konnte er es nicht ohne ein dumpfes Gefühl des Grolles und der Scham betreten, und niemals hatte er das zu verbergen gewußt. So hatten seine Kollegen bald mit dem feinen Spürsinn niederer Menschen herausgefunden, wo er am empfindlichsten zu treffen war, und jede Äußerung seines Wesens: die Art, wie er leise und müde zu reden, wie er langsam und scheinbar stolz einherzuschreiten pflegte, ja selbst eine gewisse Gewohnheit, den Kopf nach der Seite zu wenden und dabei die Augen halb zu schließen, wurden als komische Zeichen seiner Unzufriedenheit gedeutet. Ob er einmal Talent gehabt, das wußte man nicht, auch war nie die Rede davon gewesen: die Rollen, in denen er seit Jahren auftrat, waren die von Pagen, Dienern, Knechten, Verschworenen, die ohne nähere Bezeichnung auf dem Zettel standen; ja meistens war er zweiter Knecht oder dritter Verschworener. Es war kein Grund anzunehmen, daß er mehr Anlaß hatte, sich zu beklagen, als einer von den anderen, die zu gleichen Rollen auserlesen waren wie er; sie sahen auf eine ähnliche Vergangenheit zurück wie Roland und hatten auf kleinen Bühnen vor Jahren erste Helden, Liebhaber oder Intriganten gespielt. Vielleicht war auch mancher unter ihnen, der sich mit schmerzlichen Empfindungen jener Zeit erinnerte; vielleicht wäre diese schmerzliche Erinnerung auch manchem anzumerken gewesen; aber alle Scherze, alle Bosheiten kamen an ihn herangeflogen, weil man sah, daß er am meisten darunter litt. Anfangs hatte er sich zu wehren gesucht; er wollte Neckereien erwidern, aber er war zu ungeschickt gewesen; er wollte grob werden, aber er hatte nicht den rechten Mut dazu gefunden. So begann er, sich alles ruhig gefallen zu lassen, wurde verschlossen, und man hörte oft tagelang kein Wort aus seinem Munde. Auch das paßte so gut wie alles andere zu dem Bild, das nun einmal von ihm feststand; auch das war der komische Stolz des »verkannten Genies«. Sein Ruf war allmählich über den engen

Kreis hinausgedrungen, in dem er wirkte; alle Welt, die in der Stadt sich für das Bühnenleben interessierte, kannte seinen Namen, um den so viele Scherze schwirrten; die Reporter in ihren geistsprühenden Notizen, das Publikum in seinen witzigen Gesprächen bediente sich des Namens Roland, um den Typus des unbedeutenden, aber eingebildeten Mimen kurz zu bezeichnen. So war dieser Name in seiner Art populär geworden, und in einem andern Sinne, als Roland früher einmal gehofft, schien seine Sehnsucht nach Ruhm in Erfüllung zu gehen. Nun war er so weit, daß er die Unbekannten beneidete. Alle die durften noch hoffen, daß ihr Schicksal eine erfreuliche Wendung nähme; sie konnten irgendeinmal aus ihrem Dunkel in eine würdige Beleuchtung heraustreten. Ihm war das für alle Zeit versagt. Vor zwei Jahren hatte er das letztemal den Mut gehabt, den Direktor um eine anständige Rolle zu bitten. Der hatte ihn lachend abgewiesen, und Roland hatte ihn verstanden. Dann dachte er noch einmal, ein letztes, daran, die Stadt zu verlassen, um wieder in die Provinz hinauszuwandern, wo er in den ersten zehn Jahren seiner Laufbahn umhergezogen; aber die Agenten erklärten alle, es sei zu spät, und die Erfahrungen, die er seinerzeit als Heldenspieler in kleinen böhmischen und mährischen Städten gesammelt, waren auch nicht ermutigend genug, um ihm die nötige Energie zu verleihen, es auf eigene Faust zu versuchen. So war es das beste, sich zu bescheiden, und wie andere stille Arbeiter sein Tagewerk zu verrichten, um doch zu leben. Er war sehr einsam geworden; weder mit den Großen noch mit den Kleinen mochte er zu tun haben. Früher war er regelmäßig nach dem Theater in ein Wirtshaus gekommen, wo eine harmlose Gesellschaft von Theaterbediensteten und kleinen Bürgern sich zusammenfand, die stolz waren, mit Leuten von der Bühne zu verkehren. Aber auch hier hatte es an Späßen nicht gefehlt, wenn Roland erschien; manches herzliche Wort, mit dem er begrüßt wurde, faßte er in wachsendem Mißtrauen als spöttisch gemeint auf, und so konnte es ihm auch dort schon lange nicht mehr behagen. Er ging jetzt nur mehr hin, wenn er vorher anderswo allein ein paar Glas Wein getrunken hatte; da wurde es ihm leichter, an die

Freundlichkeit der Menschen zu glauben, und selbst kleine Bosheiten nahm er dann mit Gleichmut hin. Ja, er erlebte dann sogar Augenblicke, in denen seltsame Hoffnungen einer großartigen Wandlung in ihm emportauchten; er hielt Zufälle für möglich, die ihn mit einemmal an einen andern Platz stellen konnten, und durfte allen Spott verachten, der ihn laut und leise umklang... Da ihm aber auch der Wein diese Stimmungen nur selten gab, ging er meist als ein tief Verletzter herum, dem nie Genugtuung werden konnte. Früher hatten kleine Abenteuer mit Frauen die letzten Jugendschimmer in sein Leben gebracht; aber seit ein paar Jahren war auch das vorbei, und zärtlichen und fragenden Blicken, die noch zuweilen auf ihm ruhten blieben, glaubte er nicht mehr. Seit ein paar Wochen geschah es manchmal, daß er auf dem kleinen Tisch in seiner Garderobe Veilchen fand; er forschte gar nicht, woher sie kamen; gewiß war es ein Scherz, wie man sie schon manchmal an ihm verübt hatte; ein Scherz, wie die süßen Briefchen, mit denen man ihn zu Stelldicheins gelockt, wo entweder niemand erschienen war oder der Souffleur oder gar ein paar Damen vom Chor, die sich köstlich über sein verdutztes Gesicht amüsiert hatten.

Die Veilchen waren auch heute wieder da; er hatte sie gar nicht angerührt. Und wenn sie selbst ernst gemeint waren, was lag ihm daran? – Er war so schwer bedrückt, daß ihm keine Freude mehr werden konnte. Er spürte nichts mehr als seine Einsamkeit und seine Lächerlichkeit. Manchmal fuhr ihm durch den Sinn: wie soll das enden? Und da kamen ihm sonderbare Einfälle, die er immer wieder von sich wies. Nur einmal hatte er eine Idee gehabt, die ihn längere Zeit festhielt: Er wollte es nämlich in die Zeitung geben, wie ihn die Leute quälten, und einen Appell an das Publikum erlassen, der mit den Worten anfangen sollte: Ihr edlen Menschen! Er hatte ihn einmal zu schreiben angefangen, hier in der Garderobe, denn sein Tisch zu Hause wackelte immer – aber er war ihm nicht gelungen. Es kam ihm vor wie ein Bettelbrief. Und dann hätten sie doch gelacht. Etwas anderes war ihm später eingefallen. Er wollte einmal mit der Blandini, der Primadonna des Theaters, die zuweilen auf der Probe ein paar gute Worte mit ihm sprach, ernstlich reden; er wollte ihr vorstellen, daß er doch eigentlich gar nicht so komisch war, wie die Leute sich immer einbildeten, aber... er wagte es nicht. Und dann war ihm einmal, als er vom Wirtshaus ein wenig betrunken in der Nacht nach Hause ging, etwas ganz Tolles in den Sinn gekommen: er wollte bei nächster Gelegenheit mitten auf der Szene auf die Kniee fallen und geradezu zu beten anfangen: O edle Menschen – und ihnen sein ganzes Leid klagen und sein Elend; und er wußte, daß er da wunderbare Töne finden würde, denen niemand widerstehen könnte; man müßte bei dieser Gelegenheit sogar erkennen, daß er ein großer Schauspieler war, und viele würden weinen und er selbst vielleicht mit ihnen. – Dieser Einfall kam ihm öfters wieder, aber nicht wie etwas, woran man ernsthaft denken dürfte, sondern wie die Erinnerung an einen lebhaften und schönen Traum.

Die Klingel, die ihn auf die Bühne rief, schrillte. Er stand auf, trat auf den Gang und schritt gemächlich die zehn Holzstufen hinab. Nun stand er hinter den Kulissen. Einige Choristen sagten ihm guten Abend. Roland ging ein paar Schritte weiter und stellte sich knapp hinter die Tür, aus der er auf die Szene hinaustreten sollte. Er hörte die Blandini singen; er erwartete sein Stichwort... So... jetzt war es da; der Inspizient, der neben ihm stand, gab ein Zeichen; zwei Arbeiter zu beiden Seiten öffneten die Tür, und Roland trat auf die Bühne. Aber es war etwas zu früh. Der Inspizient hatte voreilig das Zeichen gegeben, die Tür zu öffnen. Denn eben hatte sich ein starker Applaus erhoben, der offenbar der Blandini galt. Ihre Beliebtheit wächst noch immer, dachte er, selbst nach den paar Takten ein solcher Beifall!... Das wollte ja gar nicht aufhören. – Und Roland sah unwillkürlich die Blandini an, die anfangs ins Publikum hinausgeschaut hatte und sich jetzt zu ihm wandte. Er hörte sie flüstern: »Verstehen Sie das?« ... Und der Applaus wurde immer stärker. Roland blickte auf die Galerie... Plötzlich glaubte er ganz deutlich unter den Bravorufen auch seinen Namen zu hören... Ah – er hatte sich gewiß getäuscht. Die Blandini sagte: »Hören Sie?« Roland antwortete: »Ja.« »Ihr Name«, sagte die Blandini... Der Applaus dauerte in gleicher Stärke fort. Und die Rufe »Roland« wurden immer lauter. »Was ist das?« dachte Roland. »Bin ich wahnsinnig geworden? Träum' ich?« »Reden Sie«, flüsterte die Blandini. – »Was?« fragte Roland verwirrt. – »Nun, Ihre Worte... vom Geschmeide.« – Und Roland begann zu sprechen: »Schöne Dame, dieses Geschmeide...« Aber er drang nicht durch. Der Applaus dauerte fort; einige Zischlaute mischten sich drein, worauf er noch lärmender wurde. »Kränze«, sagte die Blandini. Und Roland, in der Überzeugung, sie seien für die Blandini bestimmt, eilte zur Rampe vor, bückte sich und nahm einen riesigen Lorbeerkranz, den er sofort der Sängerin überreichen wollte. Aber sie flüsterte: »Für Sie.« – Er verstand es nicht; da fiel sein Auge auf die Schleifen, und er erblickte seinen Namen. Eine Sekunde lang ging jetzt etwas ihm selbst Unbegreifliches in ihm vor; er dachte: »Ich bin ein großer Schauspieler. Das merken alle Menschen, trotzdem ich die nichtigste Rolle spiele«; er nahm mechanisch die eine Schleife in die linke Hand – er las: »Dem genialen Mimen Roland die dankbare Mitwelt...« Und plötzlich hörte er im Saale ein stürmisches Gelächter schallen; er ließ die Schleife aus der Hand fallen, – er sah ins Publikum, sah tausend hocherhobene klatschende Hände, und die Gesichter der Leute leuchteten vor Vergnügen.... Er verstand es nicht. Man lachte lauter, immer lauter. Plötzlich verstand er es. Und es war ihm, als wenn er niedersinken müßte und sein Gesicht verstecken, denn man lachte ja über ihn... man höhnte ihn aus... Das ganze Publikum war in diese rasende Fröhlichkeit geraten über den Einfall – ihn, Herrn Friedrich Roland, zu feiern. Er fühlte es: nun war für ihn der Gipfel des Ruhmes erreicht... er fühlte es so tief, daß er nichts mehr sah und hörte und in die lärmende Menge wie ins Stille und Leere starrte. Und – mit einem Male, als hätte er es damit erzwungen – war es wirklich still. Und er wußte, daß er seine Worte noch nicht gesprochen; vielleicht auch hatte ihm die Blandini zugeflüstert, daß er sprechen sollte. Und er sagte, ohne mit der Stimme zu zittern, indem er der Sängerin ruhig ins Gesicht sah: »Schöne Dame, dieses Geschmeide sendet Euch mein Herr.« – Die Blandini nahm das

Geschmeide und sah ihn mit einem sehr langen Blicke an, er mußte denken: Diese Nuance hat sie in den früheren Vorstellungen nicht gebracht und fragte sich: Warum?... Da hörte er sie zu ihm sagen: »Machen Sie sich nichts daraus.« Jetzt merkte er, daß das Orchester bereits wieder spielte; die Einleitungsakte der Arie waren vorbei; die Blandini mußte einsetzen, sie sang. Es war eine unendlich lange Arie. Roland stand an der Tür und hörte die wohlbekannten Töne, und die Blandini sang immer weiter, es war, als wenn sie stundenlang sänge. Roland empfand nichts, nur ging die Bühne auf und nieder, gleichmäßig, und ein Summen von tausend kleinen Stimmen ohne Sinn war in seiner Nähe; aber die Arie der Blandini klang hell, als wenn sie durch die Wände dringen müßte, hinaus ins Freie, und Roland war es, als ob man das Lied jetzt überall in der Welt zugleich hören könnte, wenn man nur recht aufpaßte. Es war gut von ihr, daß sie so lange sang, denn er hatte Angst vor dem Ende der Arie; er erinnerte sich, wie damals, bevor sie begonnen, das Klatschen und Gelächter getönt. Das würde sicher wieder kommen... und er fühlte, er müßte stark werden, um das noch einmal ertragen zu können – es war entsetzlich gewesen. – Die Arie war aus. Die Blandini reichte ihm den Schmuck. Und Roland fragte: »Was meld' ich meinem Herrn?« – Und die Blandini sagte: »Nichts.« – Sie sagte es mit einem Zittern der Stimme wie niemals früher. Dabei sah sie ihn mit flehenden Augen an, als wollte sie ihn dabehalten auf der Szene, und er mußte doch abgehen. Er verbeugte sich, die Tür wurde geöffnet, er tat einen Schritt hinaus – da fing es so an wie vorher: »Bravo! Roland! Roland! Bravo!« Er stand bereits hinter der Szene, neben ihm der Inspizient, ein paar Choristen, die sich herzugedrängt hatten. Auch der jugendliche Komiker war da. »Meisterleistung«, sagte er zu Roland. Der Direktor trat hinzu. »Ja, was heißt das? Sind die Leute toll? Wissen Sie, Roland, was das zu bedeuten hat?« – Roland schüttelte den Kopf. »Ja, was machen wir denn?« rief der Direktor. »Die klatschen draußen weiter. Es bleibt nichts übrig, Sie müssen hinaus, sich verbeugen«, sagte der Direktor. »Ja«, sagte Roland. Jetzt merkte er, daß er den Kranz noch immer in der Hand hielt; er wollte ihn fallen lassen. »Der bleibt«, sagte der Direktor; »das wirkt ganz gut. Auf!« rief er. Die Tür flog auf, und Roland trat auf die Szene. Die Bravorufe verstärkten sich; helles Lachen tönte mit. Der Komiker sagte zum Direktor: »Meiner Ansicht nach handelt es sich um eine Wette.« – »Möglich«, antwortete der Direktor, »so kommt jeder einmal zu seinem Ehrentag.« –

Roland trat wieder zurück, die Tür wurde geschlossen. Er ließ den Kranz fallen; er wollte langsam in die Garderobe gehen. Ein paar Mädel vom Chor wollten ihm scherzend die Hand drükken, aber er sah sie nicht und ließ seine Arme schlaff herunterhängen. Da fühlte er sich von rückwärts gehalten. »Sie müssen noch einmal heraus, die Leute geben keine Ruh!« Roland wandte sich um, trat wieder auf die Szene, verbeugte sich tief. Er schien sich mit so viel Humor in seine Rolle zu finden, die man ihm nun einmal zugedacht, daß das Lachen im Publikum immer heiterer und herzlicher klang; viele hatten ihn in diesem Augenblick lieb. Ihm fuhr plötzlich wieder jener Traum durch den Sinn, und er fragte sich, ob nicht jetzt der richtige Moment wäre, auf die Kniee zu fallen und zu rufen: Ihr edlen Menschen! Gnade! Gnade! ... Aber er wußte, da unten war keine Gnade. Und mitten in dem Jubel, dem Lachen, das ihn umtoste, kam es wie eine furchtbare Verlassenheit über ihn, daß ihm das Herz stillestand. Als er abging, warf er einen Seitenblick auf die Blandini. Sie hatte Tränen im Auge und schaute an ihm vorbei. Jetzt war der Lärm draußen vorüber; der Direktor klopfte Roland auf die Schulter und sagte lachend: »Ehrentag.« Viele standen hinter den Kulissen bereit, Schauspieler, Choristen, Arbeiter, und hatten Lust, den Spaß aus dem Zuschauerraum hier fortzusetzen; aber Roland ging mit gesenktem Kopf vorbei und sah und hörte sie nicht. Er ging langsam die sieben Stufen hinauf, schlich durch den Gang, öffnete die Tür seiner Garderobe, trat ein; dann sperrte er die Tür ab. Das Schloß knarrte hinter ihm, und unten das Spiel ging weiter.

3

Seit einer Stunde saßen die drei jungen Leute in dem Cabinet particulier und warteten. Die Blandini war noch nicht da.

»Sie wird gar nicht kommen«, sagte Fred.

»Das ist unmöglich«, antwortete August. »Wir haben es gestern miteinander ausgemacht, und außerdem hab' ich ihr heut nachmittags geschrieben.«

»Weißt du, was ich finde?« bemerkte Emerich.

»Nun?« fragte August.

»Wir müßten dem Roland...«

»Fang' mir nicht wieder davon an, der Spaß ist vorbei, die Leute haben sich amüsiert, es war was Neues – und jetzt... Schluß.«

»Ja, schon gut«, sagte Emerich. »Aber ich mein', wir sollten ihm, dem Roland, morgen was schicken.«

»Geld?« fragte Fred.

»Freilich, Geld, es gehört sich eigentlich, findst nicht, Gustl?«

»Das können wir ja tun«, antwortete August kurz.

Fred sah vor sich hin. Alle schwiegen. Plötzlich stand August auf. »Ich fahre hin.«

»Ins Theater?« fragte Emerich.

»Nein. Zu ihr. Im Theater kann sie ja nicht mehr sein, das ist ausgeschlossen.«

»So hältst du es doch für möglich, daß sie deine Einladung vergessen hat?«

»Was willst denn immer«, sagte August ärgerlich, indem er den Winterrock anzog.

»Kommst du bestimmt zurück?« fragte Emerich.

»Ja, bestimmt; mit ihr. Auf Wiedersehen.«

Er entfernte sich rasch. Er mußte an der Tür der anderen kleinen Zimmer vorbei; aus einem klang ihm ein Walzer nach, den irgendein unmusikalischer Mensch auf einem harten Klavier schlecht spielte. August trat ins Freie. Die Straße war still, aber nicht dunkel. Der Schnee, der auf der Straße lag, verbreitete eine matte, gleichmäßige Helligkeit. Noch immer schneite es in großen, langsamen Flocken. August Witte entschloß sich, zu Fuß zu gehen, er fühlte, daß er erregt war, und hoffte, daß ihn die milde, weiße Nacht beruhigen würde. Er hatte einen Moment Lust, für seine üble Stimmung Fred verantwortlich zu machen, der mit seiner ablehnenden, beinahe höhnischen Art den ganzen Abend von Anfang an verdorben hatte.

Freilich, daß die Blandini ausgeblieben war, das konnte er Fred nicht zum Vorwurf machen, so gern er es auch getan hätte – dafür mußte ein anderer Grund da sein. Wahrscheinlich war sie bös auf ihn; schön. – Im übrigen, hatte er denn was anderes wollen? Es wäre ihm gar nicht eingefallen, den Streich von heute abend auszusinnen und auszuführen, wenn ihn nicht die Blandini selbst dazu gereizt hätte, die seit einiger Zeit von diesem armseligen Statisten zu behaupten pflegte, er hätte den interessantesten Kopf, den sie je gesehen, und hätte sicher viel mehr Talent als alle anderen. Anfangs war es wohl nur ein Scherz gewesen, wenn sie das sagte; aber als August unvorsichtigerweise zu widersprechen anfing, beharrte sie eigensinnig auf ihrer Meinung, bis sie endlich erklärte, aus August spräche die Eifersucht. – Das machte ihn ganz wütend. Auf Herrn Roland eifersüchtig! – Ah, er wußte schon ganz gut, auf wen er eifersüchtig zu sein hatte. Der Komiker mußte von allem Anfang an als Rivale hingenommen werden; daran war nichts zu ändern... aber über diesen Herrn Roland wollte er sich wahrhaftig nicht weiter ärgern. Jedesmal nahm er sich vor, nicht mehr von ihm mit der Blandini zu reden – und kaum war er fünf Minuten mit ihr zusammen, so fing der Zank wieder an. – Er fühlte, daß es nicht klug war; er trieb die Blandini geradezu in das hinein, was er längst fürchtete. – Jetzt, wie er so durch die Straßen eilte, wußte er, was er fürchtete. Jetzt wußte er, daß der Anlaß zu dem Streich von heute abend nicht die Lust am Spaß gewesen war; auch nicht die Absicht, dem Herrn Roland eine besondere Freude zu machen, obwohl er fest davon überzeugt war, daß Herr Roland erfreut sein werde, nein – er hatte die stille Hoffnung gehegt, daß er den kleinen Schauspieler für die Blandini lächerlich und unmöglich machen, daß sie über den lustigen Einfall Augusts lachen und sie nachher bessere Freunde sein würden als je; mit diesem Scherz dachte er Herrn Roland für die Blandini endgültig dahin zu verweisen, wo sein Platz war. Er hatte sich vor Beginn des Theaters vorgestellt, daß sie ihm vor seinen Freunden um den Hals fallen und ihm wie in früheren, glücklichen Zeiten sagen würde: »Du bist doch mein süßes und gescheites Afferl!« Aber schon im Theater hatte er gemerkt, daß die Sache anders auszufallen schien, als er gewünscht. Während des Applaussturmes nach dem Eintreten des Roland hatte die Blandini einen bösen Blick in die Loge geworfen, wo er mit seinen zwei Freunden saß, und als Roland zum letztenmal abging, hatte sie die Augen so verloren nach jener Tür gerichtet, daß August einen mächtig anwachsenden Zorn im Herzen fühlte. Und jetzt, je näher er dem Hause kam, in dem die Blandini wohnte, um so weniger verhehlte er sich, wovor er in Wahrheit zitterte: ... sie beide zusammen zu finden. Er beschleunigte die Schritte – noch um diese Ecke – und er stand vor dem Haustor. Es war eine der breiten Straßen hinter dem Ring; ringsum war kein Mensch zu sehen. Er lauschte und hörte über das beschneite Pflaster das gedämpfte Geräusch eines heranrollenden Wagens; seine Hand, die eben die Klingel drücken wollte, hielt inne, und er wartete.

Der Wagen fuhr um die Ecke, hielt vor dem Haustor. Er kannte ihn gut, er hatte ihn ja selbst für die Blandini gemietet. Rasch trat er beiseite; es war ihm, als wäre seine ganze Erregung geschwunden. Denn er war fest überzeugt, daß sie im nächsten Moment mit Roland aus dem Wagen steigen würde – und dann war eben alles entschieden und alles aus. – Der Schlag öffnete sich, eine Dame stieg aus dem Wagen und schlug die Tür hinter sich zu. Es war die Blandini. August eilte herbei und schaute rasch durch das Fenster in den Wagen hinein. Er war leer. August atmete auf. Dann rief er: »Albine!« – Sie wandte sich rasch um, im Moment, da sie ihn erkannte, machte sie einen Schritt auf ihn zu. »Traust du dich her?«

»Ah, das ist gut«, rief August, der sich plötzlich seiner Rechte neu bewußt wurde, »ob ich mich trau? Wo steckst du denn? Was machst denn du? Ich wart' zwei Stunden auf dich! Was heißt denn das?«

»Mein Lieber, du kannst lang warten«, sagte die Blandini, »wir zwei sind fertig miteinander.«

»Warum?«

»Fragst noch?«

»Erstens schrei nicht; der Kutscher braucht das nicht zu wissen – und zweitens –«

In diesem Augenblick öffnete sich die Haustür; die Blandini eilte in den Flur und schlug die Tür hinter sich zu. August bebte vor Zorn. Aber er wollte sich vor dem Kutscher und dem Portier nicht blamieren und blieb ganz ruhig stehen. Er überlegte. Was sollte er tun? Warten? – Ihr nacheilen? – Sich der Gefahr aussetzen, von ihr nicht empfangen zu werden? Bis zum Morgen da auf- und abgehen? Ihr in der Früh auf der Straße einen Skandal machen? Er war so zornig, daß er sein eigenes lautes, beinahe schnaubendes Atmen hörte. – Nach zwei Minuten öffnete sich das Haustor von neuem, und Albine erschien.

Sie eilte zum Wagenschlag und rief dem Kutscher etwas zu. August eilte ihr nach und packte sie beim Arm. »Wohin?«

»Was gehts dich an?« Sie machte sich los von ihm und sprang in den Wagen; er ihr nach.

»In meinem Wagen werd' ich doch wohl mitfahren dürfen«, stieß er zwischen den Zähnen hervor.

»Bitte.«

Der Wagen rollte fort.

»Darf ich um Aufklärung bitten?« fragte August.

Sie antwortete nicht.

»Woher bist du gekommen?«

Sie schwieg.

»Warst du mit ihm?«

»Nein«, sagte sie; »aber ich such' ihn.«

»Was?«

»Ja.«

»Bist du seine Geliebte?«

»Nein; aber verlaß dich drauf, heute werd' ich's noch.«

August fuhr mit der Hand nach der Signalpfeife für den Kutscher.

Sie zog ihm heftig den Arm herunter.

August schaute durchs Fenster hinaus: sie fuhren über den Ring.

Albertine sah ihn von der Seite an.

»Interessiert's dich, wohin wir fahren?«

August bebte und erwiderte nichts. Sie sprach weiter; grausam und mit Behagen.

»Ich habe nach dem Theater auf ihn gewartet; aber er war schon fort..... dann bin ich in seine Wohnung, aber er war nicht zu Haus. Dann bin ich in das Wirtshaus, wo er manchmal hinzugehen pflegt; – da war er auch nicht. Und weißt du, warum ich jetzt bei mir zu Haus war? Weil ich überall, bei ihm und auch im Wirtshaus den Auftrag gegeben habe, man soll ihn sofort zu mir schicken. Und jetzt fahren wir ins Theater, weil ich keine Ruh' hab', bevor ich ihn find', – verstehst du?«

August sprach kein Wort; aber er hätte sie gern erwürgt.

Der Wagen rollte über die Donaubrücke, noch ein paar Minuten und er hielt in einer schmalen Gasse, an der kleinen Hintertür des Theatergebäudes, die zur Bühne führt. Die Blandini sprang aus dem Wagen; August ihr nach. Die Tür war längst verschlossen. Ein Gewölbewächter, der eben vorbeiging, sah neugierig die junge Dame an, die um Mitternacht hier an der Glocke zog. Nach ein paar Sekunden wurde die kleine Tür geöffnet, und der Portier erschien mit einer Laterne in der Hand.... »Jessas, Fräulein Blandini, was ist denn? Was ist denn gescheh'n? Haben S' was da vergessen?«

»Leuchten Sie mir nur.«

August stand hinter ihr.

»Der Herr hat nichts da zu tun«, sagte die Blandini, »sperren Sie zu.«

Sie stieß August zurück, schloß selbst die Tür, und der Portier versperrte sie. Während sie mit dem Portier durch den schmalen niederen Gang eilte, der zur Bühne führte, fragte sie ihn: »Haben sie den Roland weggehen gesehen?«

Der Portier dachte nach. »Ja, Fräulein, jetzt ist sicher niemand mehr in der Garderobe. Vor zwei Stunden hab' ich schon zugesperrt.«

»Haben Sie ihn weggehen gesehen?« wiederholte sie beinahe flehend.

Sie standen nun auf der großen, dunklen Bühne. Von der Laterne, die der Portier in der Hand hielt, fiel ein Lichtkegel auf den weißen Souffleurkasten. Die Kulissen, zu beiden Seiten im Dunkel, schienen ins Unermeßliche hinaufzuwachsen. Der eiserne Vorhang stand da wie eine Riesenwand.

»Ja..... gesehen.....« sagte der Portier. ».....ich weiß mich wirklich nicht zu erinnern, ich bitt' schön, Fräulein, es gehen da so viel' Leut an einem vorbei, man schaut doch nicht einen jeden an; nicht wahr?«

Die Blandini blieb noch einen Moment nachsinnend stehen, dann eilte sie rasch über die Bühne bis hinter die Kulissen, zu der kleinen Stiege. Sie setzte den Fuß auf die ersten Stufen.

»Aber Fräulein«, rief der Portier, der ihr mit der Laterne nacheilte, »da ist ja die Herrengarderobe.«

Sie antwortete nicht; sie eilte so rasch hinauf, daß sie oben plötzlich im Dunkel stand und auf den nachstolpernden Mann mit der Laterne warten mußte. Sie holte tief Atem. Als der Portier wieder bei ihr war, und ein schwacher Lichtschimmer den Gang erhellte, fragte sie: »Wo ist die Garderob' vom Roland?«

»Ja Fräulein, das weiß ich selber nicht, ich komme ja nie da herauf. Aber da oben sind die Namen angeschrieben.«

Sie nahm ihm die Laterne aus der Hand und versuchte aufs Geratewohl, die erste Tür zu öffnen.

»Fräulein, das geht nicht, s' ist ja zugesperrt. Die Herren sperren meistens zu beim Fortgehen. Und das ist ja gar nicht die von Herrn Roland.«

Fräulein Blandini eilte weiter; bei einer Tür nach der anderen hob sie die Laterne höher, um die Namen zu lesen. Endlich war sie bei der rechten. Ein weißer Bogen klebte dort; drei Namen standen darauf: Engelbert Brunn, Oswald Friedemann, Friedrich Roland. Sie griff nach der Türschnalle, aber auch diese Tür war verschlossen.

Der Portier schüttelte den Kopf. »Schau'n S', Fräulein, wenn Sie da drin was vergessen haben, da kommt ja nichts weg, morgen ist's auch noch da.«

»Sie... Sie...« wandte sich die Blandini an ihn, »der Roland ist ja nach dem zweiten Akte fertig, er muß doch früher fortgegangen sein als die anderen, da hätten Sie ihn doch sehen müssen?«

»Ja, Fräulein, es ist möglich, daß ich ihn gesehen hab', wie man halt einen sieht; aber ich weiß mich nicht zu erinnern.«

Die Blandini blieb ein paar Augenblicke ratlos stehen. Plötzlich fiel ihr etwas ein. Sie suchte in ihrer Tasche und atmete erleichtert auf. Vielleicht paßt er, flüsterte sie und hielt ihren eigenen Garderobeschlüssel in der Hand. Sie gab dem Portier die Laterne wieder zu halten, und hastig versuchte sie den Schlüssel. Er paßte. Sie drehte ihn ein-, zweimal im Schlosse um; sie drückte auf die Schnalle, die Tür ging auf. – Ihr gegenüber gerade am Fenster schien eine ungeheuer lange Gestalt zu lehnen. Es ist ein Kostüm, dachte sie im ersten Augenblick. Sie riß dem Portier die Laterne aus der Hand, hielt sie hoch, – schrie auf. »Um Gotteswillen«, rief der Portier und stürzte zum Fenster hin. Es war, als stände Herr Friedrich Roland lebendig dort, seine Arme hingen schlaff herab, der Kopf fiel tief auf die Brust herab. Er war im Kostüme, das er abends getragen; sogar den falschen Schnurrbart hatte er noch; nur die Perücke war fort, und seine dünnen, straffen, grauen Haare starrten zerzaust.

»Aufgehängt hat er sich«, stieß der Portier hervor.... »aufgehängt.« Er stellte die Laterne auf das Tischchen zu den Schminktöpfen und der Perücke. Dann griff er nach den Händen des Toten und fuhr längs der Arme bis zum Hals hinauf... »Mit dem Schnupftüchel«, sagte er. »Ja, was sollen wir denn tun, Fräulein?«

Die Blandini stand regungslos und starrte den Leichnam an.

»Wissen Sie, Fräulein«, sagte der Mann, »ich werd' vielleicht den Herrn von unten heraufholen, und ich geh' unterdessen zur Polizei, die Anzeige machen.«

Jetzt zuckte die Blandini leicht zusammen, dann antwortete sie leise: »Ja, geh'n Sie zur Polizei, ich bleib da... aber dem Herrn unten sagen Sie, er soll fortgehen, schnell fortgehen soll er, daß ich ihn nimmer seh', sagen Sie ihm das, und wenn ich ihn noch unten treff', sagen S' ihm, spuck' ich ihm ins Gesicht.«

Die letzten Worte schrie sie so laut, daß der Portier zusammenfuhr und daß sie ihm noch in den Ohren gellten, als er im Dunkel über die leere Bühne lief.

Personentext

Erzähltext

Die Toten schweigen

Er ertrug es nicht länger, ruhig im Wagen zu sitzen; er stieg aus und ging auf und ab. Es war schon dunkel; die wenigen Laternenlichter in dieser stillen, abseits liegenden Straße flackerten, vom Winde bewegt, hin und her. Es hatte aufgehört zu regnen; die Trottoirs waren beinahe trocken; aber die ungepflasterten Fahrstraßen waren noch feucht, und an einzelnen Stellen hatten sich kleine Tümpel gebildet.

Es ist sonderbar, dachte Franz, wie man sich hier, hundert Schritte von der Praterstraße, in irgendeine ungarische Kleinstadt versetzt glauben kann. Immerhin – sicher dürfte man hier wenigstens sein; hier wird sie keinen ihrer gefürchteten Bekannten treffen.

Er sah auf die Uhr... Sieben – und schon völlige Nacht. Der Herbst ist diesmal früh da. Und der verdammte Sturm.

Er stellte den Kragen in die Höhe und ging rascher auf und ab. Die Laternenfenster klirrten. »Noch eine halbe Stunde«, sagte er zu sich, »dann kann ich gehen. Ah – ich wollte beinahe, es wäre so weit.« Er blieb an der Ecke stehen; hier hatte er einen Ausblick auf beide Straßen, von denen aus sie kommen könnte.

Ja, heute wird sie kommen, dachte er, während er seinen Hut festhielt, der wegzufliegen drohte. – Freitag – Sitzung des Professorenkollegiums – da wagt sie sich fort und kann sogar länger ausbleiben... Er hörte das Geklingel der Pferdebahn; jetzt begann auch die Glocke von der nahen Nepomukkirche zu läuten. Die Straße wurde belebter. Es kamen mehr Menschen an ihm vorüber: meist, wie ihm schien, Bedienstete aus den Geschäften, die um sieben geschlossen wurden. Alle gingen rasch und waren mit dem Sturm, der das Gehen erschwerte, in einer Art von Kampf begriffen. Niemand beachtete ihn; nur ein paar Ladenmädel blickten mit leichter Neugier zu ihm auf. – Plötzlich sah er eine bekannte Gestalt rasch herankommen. Er eilte ihr entgegen. Ohne Wagen? dachte er. Ist sie's?

Sie war es; als sie seiner gewahr wurde, beschleunigte sie ihre Schritte.

»Du kommst zu Fuß?« sagte er.

»Ich hab' den Wagen schon beim Karltheater fortgeschickt. Ich glaube, ich bin schon einmal mit demselben Kutscher gefahren.«

Ein Herr ging an ihnen vorüber und betrachtete die Dame flüchtig. Der junge Mann fixierte ihn scharf, beinahe drohend; der Herr ging rasch weiter. Die Dame sah ihm nach. »Wer war's?« fragte sie ängstlich.

»Ich kenne ihn nicht. Hier gibt es keine Bekannten, sei ganz ruhig. – Aber jetzt komm rasch; wir wollen einsteigen.«

»Ist das dein Wagen?«

»Ja.« –

»Ein offener?«

»Vor einer Stunde war es noch so schön.«

Sie eilten hin; die junge Frau stieg ein.

»Kutscher«, rief der junge Mann.

»Wo ist er denn?« fragte die junge Frau.

Franz schaute rings umher. »Das ist unglaublich«, rief er, »der Kerl ist nicht zu sehen.«

»Um Gotteswillen!« rief sie leise.

»Wart' einen Augenblick, Kind; er ist sicher da.«

Der junge Mann öffnete die Tür zu dem kleinen Wirtshause; an einem Tisch mit ein paar anderen Leuten saß der Kutscher; jetzt stand er rasch auf.

»Gleich, gnä' Herr«, sagte er und trank stehend sein Glas Wein aus.

»Was fällt Ihnen denn ein?«

»Bitt' schön, Euer Gnaden; i bin schon wieder da.«

Er eilte ein wenig schwankend zu den Pferden. »Wohin fahr'n mer denn, Euer Gnaden?«

»Prater – Lusthaus.«

Der junge Mann stieg ein. Die junge Frau lehnte ganz versteckt, beinahe zusammengekauert, in der Ecke unter dem aufgestellten Dach.

Franz faßte ihre beiden Hände. Sie blieb regungslos. – »Willst du mir nicht wenigstens guten Abend sagen?«

»Ich bitt' dich; laß mich nur einen Moment, ich bin noch ganz atemlos.«

Der junge Mann lehnte sich in seine Ecke. Beide schwiegen eine Weile. Der Wagen war in die Praterstraße eingebogen, fuhr an dem Tegetthoff-Monument vorüber, und nach wenigen Sekunden flog er die breite, dunkle Praterallee hin. Jetzt umschlang Emma plötzlich mit beiden Armen den Geliebten. Er schob leise den Schleier zurück, der ihn noch von ihren Lippen trennte, und küßte sie.

»Bin ich endlich bei dir!« sagte sie.

»Weißt du denn, wie lang wir uns nicht gesehen haben?« rief er aus.

»Seit Sonntag.«

»Ja, und da auch nur von weitem.«

»Wieso? Du warst ja bei uns.«

»Nun ja... bei euch. Ah, das geht so nicht fort. Zu euch komm' ich überhaupt nie wieder. Aber was hast du denn?«

»Es ist ein Wagen an uns vorbeigefahren.«

»Liebes Kind, die Leute, die heute im Prater spazierenfahren, kümmern sich wahrhaftig nicht um uns.«

»Das glaub' ich schon. Aber zufällig kann einer hereinschaun.«

»Es ist unmöglich, jemanden zu erkennen.«

»Ich bitt' dich, fahren wir woanders hin.«

»Wie du willst.«

Er rief dem Kutscher, der aber nicht zu hören schien. Da beugte er sich vor und berührte ihn mit der Hand. Der Kutscher wandte sich um.

»Sie sollen umkehren. Und warum hauen Sie denn so auf die Pferde ein? Wir haben ja gar keien Eile, hören Sie! Wir fahren in die... wissen Sie, die Allee, die zur Reichsbrücke führt.«

»Auf die Reichsstraßen?«

»Ja, aber rasen Sie nicht so, das hat ja gar keinen Sinn.«

»Bitt' schön, gnä' Herr, der Sturm, der macht die Rösser so wild.«

»Ah freilich, der Sturm.« Franz setzte sich wieder.

Der Kutscher wandte die Pferde. Sie fuhren zurück.

»Warum hab' ich dich gestern nicht gesehen?« fragte sie.

»Wie hätt' ich denn können?«

»Ich dachte, du warst auch bei meiner Schwester geladen.«

»Ach so.«

»Warum warst du nicht dort?«

»Weil ich es nicht vertragen kann, mit dir unter anderen Leuten zusammenzusein. Nein, nie wieder.«

Sie zuckte die Achseln.

»Wo sind wir denn?« fragte sie dann.

Sie fuhren unter der Eisenbahnbrücke in die Reichsstraße ein.

»Da geht's zur großen Donau«, sagte Franz, »wir sind auf dem Weg zur Reichsbrücke. Hier gibt es keine Bekannten!« setzte er spöttisch hinzu.

»Der Wagen schüttelt entsetzlich.«

»Ja, jetzt sind wir wieder auf Pflaster.«

»Warum fährt er so im Zickzack?«

»Es scheint dir so.«

Aber er fand selbst, daß der Wagen sie heftiger als nötig hin und her warf. Er wollte nichts davon sagen, um sie nicht noch ängstlicher zu machen.

»Ich habe heute viel und ernst mit dir zu reden, Emma.«

»Da mußt du bald anfangen, denn um neun muß ich zu Hause sein.«

»In zwei Worten kann alles entschieden sein.«

»Gott, was ist denn das?«... schrie sie auf. Der Wagen war in ein Pferdebahngeleise geraten und machte jetzt, als der Kutscher herauswenden wollte, eine so scharfe Biegung, daß er fast zu stürzen drohte. Franz packte den Kutscher beim Mantel. »Halten Sie«, rief er ihm zu. »Sie sind ja betrunken.«

Der Kutscher brachte die Pferde zum Stehen. »Aber gnä' Herr...«

»Komm, Emma, steigen wir hier aus.«

»Wo sind wir?«

»Schon an der Brücke. Es ist auch jetzt nicht mehr gar so stürmisch. Gehen wir ein Stückchen. Man kann während des Fahrens nicht ordentlich reden.«

Emma zog den Schleier herunter und folgte.

»Nicht stürmisch nennst du das?« rief sie aus, als ihr gleich beim Aussteigen ein Windstoß entgegenfuhr.

Er nahm ihren Arm. »Nachfahren«, rief er dem Kutscher zu.

Sie spazierten vorwärts. So lange die Brücke allmählich anstieg, sprachen sie nichts, und als sie beide das Wasser unter sich rauschen hörten, blieben sie eine Weile stehen. Tiefes Dunkel war um sie. Der breite Strom dehnte sich grau und in unbestimmten Grenzen hin, in der Ferne sahen sie rote Lichter, die über dem Wasser zu schweben schienen und sich darin spiegelten. Von dem Ufer her, das die beiden eben verlassen hatten, senkten sich zitternde Lichtstreifen ins Wasser; jenseits war es, als verlöre sich der Strom in die schwarzen Auen. Jetzt schien ein ferneres Donnern zu ertönen, das immer näher kam; unwillkürlich sahen sie beide nach der Stelle, wo die roten Lichter schimmerten; Bahnzüge mit hellen Fenstern rollten zwischen eisernen Bogen hin, die plötzlich aus der Nacht hervorzuwachsen und gleich wieder zu versinken schienen. Der Donner verlor sich allmählich, es wurde still; nur der Wind kam in plötzlichen Stößen.

Nach langem Schweigen sagte Franz: »Wir sollten fort.«

»Freilich«, erwiderte Emma leise.

»Wir sollten fort«, sagte Franz lebhaft, »ganz fort, mein' ich...«

»Es geht ja nicht.«

»Weil wir feig sind, Emma; darum geht es nicht.«

»Und mein Kind?«

»Er würde es dir lassen, ich bin fest überzeugt.«

»Und wie?« fragte sie leise... »Davonlaufen bei Nacht und Nebel?«

»Nein, durchaus nicht. Du hast nichts zu tun, als ihm einfach zu sagen, daß du nicht länger bei ihm leben kannst, weil du einem andern gehörst.«

»Bist du bei Sinnen, Franz?«

»Wenn du willst, erspar' ich dir auch das, – ich sag' es ihm selber.«

»Das wirst du nicht tun, Franz.«

Er versuchte, sie anzusehen; aber in der Dunkelheit konnte er nicht mehr bemerken, als daß sie den Kopf erhoben und zu ihm gewandt hatte.

Er schwieg eine Weile. Dann sagte er ruhig: »Hab' keine Angst, ich werde es nicht tun.«

Sie näherten sich dem andern Ufer.

»Hörst du nichts?« sagte sie. »Was ist das?«

»Es kommt von drüben«, sagte er.

Langsam rasselte es aus dem Dunkel hervor; ein kleines rotes Licht schwebte ihnen entgegen; bald sahen sie, daß es von einer kleinen Laterne kam, die an der vorderen Deichsel eines Landwagens befestigt war; aber sie konnten nicht sehen, ob der Wagen beladen war und ob Menschen mitfuhren. Gleich dahinter kamen noch zwei gleiche Wagen. Auf dem letzten konnten sie einen Mann in Bauerntracht gewahren, der eben seine Pfeife anzündete. Die Wagen fuhren vorbei. Dann hörten sie wieder nichts als das dumpfe Geräusch des Fiakers, der zwanzig Schritte hinter ihnen langsam weiterrollte. Jetzt senkte sich die Brücke leicht gegen das andere Ufer. Sie sahen, wie die Straße vor ihnen zwischen Bäumen ins Finstere weiterlief. Rechts und links von ihnen lagen in der Tiefe die Auen; sie sahen wie in Abgründe hinein. Nach langem Schweigen sagte Franz plötzlich: »Also das letztemal...«

»Was?« fragte Emma in besorgtem Ton.

»–Daß wir zusammen sind. Bleib' bei ihm. Ich sag' dir Adieu.«

»Sprichst du im Ernst?«

»Vollkommen.«

»Siehst du, daß du es bist, der uns immer die paar Stunden verdirbt, die wir haben; nicht ich!«

»Ja, ja, du hast recht«, sagte Franz. »Komm, fahren wir zurück.«

Sie nahm seinen Arm fester. »Nein«, sagte sie zärtlich, »jetzt will ich nicht. Ich laß' mich nicht so fortschicken.«

Sie zog ihn zu sich herab und küßte ihn lang. »Wohin kämen wir«, fragte sie dann, »wenn wir hier immer weiterführen?«

»Da geht's direkt nach Prag, mein Kind.«

«So weit nicht«, sagte sie lächelnd, »aber noch ein bißchen weiter da hinaus, wenn du willst.« Sie wies ins Dunkle.

»He, Kutscher!« rief Franz. Der hörte nichts.

Franz schrie: »Halten Sie doch!«

Der Wagen fuhr immer weiter. Franz lief ihm nach. Jetzt sah er, daß der Kutscher schlief. Durch heftiges Anschreien weckte ihn Franz auf. »Wir fahren noch ein kleines Stück weiter – die gerade Straße – verstehen Sie mich?«

»Is' schon gut, gnä' Herr...«

Emma stieg ein; nach ihr Franz. Der Kutscher hieb mit der Peitsche drein; wie rasend flogen die Pferde über die aufgeweichte Straße hin. Aber die beiden im Wagen hielten einander fest umarmt, während der Wagen sie hin- und herwarf.

»Ist das nicht auch ganz schön«, flüsterte Emma ganz nahe an seinem Munde.

In diesem Augenblick war ihr, als flöge der Wagen plötzlich in die Höhe – sie fühlte sich fortgeschleudert, wollte sich an etwas klammern, griff ins Leere: es schien ihr, als drehe sie sich mit rasender Geschwindigkeit im Kreise herum, so daß sie die Augen schließen mußte – und plötzlich fühlte sie sich auf dem Boden liegen, und eine ungeheure schwere Stille brach herein, als wenn sie fern von aller Welt und völlig einsam wäre. Dann hörte sie verschiedenes durcheinander: Geräusch von Pferdehufen, die ganz in ihrer Nähe auf dem Boden schlugen, ein leises Wimmern; aber sehen konnte sie nichts. Jetzt faßte sie eine tolle Angst; sie schrie; ihre Angst ward noch größer, denn sie hörte ihr Schreien nicht. Sie wußte plötzlich ganz genau, was geschehen war: der Wagen war an irgend etwas gestoßen, wohl an einen der Meilensteine, hatte umgeworfen, und sie waren herausgestürzt. Wo ist er? war ihr nächster Gedanke. Sie rief seinen Namen. Und sie hörte sich rufen, ganz leise zwar, aber sie hörte sich. Es kam keine Antwort. Sie versuchte, sich zu erheben. Es gelang ihr soweit, daß sie auf den Boden zu sitzen kam, und als sie mit den Händen ausgriff, fühlte sie einen menschlichen Körper neben sich. Und nun konnte sie auch die Dunkelheit mit ihrem Auge durchdringen. Franz lag neben ihr, völlig regungslos. Sie berührte mit der ausgestreckten Hand sein Gesicht, sie fühlte etwas Feuchtes und Warmes darüberfließen. Ihr Atem stockte. Blut...? Was war da geschehen? Franz war verwundet und bewußtlos. Und der Kutscher – wo war er denn? Sie rief nach ihm. Keine Antwort. Noch immer saß sie auf dem Boden. Mir ist nichts geschehen, dachte sie, obwohl sie Schmerzen in allen Gliedern fühlte. Was tu' ich nur, was tu' ich nur... es ist doch nicht möglich, daß mir gar nichts geschehen ist. »Franz!« rief sie. Eine Stimme antwortete ganz in der Nähe: »Wo sind S' denn, gnä' Fräul'n, wo ist der gnä' Herr? Es ist doch nix g'schehn? Warten S', Fräulein, – i zünd' nur die Latern' an, daß wir was sehn; i weiß net, was die Krampen heut hab'n. Ich bin net Schuld, meiner Seel'... in ein' Schoderhaufen sein s' hinein, die verflixten Rösser.«

Emma hatte sich, trotzdem ihr alle Glieder weh taten, vollkommen aufgerichtet, und daß dem Kutscher nichts geschehen war, machte sie ein wenig ruhiger. Sie hörte, wie der Mann die Laternenklappe öffnete und Streichhölzchen anrieb. Angstvoll wartete sie auf das Licht. Sie wagte es nicht, Franz noch einmal zu berühren, der vor ihr auf dem Boden lag; sie dachte: wenn man nichts sieht, scheint alles furchtbarer; er hat gewiß die Augen offen... es wird nichts sein.

Ein Lichtschimmer kam von der Seite. Sie sah plötzlich den Wagen, der aber zu ihrer Verwunderung nicht auf dem Boden lag, sondern nur schief gegen den Straßengraben zu gestellt war, als wäre ein Rad gebrochen. Die Pferde standen vollkommen still. Das Licht näherte sich; sie sah den Schein allmählich über einen Meilenstein, über den Schotterhaufen in den Graben gleiten; dann kroch er auf die Füße Franzens, glitt über seinen Körper, beleuchtete sein Gesicht und blieb darauf ruhen. Der Kutscher hatte die Laterne auf den Boden gestellt; gerade neben den Kopf des Liegenden. Emma ließ sich auf die Knie nieder, und es war ihr, als hörte ihr Herz zu schlagen auf, wie sie das Gesicht erblickte. Es war blaß; die Augen halb offen, so daß sie nur das Weiße von ihnen sah. Von der rechten Schläfe rieselte langsam ein Streifen Blut über die Wange und verlor sich unter dem Kragen am Halse. In die Unterlippe waren die Zähne gebissen. »Es ist ja nicht möglich!« sagte Emma vor sich hin.

Auch der Kutscher war niedergekniet und starrte das Gesicht an. Dann packte er mit beiden Händen den Kopf und hob ihn in die Höhe. »Was machen Sie?« schrie Emma mit erstickter Stimme, und erschrak vor diesem Kopf, der sich selbständig aufzurichten schien.

»Gnä' Fräul'n, mir scheint, da ist ein großes Malheur gescheh'n.«

»Es ist nicht wahr«, sagte Emma. »Es kann nicht sein. Ist denn Ihnen was geschehen? Und mir...«

Der Kutscher ließ den Kopf des Regungslosen wieder langsam sinken; – in den Schoß Emmas, die zitterte. »Wenn nur wer käm'... wenn nur die Bauersleut' eine Viertelstund' später daher'kommen wären...«

»Was sollen wir denn machen?« sagte Emma mit bebenden Lippen.

»Ja, Fräu'n, wenn der Wagen net brochen wär'... aber so, wie er jetzt zug'richt ist... Wir müssen halt weg, bis wer kommt.« Er redete noch weiter, ohne daß Emma seine Worte auffaßte; aber währenddem war es ihr, als käme sie zur Besinnung, und sie wußte, was zu tun war.

»Wie weit ist's bis zu den nächsten Häusern?« fragte sie.

»Das ist nimmer weit, Fräul'n, da ist ja gleich das Franz Josefsland... Wir müßten die Häuser sehen, wenn's licht wär', in fünf Minuten müßte man dort sein.«

»Gehen Sie hin. Ich bleibe da, holen Sie Leute.«

»Ja, Fräul'n, ich glaub' schier, es ist g'scheiter, ich bleib mit Ihnen da – es kann ja nicht so lang dauern, bis wer kommt, es ist ja schließlich die Reichsstraße, und –«

»Da wird's zu spät, da kann's zu spät werden. Wir brauchen einen Doktor.«

Der Kutscher sah auf das Gesicht des Regungslosen, dann schaute er kopfschüttelnd Emma an.

»Das können Sie nicht wissen«, – rief Emma, »und ich auch nicht.«

»Ja, Fräul'n... aber wo find' i denn ein' Doktor im Franz Josefsland?«

»So soll von dort jemand in die Stadt und –«

»Fräul'n, wissen's was! I denk mir, die werden dort vielleicht ein Telephon haben. Da könnten wir um die Rettungsgesellschaft telephonieren.«

»Ja, das ist das Beste! Gehen Sie nur, laufen Sie, um Himmelswillen! Und Leute bringen Sie mit... Und... bitt' Sie, gehen Sie nur, was tun Sie denn noch da?«

Der Kutscher schaute in das blasse Gesicht, das nun auf Emmas Schoß ruhte. »Rettungsgesellschaft, Doktor, wird nimmer viel nützen.«

»Gehen Sie! Um Gotteswillen! Gehen Sie!«

»I geh' schon – daß S' nur nicht Angst kriegen, Fräul'n, da in der Finstern.« Und er eilte rasch über die Straße fort. »I kann nix dafür, meiner Seel«, murmelte er vor sich hin. »Ist auch eine Idee, mitten in der Nacht auf die Reichsstraßen...«

Emma war mit dem Regungslosen allein auf der dunklen Straße. Was jetzt? dachte sie. Es ist doch nicht möglich... das ging ihr immer wieder durch den Kopf... es ist ja nicht möglich. – Es war ihr plötzlich, als hörte sie neben sich atmen. Sie beugte sich herab zu den blassen Lippen. Nein, von da kam kein Hauch. Das Blut an Schläfe und Wangen schien getrocknet zu sein. Sie starrte die Augen an; die gebrochenen Augen, und bebte zusammen. Ja warum glaube ich es denn nicht – es ist ja gewiß... das ist der Tod! Und es durchschauerte sie. Sie fühlte nur mehr: ein Toter. Ich und ein Toter, der Tote auf meinem Schoß. Und mit zitternden Händen rückte sie den Kopf weg, so daß er wieder auf den Boden zu liegen kam. Und jetzt erst kam ein Gefühl entsetzlicher Verlassenheit über sie. Warum hatte sie den Kutscher weggeschickt? Was für ein Unsinn! Was soll sie denn da auf der Landstraße mit dem toten Manne allein anfangen? Wenn Leute kommen... Ja, was soll sie denn tun, wenn Leute kommen? Wie lang wird sie hier warten müssen? Und sie sah wieder den Toten an. Ich bin nicht allein mit ihm, fiel ihr ein. Das Licht ist ja da. Und es kam ihr vor, als wäre dieses Licht etwas Liebes und Freundliches, dem sie danken müßte. Es war mehr Leben in dieser kleinen Flamme, als in der ganzen weiten Nacht um sie; ja, es war ihr fast, als sei ihr dieses Licht ein Schutz gegen den blassen fürchterlichen Mann, der neben ihr auf dem Boden lag... Und sie sah in das Licht so lang, bis ihr die Augen flimmerten, bis es zu tanzen begann. Und plötzlich hatte sie das Gefühl, als wenn sie erwachte. Sie sprang auf! Das geht ja nicht, das ist ja unmöglich, man darf mich doch nicht hier mit ihm finden... Es war ihr, als sähe sie sich jetzt selbst auf der Straße stehen, zu ihren Füßen den Toten und das Licht; und sie sah sich, als ragte sie in sonderbarer Größe in die Dunkelheit hinein. Worauf wart' ich, dachte sie, und ihre Gedanken jagten... Worauf wart' ich? auf die Leute? – Was brauchen mich denn die? Die Leute werden kommen und fragen... und ich... was tu' ich denn hier? Alle werden fragen, wer ich bin. Was soll ich ihnen antworten? Nichts. Kein Wort werd' ich reden, wenn sie kommen, schweigen werd' ich. Kein Wort... sie können mich ja nicht zwingen.

Stimmen kamen von weitem.

Schon? dachte sie. Sie lauschte angstvoll. Die Stimmen kamen von der Brücke her. Das konnten also nicht die Leute sein, die der Kutscher geholt hatte. Aber wer immer sie waren – jedenfalls werden sie das Licht bemerken – und das durfte nicht sein, dann war sie entdeckt.

Und sie stieß mit dem Fuß die Laterne um. Die verlöschte. Nun stand sie in tiefer Finsternis. Nichts sah sie. Auch ihn sah sie nicht mehr. Nur der weiße Schotterhaufen glänzte ein wenig. Die Stimmen kamen näher. Sie begann am ganzen Körper zu zittern. Nur hier nicht entdeckt werden. Um Himmelswillen, das ist ja das einzige Wichtige, nur auf das und auf gar nichts anderes kommt es an – sie ist ja verloren, wenn ein Mensch erfährt, daß sie die Geliebte von... Sie faltet die Hände krampfhaft. Sie betet, daß die Leute auf der anderen Seite der Straße vorübergehen mögen, ohne sie zu bemerken. Sie lauscht. Ja von drüben... Was reden sie doch?... Es sind zwei Frauen oder drei. Sie haben den Wagen bemerkt, denn sie reden etwas davon, sie kann Worte unterscheiden. Ein Wagen... umgefallen... was sagen sie sonst? Sie kann es nicht verstehen. Sie gehen weiter... sie sind vorüber... Gott sei Dank! Und jetzt, was jetzt? Oh, warum ist sie nicht tot wie er? Er ist zu beneiden, für ihn ist alles vorüber... für ihn gibt es keine Gefahr mehr und keine Furcht. Sie aber zittert vor vielem. Sie fürchtet, daß man sie hier finden, daß man sie fragen wird: wer sind Sie?... Daß sie mit auf die Polizei muß, daß alle Menschen es erfahren werden, daß ihr Mann – daß ihr Kind –

Und sie begreift nicht, daß sie so lange schon dagestanden ist wie angewurzelt... Sie kann ja fort, sie nützt ja keinem hier, und sich selbst bringt sie ins Unglück. Und sie macht einen Schritt... Vorsichtig... sie muß durch den Straßengraben... hinüber... einen Schritt hinauf – oh, er ist so seicht! – und noch zwei Schritte, bis sie in der Mitte der Straße ist... und dann steht sie einen Augenblick still, sieht vor sich hin und kann den grauen Weg ins Dunkle hinein verfolgen. Dort – dort ist die Stadt. Sie kann nichts von ihr sehen... aber die Richtung ist ihr klar. Noch einmal wendet sie sich um. Es ist ja gar nicht so dunkel. Sie kann den Wagen ganz gut sehn; auch die Pferde... und wenn sie sich sehr anstrengt, merkt sie auch etwas wie die Umrisse eines menschlichen Körpers, der auf dem Boden liegt. Sie reißt die Augen weit auf, es ist ihr, als hielte sie etwas hier zurück... und sie meint, er ist es, der sie hier behalten will, und sie fühlt seine Macht... Aber gewaltsam macht sie sich frei, und jetzt merkt sie: der Boden ist zu feucht; sie steht auf der glitschigen Straße, und der nasse Staub hat sie nicht fortgelassen. Nun aber geht sie... geht rascher... läuft... und fort von da... zurück... in das Licht, in den Lärm, zu den Menschen! Die Straße läuft sie entlang, hält das Kleid hoch, um nicht zu fallen. Der Wind ist ihr im Rücken, es ist, als wenn er sie vorwärts triebe. Sie weiß nicht mehr recht, wovor sie flieht. Es ist ihr, als ob sie vor dem bleichen Manne fliehen müßte, der dort, weit hinter ihr, neben dem Straßengraben liegt... dann fällt ihr ein, daß sie ja den Lebendigen entkommen will, die gleich dort sein und sie suchen werden. Was werden die denken? Wird man ihr nicht nach? Aber man kann sie nicht mehr einholen, sie ist ja gleich bei der Brücke, sie hat einen großen Vorsprung, und dann ist die Gefahr vorbei. Man kann ja nicht ahnen, wer sie ist, keine Seele kann ahnen, wer die Frau war, die mit jenem Mann über die Reichsstraße gefahren ist. Der Kutscher kennt sie nicht, er wird sie auch nicht erkennen, wenn er sie später einmal sieht. Man wird sich auch nicht darum kümmern, wer sie war. Wen geht es an? – Es ist sehr klug, daß sie nicht dort geblieben ist, es ist auch nicht gemein. Franz selbst hätte ihr recht gegeben. Sie muß ja nach Haus, sie hat ein Kind, sie hat einen Mann, sie wäre ja verloren, wenn man sie dort bei ihrem toten Geliebten gefunden hätte. Da ist die Brücke, die Straße scheint heller... ja schon hört sie das Wasser rauschen wie früher; sie ist da, wo sie mit ihm Arm in Arm gegangen – wann – wann? Vor wieviel Stunden? Es kann noch nicht lange sein. Nicht lang? Vielleicht doch! Vielleicht war sie lange bewußtlos, vielleicht ist es längst Mitternacht, vielleicht ist der Morgen schon nahe, und sie wird daheim schon vermißt. Nein, nein, das ist ja nicht möglich, sie fühlt, daß sie gar nicht bewußtlos war; sie erinnert sich jetzt genauer als im ersten Augenblick, wie sie aus dem Wagen gestürzt und gleich über alles im klaren gewesen ist. Sie läuft über die Brücke und hört ihre Schritte hallen. Sie sieht nicht nach rechts und links. Jetzt bemerkt sie, wie eine Gestalt ihr entgegenkommt. Sie mäßigt ihre Schritte. Wer kann das sein, der ihr entgegenkommt? Es ist jemand in Uniform. Sie geht ganz langsam. Sie darf nicht auffallen. Sie glaubt zu merken, daß der Mann den Blick fest auf sie gerichtet hält. Wenn er sie fragt? Sie ist neben ihm, erkennt die Uniform; es ist ein Sicherheitswachmann; sie geht an ihm vorüber. Sie hört, daß er hinter ihr stehen geblieben ist. Mit Mühe hält sie sich davon zurück, wieder zu laufen; es wäre verdächtig. Sie geht noch immer so langsam wie früher. Sie hört das Geklingel der Pferdeeisenbahn. Es kann noch lang nicht Mitternacht sein. Jetzt geht sie wieder schneller; sie eilt der Stadt entgegen, deren Lichter sie schon unter dem Eisenbahnviadukt am Ausgang der Straße entgegenschimmern sieht, deren gedämpften Lärm sie schon zu vernehmen glaubt. Noch diese einsame Straße, und dann ist die Erlösung da. Jetzt hört sie von weitem schrille Pfiffe, immer schriller, immer näher; ein Wagen saust an ihr vorüber. Unwillkürlich bleibt sie stehen und sieht ihm nach. Es ist der Wagen der Rettungsgesellschaft. Sie weiß, wohin er fährt. Wie schnell! denkt sie... Es ist wie Zauberei. Einen Moment lang ist ihr, als müßte sie den Leuten nachrufen, als müßte sie mit, als müßte sie wieder dahin zurück, woher sie gekommen – einen Moment lang packt sie eine ungeheure Scham, wie sie sie nie empfunden; und sie weiß, daß sie feig und schlecht gewesen ist. Aber wie sie das Rollen und Pfeifen immer ferner verklingen hört, kommt eine wilde Freude über sie, und wie eine Gerettete eilt sie vorwärts. Leute kommen ihr entgegen; sie hat keine Angst mehr vor ihnen – das Schwerste ist überstanden. Der Lärm der Stadt wird deutlich, immer lichter wird es vor ihr; schon sieht sie die Häuserzeile der Praterstraße, und es ist ihr, als werde sie dort von einer Flut von Menschen erwartet, in der sie spurlos verschwinden darf. Wie sie jetzt zu einer Straßenlaterne kommt, hat sie schon die Ruhe, auf ihre Uhr zu sehen. Es ist zehn Minuten vor Neun. Sie hält die Uhr ans Ohr – sie ist nicht stehengeblieben. Und sie denkt: ich bin lebendig, gesund... sogar meine Uhr geht... und er... er... tot... Schicksal... Es ist ihr, als wäre ihr alles verziehen... als wäre nie irgendeine Schuld auf ihrer Seite gewesen. Es hat sich erwiesen, ja es hat sich erwiesen. Sie hört, wie sie diese Worte laut spricht. Und wenn es das Schicksal anders bestimmt hätte? – Und wenn sie jetzt dort im Graben läge und er am Leben geblieben wäre? Er wäre nicht geflohen, nein... er nicht. Nun ja, er ist ein Mann. Sie ist ein Weib – und sie hat ein Kind und einen Gatten. – Sie hat recht gehabt, – es ist ihre Pflicht – ja ihre Pflicht. Sie weiß ganz gut, daß sie nicht aus Pflichtgefühl so gehandelt... Aber sie hat doch das Rechte getan. Unwillkürlich ... wie ... gute Menschen immer. Jetzt wäre sie schon entdeckt. Jetzt würden die Ärzte sie fragen. Und Ihr Mann, gnädige Frau? O Gott! ... Und die Zeitungen morgen – und die Familie – sie wäre für alle Zeit vernichtet gewesen und hätte ihn doch nicht zum Leben erwecken können. Ja, das war die Hauptsache; für nichts hätte sie sich zu Grunde gerichtet. – Sie ist unter der Eisenbahnbrücke. – Weiter ... weiter ... Hier ist die Tegetthoffsäule, wo die vielen Straßen ineinanderlaufen. Es sind heute, an dem regnerischen, windigen Herbstabend wenig Leute mehr im Freien, aber ihr ist es, als brause das Leben der Stadt mächtig um sie; denn woher sie kommt, dort war die fürchterlichste Stille. Sie hat Zeit. Sie weiß, daß ihr Mann heute erst gegen zehn nach Hause kommen wird – sie kann sich sogar noch umkleiden. Jetzt fällt es ihr ein, ihr Kleid zu betrachten. Mit Schrecken bemerkt sie, daß es über und über beschmutzt ist. Was wird sie dem Stubenmädchen sagen? Es fährt ihr durch den Kopf, daß morgen die Geschichte von dem Unglücksfall in allen Zeitungen zu lesen sein wird. Auch von einer Frau, die mit im Wagen war, und die dann nicht mehr zu finden war, wird überall zu lesen stehen, und bei diesem Gedanken bebt sie von neuem – eine Unvorsichtigkeit, und alle ihre Feigheit war umsonst. Aber sie hat den Wohnungsschlüssel bei sich; sie kann ja selbst aufsperren; – sie wird sich nicht hören lassen. Sie steigt rasch in einen Fiaker. Schon will sie ihm ihre Adresse angeben, da fällt ihr ein, daß das vielleicht unklug wäre, und sie ruft ihm irgendeinen Straßennamen zu, der ihr eben einfällt. Wie sie durch die Praterstraße fährt, möchte sie gern irgendwas empfinden, aber sie kann es nicht; sie fühlt, daß sie nur einen Wunsch hat: zu Hause, in Sicherheit zu sein. Alles andere ist ihr gleichgiltig. Im Augenblick, da sie sich entschlossen hat, den Toten allein auf der Straße liegen zu lassen, hat alles in ihr verstummen müssen, was um ihn klagen und jammern wollte. Sie kann jetzt nichts mehr empfinden als Sorge um sich. Sie ist ja nicht herzlos ... o nein! ... sie weiß ganz gewiß, es werden Tage kommen, wo sie verzweifeln wird; vielleicht wird sie daran zugrunde gehen; aber jetzt ist nichts in ihr, als die Sehnsucht, mit trockenen Augen und ruhig zu Hause am selben Tisch mit ihrem Gatten und ihrem Kinde zu sitzen. Sie sieht durchs Fenster hinaus. Der Wagen fährt durch die Innere Stadt; hier ist es hell erleuchtet, und ziemlich viele Menschen eilen vorbei. Da ist ihr plötzlich, als könne alles, was sie in den letzten Stunden durchlebt, gar nicht wahr sein. Wie ein böser Traum erscheint es ihr... unfaßbar als Wirkliches, Unabänderliches. In einer Seitengasse nach dem Ring läßt sie den Wagen halten, steigt aus, biegt rasch um die Ecke und nimmt dort einen andern Wagen, dem sie ihre richtige Adresse angibt. Es kommt ihr vor, als wäre sie jetzt überhaupt nicht mehr fähig, einen Gedanken zu fassen. Wo ist er jetzt, fährt es ihr durch den Sinn. Sie schließt die Augen, und sie sieht ihn vor sich auf einer Bahre liegen, im Krankenwagen – und plötzlich ist ihr, als sitze sie neben ihm und fahre mit ihm. Und der Wagen beginnt zu schwanken, und sie hat Angst, daß sie herausgeschleudert werde, wie damals – und sie schreit auf. Da hält der Wagen. Sie fährt zusammen; sie ist vor ihrem Haustor. – Rasch steigt sie aus, eilt durch den Flur, mit leisen Schritten, so daß der Portier hinter seinem Fenster gar nicht aufschaut, die Treppen hinauf, sperrt leise die Tür auf, um nicht gehört zu werden... durchs Vorzimmer in ihr Zimmer – es ist gelungen! Sie macht Licht, wirft eilig ihre Kleider ab und verbirgt sie wohl im Schrank. Über Nacht sollen sie trocknen – morgen will sie sie selber bürsten und reinigen. Dann wäscht sie sich Gesicht und Hände und nimmt einen Schlafrock um.

Jetzt klingelt es draußen. Sie hört das Stubenmädchen an die Wohnungstür kommen und öffnen. Sie hört die Stimme ihres Mannes; sie hört, wie er den Stock hinstellt. Sie fühlt, daß sie jetzt stark sein müsse, sonst kann noch immer alles vergeblich gewesen sein. Sie eilt ins Speisezimmer, so daß sie im selben Augenblick eintritt wie ihr Gatte.

»Ah, du bist schon zu Haus?« sagte er.

»Gewiß«, antwortet sie, »schon lang.«

»Man hat dich offenbar nicht kommen gesehn.« Sie lächelt, ohne sich dazu zwingen zu müssen. Es macht sie nur sehr müde, daß sie auch lächeln muß. Er küßt sie auf die Stirn.

Der Kleine sitzt schon bei Tisch; er hat lang warten müssen, ist eingeschlafen. Auf dem Teller hat er sein Buch liegen, auf dem offenen Buch ruht sein Gesicht. Sie setzt sich neben ihn, der Gatte ihr gegenüber, nimmt eine Zeitung und wirft einen flüchtigen Blick hinein. Dann legt er sie weg und sagt: »Die anderen sitzen noch zusammen und beraten weiter.«

»Worüber?« fragt sie.

Und er beginnt zu erzählen, von der heutigen Sitzung, sehr lang, sehr viel. Emma tut, als höre sie zu, nickt zuweilen.

Aber sie hört nichts, sie weiß nicht, was er spricht, es ist ihr zu Mute, wie einem, der furchtbaren Gefahren auf wunderbare Weise entronnen... sie fühlt nichts als: Ich bin gerettet, ich bin daheim. Und während ihr Mann immer weiter erzählt, rückt sie ihren Sessel näher zu ihrem Jungen, nimmt seinen Kopf und drückt ihn an ihre Brust. Eine unsägliche Müdigkeit überkommt sie – sie kann sich nicht beherrschen, sie fühlt, daß der Schlummer über sie kommt; sie schließt die Augen.

Plötzlich fährt ihr eine Möglichkeit durch den Sinn, an die sie seit dem Augenblick, da sie sich aus dem Graben erhoben hat, nicht mehr gedacht. Wenn er nicht tot wäre! Wenn er... Ah nein, es war kein Zweifel möglich... Diese Augen... dieser Mund – und dann... kein Hauch von seinen Lippen. – Aber es gibt ja den Scheintod. Es gibt Fälle, wo sich geübte Blicke irren. Und sie hat gewiß keinen geübten Blick. Wenn er lebt, wenn er schon wieder zu Bewußtsein gekommen ist, wenn er sich plötzlich mitten in der Nacht auf der Landstraße allein gefunden... wenn er nach ihr ruft... ihren Namen... wenn er am Ende fürchtet, sie sei verletzt... wenn er den Ärzten sagt, hier war eine Frau, sie muß weiter weggeschleudert worden sein. Und... und... ja, was dann? Man wird sie suchen. Der Kutscher wird zurückkommen vom Franz Josefsland mit Leuten... er wird erzählen... die Frau war ja da, wie ich fortgegangen bin – und Franz wird ahnen. Franz wird wissen... er kennt sie ja so gut... er wird wissen, daß sie davongelaufen ist, und ein gräßlicher Zorn wird ihn erfassen, und er wird ihren Namen nennen, um sich zu rächen. Denn er ist ja verloren... und es wird ihn so tief erschüttern, daß sie ihn in seiner letzten Stunde allein gelassen, daß er rücksichtslos sagen wird: Es war Frau Emma, meine Geliebte... feig und dumm zugleich, denn nicht wahr, meine Herren Ärzte, Sie hätten sie gewiß nicht um ihren Namen gefragt, wenn man Sie um Diskretion ersucht hätte. Sie hätten sie ruhig gehen lassen, und ich auch, o ja – nur hätte sie dableiben müssen, bis Sie gekommen sind. Aber da sie so schlecht gewesen ist, sag' ich Ihnen, wer sie ist... es ist... Ah!

»Was hast du?« sagte der Professor sehr ernst, indem er aufsteht.

»Was... wie? ... Was ist?«

»Ja, was ist dir denn?«

»Nichts.« Sie drückte den Jungen fester an sich.

Der Professor sieht sie lang an. »Weißt du, daß du begonnen hast, einzuschlummern und –«

»Und?«

»Dann hast du plötzlich aufgeschrieen.«

»... So?«

»Wie man im Traum schreit, wenn man Alpdrücken hat. Hast du geträumt?«

»Ich weiß nicht. Ich weiß gar nichts.«

Und sich selbst gegenüber im Wandspiegel sieht sie ein Gesicht, das lächelt, grausam, und mit verzerrten Zügen. Sie weiß, daß es ihr eigenes ist, und doch schaudert ihr davor... Und sie merkt, daß es starr wird, sie kann den Mund nicht bewegen, sie weiß es: dieses Lächeln wird, solange sie lebt, um ihre Lippen spielen. Und sie versucht zu schreien. Da fühlt sie, wie sich zwei Hände auf ihre Schultern legen, und sie sieht, wie sich zwischen ihr eigenes Gesicht und das im Spiegel das Antlitz ihres Gatten drängt; seine Augen, fragend und drohend, senken sich in die ihren. Sie weiß: übersteht sie diese letzte Prüfung nicht, so ist alles verloren. Und sie fühlt, wie sie wieder stark wird, sie hat ihre Züge, ihre Glieder in der Gewalt; sie kann in diesem Augenblick mit ihnen anfangen, was sie will; aber sie muß ihn benützen, sonst ist es vorbei, und sie greift mit ihren beiden Händen nach denen ihres Gatten, die noch auf ihren Schultern liegen, zieht ihn zu sich; sieht ihn heiter und zärtlich an.

Und während sie die Lippen ihres Mannes auf ihrer Stirne fühlt, denkt sie: freilich... ein böser Traum. Er wird es niemandem sagen, wird sich nie rächen, nie... er ist tot... er ist ganz gewiß tot... und die Toten schweigen.

»Warum sagst du das?« hört sie plötzlich die Stimme ihres Mannes. Sie erschrickt tief. »Was hab' ich denn gesagt?« Und es ist ihr, als habe sie plötzlich alles ganz laut erzählt... als habe sie die ganze Geschichte dieses Abends hier bei Tisch mitgeteilt... und noch einmal fragt sie, während sie vor seinem entsetzten Blick zusammenbricht: »Was hab' ich denn gesagt?«

»Die Toten schweigen«, wiederholt ihr Mann sehr langsam.

»Ja...« sagt sie, »ja...«

Und in seinen Augen liest sie, daß sie ihm nichts mehr verbergen kann, und lange sehn die beiden einander an. »Bring den Buben zu Bett«, sagte er dann zu ihr; »ich glaube, du hast mir noch etwas zu erzählen...«

»Ja«, sagte sie.

Und sie weiß, daß sie diesem Manne, den sie durch Jahre betrogen hat, im nächsten Augenblick die ganze Wahrheit sagen wird.

Und während sie mit ihrem Jungen langsam durch die Tür schreitet, immer die Augen ihres Gatten auf sich gerichtet fühlend, kommt eine große Ruhe über sie, als würde vieles wieder gut ....

Exzentrik

Gestern nacht sitz' ich im Kaffeehaus, da sagt plötzlich einer hinter mir: »Ah non – ça – nie wieder!«

Ich hätte nicht aufzusehen brauchen; das war August. Er war schön und elegant wie immer. Mit jener wunderbaren Leichtigkeit, um die ich ihn immer im stillen beneidet habe, nahm er an dem kleinen Tischchen mir gegenüber Platz, ohne den gelben Überzieher, der ihm nur um die Schultern hing, abzulegen, rückte den kleinen, steifen, runden, schwarzen Hut, über den noch mehr zu sagen sein wird, tief in die Stirn und rief einen Kellner herbei, der, über dem Billard liegend, eine Zeitung las. Es war nämlich halb drei Uhr morgens, im Mai, und wir waren die letzten Gäste. Der Kellner kam rasch herbei. »Guten Abend, Herr von Witte.«

»Was, guten Abend – nom d'un nom – wollen Sie mich frozzeln? Bringen Sie lieber was zum Essen oder Trinken.«

»Bitte, Herr von Witte – einen kleinen Schwarzen – einen Kognak...?«

August sah den Kellner düster an. »Sie irren sich«, sagte er, »bringen Sie mir zwei Sardinen, zwei weiche Eier in einem harten Glas, ein Schinkenbrot und eine Flasche Bier.«

Der Kellner verschwand. August nahm mir die Zeitung aus der Hand und schleuderte sie auf einen andern Tisch. »Ich bin nämlich da, verstehst du?«

»Man merkt es«, erwiderte ich heiter. »Woher kommst du denn so spät?«

»Woher...?« sagte August und sah mich mit einem wehmütig dämonischen Blick an. »Ich würde an einen Menschen um drei Uhr morgens, wenn er nicht zufällig im Frack ist, nie eine solche Frage stellen. Aber du bist und bleibst ein Rüppel – jawohl«, setzte er hinzu, indem er den armen Mitterwurzer nicht ohne Glück zu kopieren versuchte, »ein Rüppel, ein Rüppel!«

Ich erwiderte nichts, nahm eine Zeitung und las eine Weile. Plötzlich strömte mir aus dem Blatt eine sonderbare Wärme entgegen, gleich darauf fing die Notiz über die neue Operette von Charles Weinberger zu glühen und zu verkohlen an, und das Ende einer frisch angezündeten Zigarette erschien im Mittelpunkt. Aber ich lächelte nur wenig; so verwöhnt hatte mich August in jahrelangem vertrautem Umgang durch ähnliche und noch viel bessere Scherze.

»Soll ich dir einen Rat geben?« fragte er dann plötzlich.

»Ich bitte darum«, antwortete ich höflich.

August sah mich an und sagte scharf und bestimmt: »Alles, mein Lieber, du verstehst mich, alles, nur keine Exzentrik-Sängerin!«

»Gewiß, gewiß«, sagte ich.

»Alles«, wiederholte August – »Blumenmädeln, alleinreisende Damen aus Rumänien, Flötenbläserinnen, Schornsteinfegersgattinnen, Tragödinnen, les dernières des dernières... Alles, mein Lieber, nur keine Exzentrik!«

Ich nickte schlagfertig. Der Kellner brachte, was August bestellt, und mein Freund begann zu essen und zu trinken. Aber schon nach dem ersten Schluck Bier sprach er weiter. »Gegenüber diesen Geschöpfen ist man nämlich wehrlos, und das ist das Entsetzliche. Ich will es dir erklären. Mit einem guten Freund, den man bei seiner Geliebten erwischt, kann man sich schlagen, einen oberflächlichen Bekannten kann man auf der Stelle niederschießen, und einen Fremden, wenn er nicht sehr chic ist, prügelt man einfach durch. Das sind lauter Fälle, in denen man weiß, wie man sich zu benehmen hat, weil man es mit normalen Menschen zu tun hat. Aber was habe ich erleben müssen von dem ersten Augenblick, da ich Mademoiselle Kitty de la Rosière geliebt habe, bis...« er nahm seine Uhr aus der Westentasche, legte sie vor sich hin – »bis vor einer Stunde.«

»Gute Nacht!« sagte ich und stand auf.

»Oh!« rief August. »Kellner, sperren Sie die Türe zu!«

»Bitte sehr, bitte gleich«, erwiderte der Kellner, der beinah so witzig war wie August, eilte zur Tür und sperrte ab.

»Setz dich nieder, mein Lieber«, sagte August, »ich werde dir eine Geschichte erzählen, daß du...« (er nahm jetzt zum Scherz den Ton Lewinskys an und verdrehte die Augen), »daß du bis ins Mark der Knochen schaudern wirst. Les amours de Monsieur Auguste Witte et de la très-jolie Kitty de la Rosière. – Heinrich, eine Virginia!« Er lehnte sich in die Ecke, indem er den Ellbogen auf den Fensterpolster stützte; den kleinen, steifen, schwarzen, runden Hut, über den noch manches zu sagen sein wird, hatte er noch immer auf dem Kopf, den Überzieher noch immer über den Schultern und sah interessanter aus als je. Ich war sehr schläfrig, und nur die Hoffnung, daß mein Freund mir von einer Blamage erzählen würde, hielt mich noch aufrecht.

»Sie hat mich betrogen«, begann er.

»Ah!« sagte ich, angenehm berührt.

»Du wirst mich nicht für so geschmacklos halten, daß ich dir das als etwas Besonderes erzählen sollte. Du kannst dir denken, daß ich darauf gefaßt war: aber ich hatte anfangs die Hoffnung, nicht darauf zu kommen. Darin hab' ich es nämlich zu einer wahren Virtuosität gebracht. Ich besuche meine Schönen« (August hatte manchmal solche Ausdrücke aus der alten Schule) »nie zu einer ungewohnten Stunde, ich lese nie die Briefe, die ich zufällig auf dem Tisch finde, ich entferne mich sofort aus jedem Lokal, falls ich ihren Namen am Nebentisch von einem Fremden nennen höre, und wenn ich trotz aller dieser Vorsichtsmaßregeln etwas erfahre, glaub' ich es einfach nicht. Aber alle diese Maßnahmen haben bei Kitty versagt. Erinnerst du dich an Little Pluck?«

»O freilich, dieses kleine Scheusal.«

»Kitty scheint das nicht gefunden zu haben. Ich muß vorausschicken, daß ich durch etwa vierzehn Tage mit ihr namenlos glücklich war. Jeden Abend nach der Vorstellung pflegte ich ihr meine Visite zu machen; um elf war ihr Auftreten, um eins das meine. Sie empfing mich jederzeit mit großer Herzlichkeit. Auch an jenem Abend war nichts anderes verabredet worden.«

»An welchem Abend?«

»Da Little Pluck, das kleine Scheusal, zweieinviertel Fuß

hoch, achtzehn oder neunundfünfzig Jahre alt, debütiert hatte. Ich trete bei Kitty ein, wie immer Punkt eins, wen find' ich...? Little Pluck – wie soll ich sagen? – zu ihren Füßen. Ich war sprachlos. Trotzdem ein Mißverständnis nahezu ausgeschlossen war, erwartete ich irgendein erlösendes Wort von ihr – zum Beispiel: ›Du irrst dich...‹ Aber sie sprach es nicht aus. Sie sah mich mit sehr großen Augen an und sagte nur die unvergeßlichen Worte: ›N'est-il pas drôle?‹ Im ersten Moment, so tief eingewurzelt sind unsere Instinkte, zuckte mir die Hand; aber wie ich Little Pluck betrachtete, dieses vollkommen lächerliche Subjekt – viel lächerlicher in diesem Augenblick, als Worte ausdrücken können –, schwand mein Zorn, und ich sagte mir: ›Du kannst einen Zwerg weder schlagen, noch kannst du dich mit ihm schießen.‹ Ich griff nur die Bemerkung Kittys auf, sagte: ›Bien drôle! Bien drôle!‹, nickte, lächelte und ging.«

»Also das ist dir heut passiert?«

»Heute? Nein, das war vor zwei Monaten. Ich verzieh ihr. Und ein paar Wochen waren wir sehr glücklich.«

»Blieb Little Pluck im Engagement?« fragte ich mit einem sardonischen Lächeln.

»Ich verstehe deine beleidigende Anspielung«, erwiderte August. »Aber ich kann dir versichern, daß Little Pluck, trotzdem er einen ganzen Monat lang bei Ronacher auftrat, nie wieder von Kitty empfangen wurde, wenn ich nicht dabei war. Und am Abend seines letzten Auftretens hab' ich Little Pluck sogar eine kleine fête gegeben bei Kitty, und trotzdem er betrunken war wie ein Schwein, benahm er sich höchst anständig, so daß ich Kitty gestattete, ihn zum Abschied zu küssen. Am nächsten Morgen reiste er nach Triest; wir haben ihn auf die Bahn begleitet, und Kitty weinte. Ich war im ganzen eher froh, daß er wegfuhr. – Aber das Programm bei Ronacher wechselt, wie dir wohl bekannt ist.«

»Aha!« sagte ich.

Der Ausdruck meines Gesichtes mochte in diesem Augenblick für August nicht sehr schmeichelhaft gewesen sein, denn er warf mir, allerdings nur scherzweise, aber doch mit einem gewissen Ärger, eine Semmel ins Gesicht. Während ich sie wieder in den Brotkorb legte, erzählte August weiter.

»Statt Little Pluck erschien im Programm eine Nummer, die berechtigtes Aufsehen machte. Die rührige Direktion – der Teufel soll sie holen – engagierte ›The two Darling‹, die beiden Riesen aus Tibet, das größte Brüderpaar, das je gesehen wurde.«

»Zwei!« rief ich aus, ohne damit etwas Besonderes sagen zu wollen. Aber August mußte mich mißverstanden haben, denn er nannte mich einen Schurken. »Immerhin«, setzte er hinzu, »ahnst du das Richtige. Am Abend, da ›The two Darling‹ zum ersten Mal aufgetreten waren, ging ich wie gewöhnlich zu Kitty. Was soll ich dir viel erzählen? ... Es war nur der eine von den beiden Riesen, aber es genügte mir.«

»Dir«, sagte ich mit einem so zynischen Ausdruck, daß ich vor mir selbst erschrak. August starrte mich zuerst an, dann erhob er sich plötzlich und bewegte die Lippen zu einem schauerlichen Fluch. Aber da er, wie man gewiß schon bemerkt hat, der besten Gesellschaft angehört, beherrschte er sich, setzte sich wieder und sprach mit einem gewissermaßen resignierten Ton weiter. »Kitty war gefaßt wie immer. Der Riese grinste mich an und schien anfangs in einer leichten Verlegenheit. Als er aber Kittys Ruhe bemerkte, gewann er der Sache sozusagen eine heitere Seite ab, lachte herzlich, was ungefähr klang wie ferner Donner, und sagte dann zu mir: ›Good evening, Sir. I am very glad to see you. What can I do for you?‹ – Ich will nicht leugnen, daß ich anfangs nahe daran war aufzubrausen, aber noch zu rechter Zeit fuhr mir durch den Kopf, welchen Produktionen ich vor kaum zwei Stunden bewundernd beigewohnt: jener Darling hatte sieben Männer zugleich in die Höhe gehoben, Eisenstangen mitten entzweigeschlagen und mit drei Zentner schweren Kugeln Ball gespielt. Ich unterdrückte daher meinen Unwillen und sah Kitty mit einem Blick an, den sie wahrscheinlich nicht ganz richtig auffaßte. Denn statt sich zu entschuldigen, sagte sie mit ihrer unbeschreiblichen Ruhe: ›Tu sais, mon chéri, je ne comprends pas un mot de ce, ce qu'il dit!‹ – Du wirst zugeben, daß das selbst einem Geduldigeren als mir über den Spaß gegangen wäre. Mein Blut kochte, ich fühlte, daß diese Szene ein entsetzliches Ende nehmen mußte, und ich ging fort, ohne zu grüßen.«

»Flegel«, sagte ich.

»Als ich am Tage darauf«, setzte August fort, ohne meinen Vorwurf zu beachten, »Kitty meinen Besuch machte, empfing sie mich heiter wie immer. Ich war zu rücksichtsvoll, um die peinliche Szene von gestern zu berühren, und Kitty schien sich ihrer nicht mehr zu erinnern. Vielleicht bildete sie sich auch ein, daß sie geträumt hatte – was weiß ich! Sicher ist nur – die Weiber sind ja rätselhaft –, daß sie mich an diesem Tage mehr liebte als je. Am selben Abend saß ich wieder in einer Loge bei Ronacher. ›The two Darling‹ traten auf, und da sie einander so ähnlich sahen, daß sie unmöglich voneinander zu unterscheiden waren, so hatte ich keine Ahnung, welchen von beiden ich bei Kitty getroffen hatte. Ich glaube, auch Kitty hat es nie mit Bestimmtheit erfahren. Aber das ist egal. Sicher ist nur, daß ihr Verkehr mit den beiden Riesen von nun an ein wahrhaft harmloser und kameradschaftlicher blieb.«

»Wie!« schrie ich so heftig, daß die Fensterscheiben klirrten.

August setzte unbeirrt fort: »Nie wieder habe ich einen allein bei Kitty getroffen. Sie pflegten vor der Vorstellung den Tee bei ihr zu nehmen, und auch ich wurde manchmal dazu geladen. Da die beiden Riesen kein Wort Französisch und Kitty keine Silbe Englisch verstand, war ich sozusagen der Dolmetsch.«

»Und wenn du nicht oben warst«, fragte ich herzlich, »wie haben sie sich da verständigt?«

August betrachtete mich. »Wenn du auch dein kindliches Gesicht schneidest«, entgegnete er mir würdig, »ich merke wohl, daß du mit dieser Frage Kitty zu verdächtigen suchst. Aber ich sage dir, es hat sich nach jenem Auftritt für mich nie wieder ein Grund ergeben, an Kitty zu zweifeln. Ich meine wenigstens in Hinsicht auf die Riesen. Es war eine Kaprize gewesen – mein Gott, ich habe auch meine Kaprizen! Und wer weiß, wie ich mich einer Riesendame gegenüber verhalten würde. Ich versichere dir, ›The two Darling‹ waren wie die Kinder; einmal kam ich dazu, wie die beiden Riesen mit Kitty Ball spielten... der eine Riese stand in der einen Ecke des Zimmers, der andere in der anderen... oder umgekehrt, ich habe die Kerls nie auseinandergekannt – und Kitty flog über den Teetisch hin und her.« August lächelte etwas blödsinnig in der Erinnerung an die heitere Szene. Plötzlich verdüsterte sich aber sein Antlitz und er setzte fort: »Gestern war ihr letztes Auftreten. Heute früh um sechs haben wir die Riesen auf die Bahn begleitet, Kitty und ich. Es war ein unglaubliches Aufsehen am Perron, besonders wie ›The two Darling‹ vom Coupéfenster aus mit zwei Leintüchern zum Abschied winkten. Ich führte Kitty im Fiaker nach Hause. Ich mußte sie trösten, und sie erwies sich so dankbar, daß ich erst zu Mittag ins Büro kam. Wenn ich bedenke, daß das heute früh war... was hat sich seitdem alles verändert!«

»Unter anderm jedenfalls«, bemerkte ich ahnungsvoll, »das Programm bei Ronacher.«

August blickte mich an wie ein verendendes Reh. »Was willst du«, sagte er, »das Publikum muß Abwechslung haben.«

»Wer war es?« fragte ich einfach.

»The Osmond Troup«, erwiderte August errötend.

»Wieviel?« fragte ich gepreßten Tones.

»Sieben!« erwiderte August.

»Sieben!« wiederholte ich, freudig bewegt.

»Laß das«, antwortete er still. »Ich will dir nicht verhehlen, daß mich schon während der Vorstellung unangenehme Ahnungen beunruhigten. Die Osmonds sind Leute von einer unglaublichen Beweglichkeit, von sehr viel Witz und riesig musikalisch. Viel Neues haben sie nicht gebracht, aber es war alles viel virtuoser, als ich es je gesehen. Im allgemeinen sind's ja die bekannten Stückerln: sie treten mit einem Höllenlärm auf, schlagen Purzelbäume, hauen einander Baßgeigen um den Schädel, reißen Tischen die Füße aus und blasen den Tannhäusermarsch darauf, setzen sich auf Samtfauteuils, und es wird ›Hab' ich nur deine Liebe‹ daraus, und so weiter. Als ich jetzt die Kerle durcheinanderspringen und ihre Tollheiten treiben sah, entwickelte sich in mir sozusagen à conto eine Eifersucht« (ich halte mich sklavisch an die Ausdrucksweise meines Freundes, die nicht immer seinen Beruf vergessen ließ); »denn nach meinen bisherigen Erfahrungen mit Kitty konnt' ich nicht daran zweifeln, daß mir die heutige Nacht wieder etwas Peinliches bringen würde. Aber plötzlich kam mir ein Gedanke, der mir Trost, Friede, ja eine Art von Genugtuung brachte. Es waren nämlich lauter wohlgewachsene Leute, keine Zwerge, keine Riesen, es waren sozusagen Männer wie du und ich.« Ich verbeugte mich dankend. »In diesem Falle war ich jeder Rücksicht enthoben. Ich konnte jeden von den sieben Kerlen totschlagen, ohne mich lächerlich zu machen. – Um Mitternacht war die Vorstellung aus. Von zwölf bis eins ging ich spazieren: während dieser Stunde erwachte eine neue Hoffnung in mir, daß diesmal ihre Tür versperrt sein würde. Es war eine trügerische Hoffnung; sie war nur angelehnt, hinter ihr hörte ich plaudern, lachen; ich trat ein, und wie du richtig vermutest: es war einer von den sieben.«

»Wahrscheinlich der Kapellmeister«, sagte ich, eigentlich ziemlich gedankenlos.

»Wie soll ich das wissen!« entgegnete August. »Bei Ronacher waren doch die Leute alle geschminkt und in Kostümen, was ich von dem Menschen, den ich bei der Elenden antraf, nicht behaupten kann. Es war, wie ich erwartet, ein hübscher, junger Mann, wie ich.« – Von mir sprach er nicht mehr. – »Kitty, die Unbegreifliche, schaute mich an und sagte mit einem liebenswürdigen Lächeln: ›Si je ne compte pas mal, c'est la troisième fois.‹ – ›Et la dernière, je t'assure‹, sagte ich in einem Ton, den sie gewiß noch nie von einem Menschen gehört. Dann wandte ich mich zu dem Osmond, der gemütlich seine Zigarette weiterrauchte und – na, sagen wir: sitzengeblieben war, packte ihn beim Arm und sagte: ›Sie sind ein Lump, mein Herr, und ich werde Sie züchtigen. Nicht vielleicht, weil ich auf Weiber dieser Sorte eifersüchtig bin, sondern weil es mich agaziert – ein gutes Wort in diesem Moment, wie? –, Sie hier zu finden.‹ Dabei erhob ich meine Hand, um ihm ins Gesicht zu schlagen. In diesem Augenblick aber sah ich schon nichts mehr, es wurde mir im wahrsten Sinn des Wortes schwarz vor den Augen, denn das

Osmondsiebentel hatte mir mit einem kräftigen Faustschlag den Zylinder eingetrieben, und ich vernahm nur dieselben Worte, als ich sie eine Stunde vorher auf der Bühne gehört, als er einem von den sechs andern eine Hacke in den Kopf geschlagen hatte, deutsche Worte in englischem Akzent: ›Oh, mein guter Freund, du bist mir zu lustig!‹ Als es mir endlich gelang, meinen Zylinder wieder in die Höhe zu bringen, wälzte sich Kitty, das süße Weib, in einem wahren Lachkrampf auf dem Boden, und der Clown saß, als wäre nichts geschehen, mit übereinandergeschlagenen Beinen auf der Lehne des Diwans und rauchte die Zigarette weiter. Ich aber fühlte: jetzt ist es zu Ende! Nichts mehr war in mir, keine Liebe, keine Eifersucht, kein Gram, kein Stolz, kein Haß – ich sagte: ›Gute Nacht, Kitty‹, kümmerte mich nicht um den andern, verließ das Zimmer, hängte im Vorraum meinen zertepschten Zylinder an den Nagel, setzte diesen schönen, neuen, schwarzen, steifen, runden Hut auf, der dem Clown gehörte, und bin nur noch rasch hierhergeeilt, um dir den Rat zu geben, nie mit einer Exzentrik-Sängerin etwas anzufangen.«

»Mein lieber August«, sagte ich, »du bist ungerecht. Meiner Ansicht nach hast du bei der ganzen Sache doch nur gewonnen. Ich will gar nicht von dem Hut sprechen, der dir glänzend steht, aber die Erfahrungen, die du gesammelt hast. Wie kommt sonst unsereins dazu, mit Zwergen und Riesen auf einem so vertrauten Fuß zu verkehren?« (August schüttelte abwehrend den Kopf.) Ich beharrte: »Und ich an deiner Stelle würde nicht versäumen, auch morgen deinen Tee bei Kitty zu nehmen, wo du gewiß die ganze Truppe kennenlernen wirst.« August sah mich mißtrauisch an. »Nun ja«, fuhr ich fort, »ich stelle mir das sehr amüsant vor. Wie die zwei Riesen mit ihr Ball gespielt haben, so werden die Osmonds vielleicht auf ihr Flöte blasen.«

»Du bist ein Idiot«, entgegnete August. So wenig vertrug er es, wenn ein anderer gute Witze machte.

Der Kellner kam. Wir zahlten und traten in einen herrlichen Frühlingsmorgen hinaus. »Mich freut nur«, sagte August, »daß der Kerl über seinen Spaß nicht mehr lange lachen wird, wenn er im Vorzimmer statt seines neuen Hutes ...«

August schwieg plötzlich. Ich merkte, daß seine Züge erstarrten und seine Augen riesengroß wurden. Ich folgte seinem Blick und sah, daß uns ein junger Mann entgegenkam, der mit vollendeter Eleganz gekleidet war, nur der Zylinder, den er auf dem Kopf sitzen hatte, war vollkommen vernichtet. August blieb stehen und ließ den jungen Mann näherkommen. Dieser lüftete den Hut und sagte: »Good morning, Sir.«

»Good morning«, sagten wir beide und nahmen unsere Hüte ab, die wir natürlich gleich wieder aufsetzen wollten. Mir gelang es. Nicht so meinem Freund August. Diesem nahm der fremde Herr den Hut einfach aus der Hand, setzte ihn auf und übergab August mit einem verbindlichen Lächeln den vernichteten Zylinder. Und sich zu mir wendend, als sei er ausschließlich mir eine Erklärung schuldig, bemerkte er: »Ich habe nämlich geuechselt diesen kleinen Hut vor einer kleinen Stunde bei einer kleinen Freundin. Good morning, Sir.« Damit ging er.

Ich würde lügen, wenn ich behauptete, jemals ein dümmeres Gesicht gesehen zu haben, als das meines Freundes August. Er war totenbleich und schien nach Worten oder wenigstens nach Luft zu schnappen. Er wartete, bis der Gentleman sich in einer anständigen Entfernung befand, dann sagte er mit einer Art von finsterer Entschlossenheit: »Was soll man da tun? Erdolchen oder eine gellende Lache aufschlagen?«

»Erdolchen«, sagte ich rasch. Ich riet es ihm nicht aus Brutalität, sondern vielmehr aus Neugier, weil ich noch nie jemanden erdolchen gesehen habe. Ob nun August zu gutherzig war, oder ob er wieder einmal keinen Dolch bei sich hatte – gewiß ist, daß er meinem Rat nicht folgte, sondern nur ganz kurz und nicht einmal, wie er sich zuerst vorgenommen, besonders gellend lachte. Ich betrachtete ihn mit einiger Besorgnis, denn ich kenne Leute, die durch ähnliche Vorfälle plötzlich toll geworden sind. August wurde es nicht. Ein sonderbares Zucken glitt über seine Züge, als wenn sich eine furchtbare Aufregung plötzlich löste, und er sagte, eher träumerisch: »Ich werde ihn einfach bügeln lassen.«

Ich bin fest überzeugt, er meinte den Zylinder.

Bibliographischer Nachweis

Die kleine Komödie. (1892/93.) Erstmals in ›Neue Deutsche Rundschau‹, Berlin, 6. Jg., H. 8, August 1895. Aufgenommen in A. Schnitzler, ›Die kleine Komödie‹, Frühe Novellen, S. Fischer Verlag, Berlin 1932 (= Textvorlage).

Das Himmelbett. (1891–1893.) Erstmals in A. Schnitzler, ›Entworfenes und Verworfenes‹, Aus dem Nachlaß, S. Fischer Verlag Frankfurt am Main 1977 (= Textvorlage).

Komödiantinnen. Helene – Fritzi. (1893.) Erstmals in A. Schnitzler, ›Die kleine Komödie‹, Frühe Novellen, S. Fischer Verlag, Berlin 1932 (= Textvorlage).

Spaziergang. (1893.) Erstmals in ›Deutsche Zeitung‹, Wien, 6. Dezember 1893, Morgenausgabe. Aufgenommen in A. Schnitzler, ›Entworfenes und Verworfenes‹, Aus dem Nachlaß, S. Fischer Verlag, Frankfurt am Main 1977 (= Textvorlage).

Blumen. (1893–1894.) Erstmals in ›Neue Revue‹, Wien, 5. Jg., H. 33, 1. August 1894. Aufgenommen in A. Schnitzler, ›Die Frau des Weisen‹, Novelletten, S. Fischer Verlag, Berlin 1898 (= Textvorlage).

Der Witwer. (1894.) Erstmals in ›Wiener Allgemeine Zeitung‹, 25. Dezember 1894. Aufgenommen in A. Schnitzler, ›Die kleine Komödie‹, Frühe Novellen, S. Fischer Verlag, Berlin 1932 (= Textvorlage).

Ein Abschied. (1895.) Erstmals in ›Neue Deutsche Rundschau‹, Berlin, 7. Jg., H. 2, Februar 1896. Aufgenommen in A. Schnitzler, ›Die Frau des Weisen‹, Novelletten, S. Fischer Verlag, Berlin 1898 (= Textvorlage).

Der Empfindsame. Eine Burleske. (1895.) Erstmals u. d. Sammeltitel ›Drei Geschichten‹, Aus dem Nachlaß von Arthur Schnitzler, in ›Neue Rundschau‹, Berlin, 43. Jg., H. 5, Mai 1932. Aufgenommen in A. Schnitzler, ›Die kleine Komödie‹,

Frühe Novellen, S. Fischer Verlag, Berlin 1932 (= Textvorlage).

Die Frau des Weisen. (1896.) Erstmals in Fortsetzungen in ›Die Zeit‹, Wien, 10. Jg., Nr. 118, 2. Januar 1897; Nr. 119, 9. Januar 1897; Nr. 120., 16. Januar 1897. Aufgenommen in A. Schnitzler, ›Die Frau des Weisen‹, Novelletten, S. Fischer Verlag, Berlin 1898 (= Textvorlage).

Der Ehrentag. (1897.) Erstmals in ›Die Romanwelt‹, Wien, 5. Jg., 1. Bd., H. 16, 1897. Aufgenommen in A. Schnitzler, ›Die Frau des Weisen‹, Novelletten, S. Fischer Verlag, Berlin 1898 (= Textvorlage).

Die Toten schweigen. (1897.). Erstmals in ›Cosmopolis‹, Internationale Revue, Berlin–Wien, 8. Bd., Oktober 1897. Aufgenommen in A. Schnitzler, ›Die Frau des Weisen‹, Novelletten. S. Fischer Verlag, Berlin 1898 (= Textvorlage).

Exzentrik. (1898.) Erstmals u. d. T. ›Excentric‹ in ›Jugend‹, München, 2. Jg., Nr. 30, 1902. Aufgenommen in A. Schnitzler, ›Die griechische Tänzerin‹, Novellen, Wiener Verlag, Wien 1905 (= Textvorlage).